KEY·可以文化

骆宾王之谜

荒湖　金石　著

浙江文艺出版社
Zhejiang Literature & Art Publishing House

图书在版编目（CIP）数据

骆宾王之谜/荒湖,金石著.—杭州：浙江文艺出版社,2024.1

ISBN 978 - 7 - 5339 - 7410 - 7

Ⅰ.①骆… Ⅱ.①荒… ②金… Ⅲ.①长篇历史小说－中国－当代 Ⅳ.①I247.5

中国国家版本馆 CIP 数据核字（2023）第 210762 号

策划统筹	曹元勇	
责任编辑	苏牧晴	
营销编辑	耿德加	胡凤凡
责任印制	吴春娟	
装帧设计	楚 岩	
数字编辑	姜梦冉	诸婧琦

骆宾王之谜

荒湖 金石 著

出版发行	浙江文艺出版社
地 址	杭州市体育场路 347 号
邮 编	310006
电 话	0571 - 85176953（总编办）
	0571 - 85152727（市场部）
印 刷	上海盛通时代印刷有限公司
开 本	889 毫米×1240 毫米 1/32
字 数	186 千字
印 张	8
插 页	4
版 次	2024 年 1 月第 1 版
印 次	2024 年 1 月第 1 次印刷
书 号	ISBN 978 - 7 - 5339 - 7410 - 7
定 价	68.00 元（精装）

我们书写你，

不是打捞水底的墓碑，

也不是纪念你的反骨，

而是感叹那一腔热血，

那颗滚烫、反正的心。

你听见了吗？

绵延的河山在替我召唤，

那个侠肝义胆的赤子和天才，

快快归来。

目　录

第一章　燃烧的檄文

唐光宅元年,公元 684 年冬月,一支庞大的船队从南岸润州出发,朝着下游海陵的方向驶去。

此时临近傍晚,落日照亮了江面泛着血红的颜色,江风鼓动着船帆发出"啪啪"的响声。江东尽头一片迷茫,远处冒出一片孤帆在江面上漂荡摇晃,远远瞧去,宛如一只断翅的白鸥,任它怎么挣扎扑腾,就是无法飞升起来。

最大的一艘船夹在中间,里面载着七八十人,船舱中央坐着徐敬业。徐敬业乃扬州起事领袖,上船后,他一直蹙眉低首、少言寡语。旁边站着副将王那相,所谓副将,其实就是护卫队长。此人壮如石礅,眉如黑球,左手握拳,右手扶刀,两只小眼睛警惕地扫视着四周。他头顶上挂着的油灯,随着船只颠簸左右晃荡,老是碰到他的额角;王那相也不躲避,由着油灯碰撞。对面坐着唐之奇、魏思温一行人,都是此次起事的要员,他们不时瞅一瞅徐敬业,然后瞅一瞅江面,或摇头叹息,或凝眉沉思,更多时候是低头不语。后舱里不时传来小孩的哭喊声,还有女人的叫骂声,他们都是随船逃亡的家眷。面对着一望无际的江水,大伙都在寻思,大海那边的高丽国还有多远?

"骆公上船了吗?"徐敬业抬起头来,瞥了瞥唐之奇他们,又瞅了瞅船舱外面,眨眼之间,润州已被抛在身后,北边的扬州城万家灯火,看不到一丝战争的痕迹。"他年纪大了,腿脚又不好……"徐敬业接着嘀咕了一声。

"上船了,公子也在他船上。"王那相指了指后面的一艘小船,眼睛却盯着徐敬业的头发。昨晚下阿一战,中央军李孝逸部借助火攻打败了起义军,徐敬业从军帐中逃出来,刚一钻进茅草丛,头盔掉落下来,紧接着头发就着火了,幸亏王那相眼疾手快,用幞巾将火扑灭。此时,徐敬业换上了幞头,帽子只能盖住头顶,露在外面的头发都被烧焦了,脑袋四周缀满了鬈曲的小黑球,闻起来有股臭肉味。"我已安排四名护卫在骆公船上,大都督大可放心!"王那相冲着徐敬业抱了抱拳头。

徐敬业放心地点了点头。扬州起事后,他最信任的就是身边的这名护卫队长,如果不是王那相,昨晚他已被烧死在战场。起事开始时,王那相率领几十名刀手,从黄河以北的沧州跑过来,投奔徐敬业。这三个多月来,大小战斗也好,出门会客也罢,徐敬业都带着他,王那相成了他的影子。

唐之奇、魏思温一行人掉过头去,瞅了瞅后面的小船,隐隐瞧见艺文令骆宾王站在船尾,面朝江北方向,缓缓地俯首揖别,唐、魏二人立马站起来,抖了抖衣衫,面朝万家灯火的江北,俯下身子,一齐抱拳揖别。

大家揖别的地方,正是起义军的首义之地——扬州。

短短三个月过去了,一场席卷大唐的起事就这样以失败告终,不只是这支船队里的人,就连岸上那些普通老百姓,都没有人能相信。

三个月前,徐敬业自任匡复府上将,领扬州大都督,同时任命魏思温为军师、骆宾王为艺文令,正式宣布起事,讨伐武则天、还政庐陵王。按照徐敬业指示，两天过后，骆宾王草拟了雄文《为徐敬业讨武曌檄》，徐敬业阅后大喜，当即散布各地张贴，一时响应云集，短短十来天，起事队伍增至十万人马。没过几日，起义军不动一兵一卒，竟一夜之间拿下扬州；又不到一月，先后攻克润州和楚州。投奔徐敬业的人越来越多，扬州城都装不下了，官兵们就在城边的开阔处训练杀敌，喊声震天。有个晚上，骆宾王激动地登上城楼，眼看到城内城外旌旗猎猎、广大官兵斗志昂扬，忍不住大声诵读起《檄文》中的句子来：

　　班声动而北风起，剑气冲而南斗平。暗鸣则山岳崩颓，叱咤则风云变色。以此制敌，何敌不摧？以此图功，何攻不克？

自古以来，战场打仗讲究一鼓作气，乘势而上。为此，骆宾王、魏思温等人建议起义军乘势西进，直捣京洛，推翻武氏集团。结果徐敬业没同意。他认为，过早进攻京洛并非好事，还是要以扬州为根据地，走一步看一步。果不其然，徐敬业的瞻前顾后给太后武则天腾出了时间，她先后委派李孝逸、黑齿常之统军东进，夹击起义军。在高邮下阿，李孝逸借助风向实施火攻，最终打败徐敬业。

前一天晚上，从下阿逃回扬州时，城池东门已是一片火海，喊杀之声四起，军师魏思温立马作出判断：李孝逸的中央军追杀过来了。经请示徐敬业，他临时取消返回大督府的决定，直接去码头渡江至南岸润州，同时命令袁丰平、陈如圭快马告知艺文令，火速处理相关文书，然后渡江到润州会合，乘船集体逃亡。

接到通知时，骆宾王愣了半天。他简直不敢相信，昨天天亮前，他还听说大都督击溃了李孝逸的渡河部队，短短几个小时过去，怎么让人家给火攻了？军师魏恩温干什么去了，他难道不知道风向吗？

骆宾王一边摇头叹息，一边草草烧了文书簿籍，安排随从准备逃命。当时，桌子上面摊着一张白纸，上半面写满了字，下半面垂下来，都快掉到地上了。骆宾王都走到门口了，想了想，又转身回去，将白纸对叠成一小块，塞进棉袍的袖筒里。今天早上，随从马文书还喜滋滋地报告说：扬州城里凡是人头成堆的地方，都在看骆公的檄文。他恳求骆公亲自草书一张，然后张贴在南城门上好好显摆一番。骆宾王当即答应了小马的请求，刚刚写到一半，没想到快马带来了坏消息。

没过一会儿，骆宾王和马文书风风火火赶到了码头。几名官兵扛着大刀，正在盘问来往行人；其中一名士兵举着火把跑向城墙，踮起脚尖，点燃了贴在墙上的檄文。骆宾王瞧了瞧马文书，连忙从袖筒里抽出檄文，悄悄塞进鞋里。又一会儿，另一名士兵拿着刚刚搜到的檄文，瞪着眼睛，盘问对面的小伙子。小伙子刚从润州乘船过来，手提一只木箱，身穿一袭浅色长袍，看他脸皮白净、文质彬彬，应该是个读书人。

正在盘问的士兵个头矮小，是个黑脸汉子，他将搜出的檄文卷成一团，踩在脚下，一手将小伙子按倒在地，一手拿着大刀叩打他的肩膀。年轻人顿时涨红了脸，屈腿跪在地上，他显然想站起来，结果让士兵一刀劈倒下去，小伙子的额头上流出血来，他抬手抹了抹血，直瞪着士兵，嘴上骂着脏话。黑脸士兵举起大刀，又要劈过来，骆宾王冲着马文书使了个眼色，马文书连忙跑到士兵面前，从口袋里摸出一挂铜钱，双手递了过去。

黑脸士兵接过铜钱，瞅了瞅马文书，又瞥了一眼骆宾王。这时，小伙子猛然起身，一头撞向士兵，黑脸士兵一个趔趄倒在地上，连大刀都脱手了。小伙子顺势从地上抢过檄文,一边吹着纸团上的灰土,一边抖索着双手,打算将檄文展开,他额头上流下的血珠滴落在白纸上。

"一抔之土未干,六尺之孤何托!"小伙子一边大声地仰头诵读,一边举起皱巴巴的檄文,眼睛直望着头顶的天穹,"请看今日之域中,竟是谁家之天下!"

"相公,你还不知道啊?徐敬业都让李孝逸给打败了……你就别念了,赶紧走吧!"有人悄声提醒说。

"是呀,听说徐敬业都跑到润州那边去了。"有人指了指对面的江南方向。

"那骆宾王呢?他还在扬州城吗?"又有人问道。

"徐敬业虽败犹荣,骆宾王凭此檄文,必将彪炳千古,武则天定将遗臭万年……"小伙子举起檄文,哈哈大笑起来。

骆宾王和马文书直盯着小伙子,所有的人都盯着他,人群里甚至响起了喝彩声。这时,只见那黑脸士兵一骨碌爬起来,抓起大刀朝着小伙子劈了过去;随着一声惨叫,年轻人扑通一声倒了下去,手上还捏着那份檄文。

城墙上的檄文眼看就要烧完了,只剩下一点火苗子,正冒着一缕淡淡的青烟。骆宾王捏着拳头,正欲冲上前去,马文书转身将他抱住。黑脸士兵瞥了瞥骆宾王,从小伙子手上扯过檄文,一边骂着脏话,一边朝着城墙跑过去。黑脸士兵的个头过于矮小,踮起脚都够不着火苗,他抬头瞅了瞅,又想了想,干脆将檄文穿在刀尖上,高高地举起来,推送到火苗上。檄文"呼"的一声烧着了,城墙上一片红光。黑脸士兵像举着火把一样,举着燃烧的檄文,掉头返回过来。这时,小伙子已停止了动弹,像青蛙一样趴在地上。码头上过往的人纷纷聚拢了过来,他们瞅着小伙子,嘴上嘀嘀咕咕,竟没一个人敢大声说话。

"谁要是手上还有骆宾王写的《讨武曌檄》,趁早给我拿出来,要是再让我给搜出来,跟他一个下场!"黑脸士兵指着小伙子,缓缓放低大刀,将正在燃烧的檄文直接搁放在小伙子的后脑勺上,"嗞——"的一声,一股毛发烧焦的臭味立马弥漫过来;小伙子动了动身子,又动了动脑袋,然后剧烈地扭动起来,黑脸士兵将大刀死死地抵住他的脑袋,一会儿,火焰烧旺了,小伙子挣扎了一阵,慢慢不再动弹了。

"你——"骆宾王红着眼睛,刚一张口,就让马文书捂住了嘴巴。马文书瞪了瞪骆宾王,拉着他一路小跑,径直朝着江边的一艘小船奔了过去。

围观的人越来越多,将码头挤得水泄不通。大家直瞪着士兵,自始至终不敢有丝毫反抗。现场冒着滚滚黑烟,散发着尸体焚烧的臭味,一些老人和妇女抹着眼泪离开了,那些来看热闹的孩子被大人捂着眼睛,也迅速走开了。

骆宾王刚一上船,船只像箭一样离岸而去。马文书一直扶着骆宾王,他感觉到骆公的身子一直在发抖。此时,骆宾王泪流满面,呼吸粗重,胸口处剧烈起伏。他戴着幞头,江风吹乱了露在外面的头发,马文书劝他坐下来,他没吱声,就这么一直站立着,始终不愿坐下来,眼睛直盯着北岸的那团火焰。后来,他终于忍不住了,用力推开马文书,像孩子一样一屁股坐在船上。他一手扶着船舷,一手拍打着江水,嘴里发出撕心裂肺的哭叫声:

"对不起呀相公,是我害了你呀,是我的文章害了你呀!"

骆宾王在心里一遍又一遍地哭喊,直到对岸的那团火渐渐地变小、变弱,最后完全熄灭了。

第二章　飞来的包裹

徐敬业和骆宾王的船队到达海陵时，天已经黑透了。

大江传来急迫的风浪声，宽阔的江面和两岸上散落着点点渔火。渔火照亮了芦苇丛，芦苇在陡起的大风中，正朝着一个方向倒伏下去。徐敬业一直没动弹，他半闭着眼睛坐在船舱里，副手王那相像影子一样紧贴在他身旁。这时，军师魏思温突然过来报告说："大都督，风向陡然变成了东南风，我看大家也都累了，要是再逆风行船，恐有不测……"

"现在到哪了？"徐敬业连忙睁开眼睛，他现在最怕的就是风向变化。下阿一战，就因为风向变了，李孝逸采用火攻，最终将他打败。他红着眼睛，直瞅着军师，又仰头瞅了瞅王那相。

"海陵。"两人一齐应道。

"这地方正好有个避风港，让山挡住了。"王那相连忙补充说，"要不暂且让队伍歇息下来，待风向正常后再走不迟，大都督意下如何？"

"我也是这个意思。"军师魏思温点了点头，"李孝逸他们一时半会追不上来，再说了，他们也未必知道咱们要去大海对面的高丽。"

徐敬业这才放心地点了点头，又将眼睛闭上了。

从高邮下阿逃跑出来，前后不到一天时间，徐敬业一直在反思：一个月前要是听从骆宾王的建议，乘势而上，直捣京洛，武则天那娘们早已被赶下台,现在坐在皇帝位置上的要么是庐陵王李显,要么就是他英国公徐敬业了。当然,这话只能闷在心里,万万不可说出来,说出来就是大忌。当初在扬州起事,举的就是"匡复李唐,共襄勤王"的旗帜,并非自己要当皇帝。这一天里,徐敬业感到胸口一阵阵揪痛,有几次眼泪差点流了下来,他咬咬牙忍住了,到达高丽之前,他必须控制住自己,作为一军之帅,他不能在败兵面前丢了颜面。

接下来,大伙开始挤在一起歇息,家眷们都在后舱,大约是累了,孩子们也不再吵闹。熄灯后,徐敬业带头躺下,眨眼间有了鼾声,仿佛受其感染,大家也都打起呼噜来,一时间鼾声大作,似乎连船体都震动了。

王那相瞧了瞧大家,将灯吹熄,哼笑一声,扶着大刀悄悄去了舱外。

没过一会,"砰"的一声,舱门猛然被打开,王那相等手提大刀,叫喊着从舱外闯了进来。徐敬业一个激灵坐起来,他以为是李孝逸的追兵到了,刚喊了一句"王副将——",脑袋瓜子让王那相砍了半边。借着从船头照来的灯光,大家一齐看到,大都督的眼珠子像青蛙一样鼓瞪出来,直盯着王那相,王那相扬手喊了一声"掌灯",舱内顿时灯火通明。

"你这个叛贼,居然还想躲到高丽去享福,做梦吧!"说完,王那相又是一刀,将徐敬业的脑袋割了下来。

"你这个忘恩负——"军师魏思温早已吓得一脸土色,他指了指王那相,话音未落,让另一名护卫砍了脑袋。

一时间,船舱内一片混乱,女人和孩子的哭喊声、求救声还有刀剑声响成一片。乘坐小船的骆宾王和徐绚刚一睡着即被惊醒,正想起来看个究竟,本船四名护卫猛然闯入舱内。他们都是王那相事先安排的人手,其中一个举起大刀直砍骆宾王,骆宾王抬起双脚,一个翻滚闪过。那大刀砍向船舷,卡在木头上,半天没能抽出来。陈如圭眼疾手快,挥刀将那护卫砍倒,拉着骆宾王奔向船头。此时,徐绹、袁丰平、方琳还有马文书正与三名护卫打斗,双方不分胜负。骆宾王幼年跟随祖父卫淇公习过武功,他瞅着一个空子,随手抓起一只爪形铁锚,"嗖"的一声抛了过去,只听那护卫"啊哟"一声,丢下大刀,仰身倒向水中。另外两名护卫见势不妙,一齐跳水逃跑了。

"大都督危矣!"骆宾王指着前面的大船,命令徐绹驾船增援徐敬业,结果船未靠近,王那相已提着徐敬业和魏思温的首级,从船舱里大摇大摆出来。护卫们拎着大刀、举着火把站在两边,王那相将两颗血淋淋的人头举过头顶,冲着后面的船队大声喊道:

"反贼徐敬业等已被我斩首,尔等速速投降,可饶不死。"

"姓王的,你这个忘恩负义、猪狗不如的禽兽,老子跟你拼了!"徐绹一头冲向船头,直接将刀剑抛向大船,刀剑"哐当"一声撞向船体,随后落入水中。徐绹像疯了一样,指着王那相叫喊不止,他正欲扑入水中,却被陈如圭等一把拉住。骆宾王知道,整个船队布满了王那相的护卫,那可全是武功了得的亡命之徒,如果硬拼,根本不是他们的对手。他当即命令掉转船头,迅速往岸边划去。

"骆宾王,你休想逃跑!"王那相转身指使大船追了过来。

江风呼呼地刮着,骆宾王的小船很快划到岸边。王那相的大船因为吃水太深,一时难以靠岸,他暴跳如雷、骂声不止,眼睁睁看着骆宾王一伙爬上岸坡,眨眼间消失在夜幕里。

海陵的沿江小道全是弯路,道边长满了芦苇,骆宾王和徐绹等一路狂奔,一口气跑了七八里路,最后钻入一处密林。其实,这是一座江边小山,临江就是峭壁。因为有过两次从军的经历,骆宾王熟知如何躲避追捕,他贴着山体的岩坡,双手扶地,屈身往下蹭动,终于在山腰处找到一个洞口,随后躲了进去。徐绚一路哭个不止,心中担心被追兵发现,始终不敢放声,只能暗暗抽泣。骆宾王瞧了瞧洞外,黑乎乎的,全是密林,他这才发现,袁丰平、陈如圭和马文书已经跑散,自己戴在头上的幞头也丢了。山洞距离江滩约三丈高,不远处有渔火在闪烁。骆宾王悄声爬出洞口,双手卷成筒状贴着嘴巴,轻喊了三声:"丰平——如圭——马文书——"除了江面上刮来的风涛声,四周一片静寂。袁丰平和陈如圭都是跟随他多年的小兄弟,现在却生死未卜;马文书虽然跟随他时间不长,但两人朝夕相处、形同家人,想到这里,骆宾王摇头叹了一口长气。

此时,王那相的护卫队与李孝逸的部队已经汇合,他们正兵分两路,举着火把,一路沿着江边追来,一路朝着北方杀去。

"绚儿,你就别哭了,节哀!"骆宾王退回洞内,抚着徐绚的肩膀,压抑着声音劝道,"摆在咱们面前的只有一条路,那就是逃命!现在这情形,还不是报仇的时候,也不是哭鼻子的时候。俗话说得好,君子报仇,十年不晚。那个姓王的家伙,不会有好下场的……不信,你等着瞧!"

"早知他是个狼心狗肺的东西,家父当初就不该收留他。"徐绚抹了抹眼泪,果然不哭了,"王那相那个矮矬子,良心让狗吃了!家父那么信任他,他居然……我非杀了他不可!"

"他就是个见风使舵的小人。"骆宾王扬了扬手说,"当初,他以为扬州起事勤王必胜,就大老远地跑来投奔;下阿兵败,他立马变脸,暗中勾结李孝逸……我骆宾王这辈子最瞧不上的,就是这号小人!"

"下一步咱们往哪里跑?"徐绚忍不住又想哭。

"朝廷增派的部队正从山东方向往扬州这边过来,李孝逸部也在江北,咱们两个要想活命,只有一个方向——江南!"骆宾王左手持剑,右手指了指黑暗中的江对岸,"他们就是想过江,估计一时半会也难以筹到船只,咱们应该还有时间……"

"问题是怎么去江南哪?"徐绚瞧了瞧黑魆魆的四周,"这黑咕隆咚的晚上,到哪里去找船?"

"船只自然会有,只怕人家未必愿意捎咱们过去。"骆宾王指了指江边渔火,一对父子模样的人正在那里收网忙碌,旁边停着一艘小船,因为隔得不远,隐隐还能听见他们的说话声。

"骆公的意思是?"

"眼下,各州县官府肯定到处张罗着要抓捕我们,从码头到州镇,想必很快就会贴有咱们的画像……我现在担心,那些撑船过江的艄公渔民一旦认出咱们,未必敢送咱们过江。"

"那咋办?"徐绚又哭了。

"这样,我们先出去望望风。"骆宾王将手伸向徐绚,徐绚连忙将他扶起,"也不知道如圭、丰平还有马文书他们跑到哪去了,但愿他们吉人天相,不会有事。"

两人刚刚爬到坡顶,只见一队人马举着火把呼喊着从东边奔袭而来,领头之人大喊:"活捉骆宾王!活捉骆宾王!捉到骆贼者,有重赏!"

骆宾王和徐绚连忙趴下身子,躲藏在灌木丛中。过了一会,眼见那队人马已经远去,两人刚一起身准备返回洞中,只听见"呼"的一声,一匹快马从头顶上纵身跃过;紧接着,一道寒光闪过,骆宾王眼前一黑,觉得自己的脑袋瓜子仿佛飞了出去。

"师傅一路走好!"那骑马的追兵转身丢下一句话来。

骆宾王还没回过神来,感觉到胸怀里"砰"的一响。他这才知道自己没有死,赶紧摸了摸头,脑袋还在呢;刚才被削掉的,不是脑袋瓜子，是自己的蹼头。

他低头瞅了瞅，怀里竟然揣着一个包裹。他连忙抬头望去，那个举着火把的骑马汉子正掉头回望，只是光线太暗，看不清他的面目和表情，一绺刚刚被他削掉的头发，在火把的残光中徐徐飘散开来。

骆宾王和徐绚惊魂未定，匆匆忙忙返回洞中。借着渔火投射上来的光亮，他们急忙打开包裹，里面竟装着一个布袋，鼓鼓的。徐绚是个急性子，一把扯开布袋的绳口，竟然倒出一沓银票来，看那厚度，至少是千两银锭和物产兑换来的。

"他是谁呀？"骆宾王直瞅着崭新的银票，又抬头瞧了瞧洞外，嘴里嘀咕着，"我在扬州的朋友中没有富人哪……"

"管他是谁呢！"徐绚终于露出笑脸，"有了这些银票，咱们就饿不死了。"

"此人一定是混到李孝逸的追兵里来搭救咱们的。"骆宾王一边摸着胡须，一边分析说，"世上竟有如此勇猛之人，他到底是谁呢？"

"我好像听见他喊您'师傅'……"徐绚盯着骆宾王的头发，因为他掉了蹼头，原本紧束的头发一片凌乱，铺满了前胸和后背，"您又不是出家人，他为何喊您'师傅'啊？"

"是的，我好像也听见了。"骆宾王摸了摸一头乱发，又摸了摸自己的腿脚，真是怪事，前几天在扬州，他的左腿还一直胀痛，就因为这一路逃命，到处奔跑，此时竟然不痛了，"他为啥要削掉我的头发？他的意思难道是……"

"这又是什么？"徐绚突然从布袋里摸出一张字条，因为光线太暗，看不清楚，他只好来到洞口，借助渔火瞅了三遍，然后一字一句地念道：

润州——江州——鄂州

第三章　哭吟子胥城

　　四天以后,骆宾王和徐绹双双来到江州。此时,他们全都剃着光头,发青的头皮上留着刮痕,都结痂了,痕迹瞧上去就像晒干的蚯蚓。

　　江州是南岸的大码头,相比这几日经过的润州、鸠州和舒州,这里热闹得多。刚从船上下来,他们被一路簇拥着来到了码头广场。广场里面全是人,有乘客,有闲人,还有各种做生意的人。广场出口处是一面赭红色高墙,墙根底下人头攒动,热闹非凡。大家挤在一起,七嘴八舌,像是在说着什么新鲜事。

　　"可惜呀可惜,这个骆宾王,义乌县的骆宾王,五百年才出一个的大才子呀,那可是文曲星下凡,可惜有眼无珠,跟错了人啊!"一个身穿粗布短褂、脸膛黑黑的中年汉子,双手拢在袖筒里,一边瞧着墙壁,一边摇头叹息。

　　"是呀,一个大唐神童,七岁就能吟诵出'鹅、鹅、鹅,曲项向天歌'的天才,怎么越老越糊涂,跑去跟着那个徐敬业干呢?"说这话的是一个老者,满头白发、文质彬彬,看样子也是个读书人,"我早就听说,徐敬业这个人从小就不老实,他爷爷徐懋公都想过要烧死他,只可惜没弄死!"

　　"要是当年让他爷爷烧死了,也不至于害了骆宾王这么一个大才子呀。"有人立马附和道,"唉,这都是命啊!"

"你们说话小声点,要是让州府里的人听见了,吃不了兜着走。"旁人指了指街对面的州府衙门。

"怕什么!有什么好怕的?"一个穿长衫的麻脸书生从人堆里挤进来,他瞧了瞧那面红墙,瞪着眼睛反驳道,"李唐王朝立国不过几十年,却到了这般地步,只要还有点良知,谁都不会坐视不管!咱堂堂大唐,让一个蹲着屙尿的娘们掌管着,这天下能安定得了吗?"

"天下安不安定,不是咱平头老百姓管得了的,他李家的天下自己都管不了,让一个媳妇来管,活该!"有人立马接话说。

"放屁,天下是他们李家人打下来的,怎么能让一个外姓人来掌管呢?而且还是个娘们!"麻脸书生的满脸麻子顿时涨红了,像是要从脸皮上蹦跳出来。

"唉,可惜了骆宾王写的那篇文章,我听说文章一出来,徐敬业十天时间就招募了十万兵马,十万兵马啊!这姓徐的真是个窝囊废,白白浪费了大好时机……"大家一齐扼腕叹息。

"骆宾王的那篇《讨武曌檄》,我能一字不漏地背出来!"麻脸书生又开始手舞足蹈,高声喊叫,"那真是字字千斤,句句雷霆!"

"你别吹牛,你背给大家听听。"旁人故意激将他。

"伪临朝武氏者,性非和顺,地实寒微。昔充太宗下陈,曾以更衣入侍。"麻脸书生开始仰头背诵起来,他两眼如炬,张开双手,那姿态像是在拥抱着初升朝阳,虽是浓重的方言口音,听起来却抑扬顿挫、铿锵有力,"洎乎晚节,秽乱春宫。潜隐先帝之私,阴图后房之嬖。入门见嫉,蛾眉不肯让人;掩袖工谗,狐媚偏能惑主……"

"好了好了,别背了,我服你了!"刚刚激将他的人连忙打躬作揖,连喊佩服。

麻脸书生不管不顾,竟然一口气背诵下去:"……爰举义旗,以清妖孽。南连百越,北尽山河,铁骑成群,玉轴相接……班声动而北风起,剑气冲而南斗平。暗呜则山岳崩颓,叱咤则风云变色……一抔之土未干,六尺之孤何托……请看今日之域中,竟是谁家之天下!"

麻脸书生刚一吟诵完毕,全场掌声雷动,大家山呼海啸,一齐叫好。

刚才进入广场时,骆宾王不看便知,那红色高墙的通缉令上一定贴有他和徐绚的画像,为了避嫌,他悄悄来到广场一角,捡起一块破砖头,低头坐了下来。徐绚毕竟年轻,好奇心又重,他连招呼都不打,一个劲地往人多的地方挤,麻脸书生吟诵檄文时,他竟然听得如痴如醉,有人骂他父亲徐敬业无能,他也没有半点反感。逃亡的这几天,徐绚也在一路反思:如果不是家父刚愎自用,过于保守,下阿一战不至于失败,至少结局不会这么惨。

赭红色的高墙上果然贴着通缉布告,上面绘有两人的画像。徐绚瞧了一眼,顿时惊呆了:两幅画像的头脸上,竟然打了两个硕大的红色叉叉。这几天,在润州、鸠州和舒州,他也看过不少捉拿他们的通缉画像,只有江州的布告上打了叉叉。

这一定是官府所为,看来,江州也不是久待之地。

徐绚正欲抽身出来,却被一个穿了官服的捕快叫住。

"咱们即使剃了头发,仍然非常危险,还是小心为好!"这几天,骆宾王没少叮嘱过徐绚,只是这孩子太年轻了,前脚答应得好好的,后脚忘之脑后。

"你叫什么名字,从哪里来?"捕快将徐绚引到空场处,直瞅着他的光头。

"我从徐州泗洲禅寺过来,一路化缘,准备去庐山脚下的东林寺住些时日。"这几天,骆宾王和徐绚早已统一口径,一旦有人查问,就说是去东林寺学习禅学。

"你这头皮上的伤痕……咋回事?"捕快指了指徐绅的脑袋瓜子。

"我们寺庙里的小师傅刚来不久,剃度时不小心划伤的……"徐绅不好意思地摸了摸脑袋,脸上露出憨笑。

"跟你一起来的,还有没有其他人?"

"还有一位师——"徐绅还没说完,一匹枣红色的快马嘶叫一声闯入广场,马上骑着一名壮士,他一袭深色长衫,脚穿长筒布靴,头捂黑色面罩,那样子就像一名江湖剑客。壮士捏着马绳,在广场中央快速转了一小圈,随即掉转马头,朝着徐绅径直奔过来。正在盘问的捕快还没回过神来,那壮士就已拎起徐绅奔向广场西角,随之弯身抱起骆宾王,眨眼之间从街口消失了。

穿官服的捕快一边吹响口哨,一边朝着街口追去:"活捉骆宾王!我看见徐敬业的儿子徐绅了,活捉逆贼骆宾王……"听到指令和叫喊声,另有几个捕快赶紧拿着武器,从衙门里一窝蜂跑了出来。

广场一片混乱。那些看过通缉令的人转身跑到街上,他们不相信:文曲星骆宾王真的到了江州吗? 刚才他躲在什么地方? 我们怎么没有看见他? 他不是在海陵跳江了吗? 他真的还活着吗?

码头东边不远处就是浔阳楼,一大早就有人跑去那里吊嗓子唱戏,一楼大门口照样张贴了骆宾王的通缉令。此时还是早上,那些过来唱戏和听戏的人听说骆宾王来到江州,纷纷从楼里跑出来,站在街口,一齐望着码头的方向,七嘴八舌地说了起来。

枣红色快马载着三个男人,七弯八拐,左奔右突,径直跑到了舒婆湖。这地方地处江州西南方向,是一片宽阔的水域,三面环山,一头连接富池的入江口,属鄂州永兴县地界。江州捕快们眼看追赶不上,干脆打道回府,垂头丧气地报官去了。

骑马的壮士终于勒住缰绳,率先跳下马来,随后张开双手,打算将骆宾王抱下马。骆宾王摆了摆手,翻身从马背上滑下来,徐绹从马上跳下来,兴奋地问道:

"请问壮士尊姓大名,你为何救我们?……"

壮士揭掉面罩,朝着骆宾王双膝跪了下去,行以大礼:"骆伯,您可认得愚侄?"

"你是——?"骆宾王指着对方,摇了摇头。

"家父乃莱州高四。愚侄名叫高端,高家二公子,小时候我见过您……"

"你就是端儿?都这么大了!怪不得有点面熟,你长得太像你父亲了!"骆宾王连忙拉起高端仔细端详,然后将他紧紧搂住,老泪纵横道,"令尊大人还好吧?你家里人都还好吧?你怎么跑来了?"

"他们都好,他们就是放心不下您。"高端抬手抹去骆宾王的泪水,结果自己激动得哽咽起来,"我从扬州一直悄悄跟踪你们到江州,今天终于相聚了……"

骆宾王一听,指着胳膊肘上的包裹:"这里头的银票也是你的吧?绹儿快过来,快来拜过救命恩人!"

徐绹双膝跪地,举起双手,给高公子施了一个重礼。

"徐公子请起!"高端将马绳拴在旁边的枫杨树上,三人坐在湖边草坪攀谈起来。背后山脚下是一溜古城墙,绵延数里,放眼望去,给人以沧桑之感。再远处就是村庄,炊烟袅袅,白雾蒙蒙,湖水与村庄之间是一片开阔的稻田,稻田刚刚收割过,泛着白黄的光彩。一位白发老汉骑在牛背上,他戴着幞头,一边晃动着身子,一边唱着当地的采茶歌。湖水一望无际,四周青山倒映在水里,瞧上去就是一幅山水画。

　　远在莱州的高四曾与骆宾王在德州同窗共读，因为志趣相投，两人经常在一起吟诗作赋、游山玩水，成了形影不离的好朋友。各自结婚成家后，两人也没少来往，后来骆宾王不是到外地做官就是到边疆参战，两家人的来往这才少些了。扬州起事爆发后，高四急得像热锅上的蚂蚁，生怕起事失败，危及好友性命。后得知骆宾王写了檄文，一时兵强马壮，起义军连克扬州、润州和楚州后，高四终于松了一口气。为了助骆宾王一臂之力，他毅然变卖家产，兑成银票，等候徐敬业、骆宾王的大军挥师西进，结果左等右等，迟迟不见踪影。到了深秋时节，听说李孝逸统领三十万大军从京城出发准备征讨扬州时，高四又开始着急起来，连忙安排次子高端带着银票，去扬州寻找骆宾王，恳求其说服徐敬业，促其一鼓作气，乘势而上，早日西征，千万不要错失良机。

　　"我到扬州时，下阿之战已经结束，听说你们乘船要去高丽，我一路上到处找您。"高端一边说，一边流下泪来，"后来发生的事，不用我说，你们也猜得到了……"

　　"这场起事最后以兵败告终，大都督英国公担主责，我作为艺文令，也有责任。"骆宾王抬起头来，扭身盯着近在咫尺的城墙，"刚开始，我还天真地以为，凭那篇檄文就能打败武则天，其实谈何容易！高宗登位以来，武氏就已经摄政，积三十余年，根基已十分牢固，很难动摇……俗话说，秀才造反，十年不成。算了，不说了，不说了！"骆宾王摇了摇头，摆着手，眼泪又差点流出来。

　　"骆公没有任何责任，完全是家父一手造成。"徐绸连忙上前劝慰，"十万将士战死下阿和扬州，我徐家满门遭斩，也算是罪有应得……"还没说完，徐绸一头倒向草地，号啕大哭。

　　高端打算上前劝阻，骆宾王冲他扬了扬手："让他好好哭一顿吧，他已经憋了好久了，哭出来，可能还好受些……"

　　三人从早上一直聊到中午，为安全起见，决定由高端骑马去富池买来饭菜，两人在舒婆湖等候。返回时，高端顺带买了两顶帽子，是那种淄布冠，灰颜色，从顶部到帽口，前后绣了四根竖纹，两侧连缀着丝带。徐绚迫不及待戴在头上，骆宾王却捏着帽子笑了笑："这种帽子是弱冠之年戴在头上的，我这个年纪不适合。"说完放在地上。

　　吃饭时，高端突然指着背后的城墙说："刚才我问过那个放牛的老人，这就是子胥城。"骆宾王听了，立马丢下碗筷，站了起来，转身直视城墙：

　　"原来这就是子胥城，好一个伍子胥的屯兵之地。伍子胥啊伍子胥，你屯兵灭楚的地方，原来在这里呀！"

　　拜谒子胥城时，骆宾王还是戴上了帽子，他扶着城墙，一路滔滔不绝。他说，伍子胥一家都是楚国良臣，父亲伍奢为太子傅，因奸人谗言，楚平王欲杀太子，一并关押了伍奢，又恐留下后患，让伍奢写信劝其两个儿子入宫，以此诱杀伍尚、伍子胥两兄弟。兄弟二人虽已识破楚王诡计，但又不忍担不忠不孝之名，于是商定让哥哥伍尚一人前往，后来果然不出所料，父兄二人惨遭楚王杀害，伍子胥由此逃往吴国。没过几年，身为吴国大夫的伍子胥为了报仇雪恨，亲自带兵屯守舒婆湖，不仅一举灭了楚国，还将楚平王的尸体从坟墓里挖出来，鞭抽三百，以雪深仇。

　　望着绵延起伏的城墙，骆宾王心潮起伏。一千多年过去了，这里虽已是残垣断壁，但从它高大巍峨的气势上不难想象当年的威严与神圣。来到城墙的东北角，俯瞰着远处的江水，骆宾王突然停下脚步，揭掉帽子，高声吟诵起自己的名赋《帝京篇》：

山河千里国，城阙九重门。

不睹皇居壮，安知天子尊。

皇居帝里崤函谷，鹑野龙山侯甸服。

五纬连影集星躔，八水分流横地轴。

秦塞重关一百二，汉家离宫三十六。

桂殿嶔岑对玉楼，椒房窈窕连金屋。

……

古来荣利若浮云，人生倚伏信难分！

……

吟到此处，骆宾王终于哽咽起来，脑袋也跟着低了下去，双手不停地颤抖。《帝京篇》是他年轻时呈给吏部侍郎的一篇文赋，文中借助对大唐帝国和长安胜境的礼赞，抒发了他参与国事、建功立业的强烈愿望，表达了一个赤子对国家黎民的忧虑之情，全篇结构宏伟，逻辑严谨，辞章华美，情感充沛，是骆宾王的得意之作。

高端见状，连忙上前劝慰。骆宾王扬了扬手，抬起头来，又吟诵起了那篇著名的《畴昔篇》。三年前，他好不容易担任侍御史一职，那是他平生做过最大的官，结果不到半年时间就遭人诬陷入狱，出狱后，他以无限悲愤之情，写下这样的文字：

少年重英侠，弱岁贱衣冠。

寄托寰中赏，方承膝下欢。

遨游灞水曲，风月洛城端。

且知无玉馔，谁肯逐金丸。

金丸玉馔盛繁华，自言轻侮季伦家。

五霸争驰千里马,三条竞鹜七香车。

掩映飞轩乘落照,参差步障引朝霞。

池中旧水如悬镜,屋里新妆不让花。

……

当时门客今何在,畴昔交朋已疏索。

……

"当时门客今何在,畴昔交朋已疏索。"这是一个多么现实而又龌龊的人心世界！想想自己的一生,做过官,坐过牢,而见证的却是变幻莫测、趋炎附势的人心。当你飞黄腾达时,朋友们趋之若鹜；当你倒霉背运时,一个个离你而去。文章还没吟诵完毕,骆宾王就坚持不下去了。他摩挲着秃头,扶着墙壁跪了下去,然后趴在城墙上恸哭不止,哭声越过城墙,越过湖面和田野,连树林里的鸟儿都惊飞了。哭完后,他拉着高端的双手,像孩子一样一边哽咽,一边哭诉道:

"贤侄呀,令尊高四兄弟是知道的,我骆家世代贤良,与伍大夫一家何其相似！我骆宾王与伍大夫也一样,从小满怀报国之志,可回头看我这一生,因为不愿同流合污,总是被小人陷害,不是坐牢,就是发配,混了大半辈子,也没做过像样的官……一千多年前的伍大夫,尚能灭掉楚国、鞭尸楚王,可我骆宾王呢,空有一腔热血和满腹诗书,虽有檄文惊世,到头来却害十万将士丢掉性命,害了扬州码头那个活活被烧死的相公,害得自己隐姓埋名、亡命天涯,如丧家之犬……贤侄呀,这场起事的最终失败,不能只怪英国公徐敬业,我骆宾王也有不可推卸的责任啊！我逞什么能,写什么文章啊？我就是个蠢蛋,我就是个废物啊！"

过了一会,骆宾王突然止住哭,用力脱掉布靴,从里面掏出一堆纸屑,纸屑成了粉状,黑乎乎的,纷纷扬扬地掉下来,落得满地都是。骆宾王瞧了瞧纸屑,又瞧了瞧鞋子,脸上露出哭笑不得的自嘲神情。他终于安静下来,一边嘀咕着,一边将布靴反扣过来,将里头的纸屑彻底倒了出来。最后,他干脆拿着鞋子,对着城墙使劲地叩打起来,直到里面的纸屑完全掉落,他才伸出脚来,重新穿上布靴。

几天之前,离开扬州时,为了安全起见,他慌里慌张将那张没写完的檄文塞进布靴里。这几天一直在逃命,他和徐绚不是风餐露宿,就是和衣而卧,一直没脱过鞋袜,檄文都被踩踏成碎片了。

"从今往后,我骆宾王若能苟活于世,将坚决做到'三不'。"骆宾王指着城墙的砖石,直盯着高端,"一是不谈国家大事,尤其是那些敏感的话题,坚决闭口不说;二是不问人世纷争,哪怕眼皮底下发生草菅人命的恶事,绝不介入和参与;三是不管如何改朝换代,将来就是王八蛋当了皇帝,与我骆宾王也没有半毛钱关系……子胥古城,立此存证,恳请高端贤侄全力监督,好不好?"说完,骆宾王又呜呜地哭了一阵,哭完后,他突然没了声息,身子软得如同泥巴,瘫倒在地,手上却还捏着帽子。等到高端将他扶起来,他才猛然发现身旁少了一人:徐绚不见了。

第四章　葫芦塘和鹅

说起徐绹，就不能不说他的祖辈徐懋功。徐懋功是大唐重臣，曾为李渊、李世民父子打江山立下过赫赫战功，晚年被封为英国公。徐敬业在扬州起事时，自封英国公，皇上并不认可，到头来还落个兵败身亡，满门遭斩，徐懋功要是地下有知，不知做何感想。

现在，老一代英国公唯一存活的嫡重孙突然人间蒸发了，骆宾王不能不着急。

高端沿着子胥城前后找了两个来回，嗓子都喊破了，还是不见徐绹踪影，等到他们回到舒婆湖边，才发现马也不见了。

"算了，别找了，这样也好。"骆宾王冲着高端扬了扬手，这是他的习惯性动作，活了大半辈子，哪怕是遭陷害坐牢，他都是扬扬手，一副无所谓的样子，"徐相公不辞而别，可能是为他自己好，也可能是为我骆宾王好，我和他都是朝廷通缉的要犯，相互间是个制约，分开逃命，总比捆在一起好……别找了。"

"他至少应该和我们打个招呼吧？"高端颇不高兴，"这种人不靠谱……"

"如果遇到不测，那是他徐绹的命，怪不得咱们。"骆宾王望着一湖青水，"但愿两代英国公保佑他徐家一脉平安无事……"

临近傍晚，两人来到富池渡口，决定乘坐最后一班船，到永兴县城留宿。经商定,明天一早,高端离开县城,返回莱州,骆宾王暂留鄂州永兴一带,以避官府追捕,待过了这阵风头,朝廷那边稍稍缓过气后,再作打算。

临到上船时,骆宾王才陡然想起,原打算祭奠甘宁墓的活动,因为徐绚突然失踪给忘记了。甘宁是吴国人,骆宾王生于吴越一带,加上自己也有过从军经历,甘宁是他崇拜的偶像。

一只小船划过来了,是那种带篷的小木船,顶多能坐十来个人。撑船的是个白胡子老人,年纪与早上见过的放牛老汉相仿,但他肤色黝黑,身板显得壮实有力。他不停地划着桨,让船只稳定在岸边,嘴上说:"慢点来,慢点来,伙计们,不用急哟!"

最先上船的是一对母女,她们刚一落座,突然尖叫一声,转身跳下船来,脸上露出凄惶之色。老汉没吱声,继续划着桨,另外几名乘客都是男的,回头瞪了瞪那对母女,陆续上了船。骆宾王弯着身子,一边往船里走,一边瞧了瞧,原来,靠近船头的位置立着一块小竹片,竹片不足一尺长,顶多一寸宽,插在半只萝卜上,上面写着"爱子曹应明之灵位";旁边放着一只碗,碗里躺着一条鲤鱼,鱼都干透了,瞧上去像一副标本。

看那情形,几名男乘客都是本地人,而且不是首次坐船,跟老汉打过招呼后,他们开始挤在一起说起话来,一听就是本地话。

骆宾王瞧了瞧船头的灵牌,又回头瞧了瞧老汉。这时,木船已经掉转方向,朝着上游划去。老汉冲他点了点头,主动说道:"是我儿子,他不远千里跑到扬州去,参加了徐敬业的起义军,听说全军覆没,我就给他立了块牌子……唉!"

骆宾王连忙掉转头,盯着灵位,双手抱拳,连拜了三下。高端干脆站起来,跟着他一起作揖行礼。

那几个本地乘客一直说个不停,脸上满是激愤之色。骆宾王游历甚广,侧耳听了半天,也没听出什么名堂来。白胡子老汉见了,指着那几个乘客,笑着问他:"他们讲了些啥,客官你⋯⋯到底听没听懂啊?"

骆宾王摇了摇头:"请问大哥,他们说的可是本地话?"

"是呀,全是永兴当地话,这富池一带叫兴教里,他们说的就是兴教里的话,跟江州话差不多,难懂得很啊!"老人一边摇着橹,一边点头道,许是见的乘客多了,这老头子竟然能讲一口夹生的外地话。他又瞥了瞥骆宾王和高端:"请问两位客官,你们是哪里人?来永兴做什么呀?"

"我们从徐州那边过来的,听说你们幕阜山一带的竹木好,过来看看行情。"高端连忙回应。

"哦,原来是做生意的。"白胡子老汉瞧了瞧骆宾王头上的帽子,眯着眼笑了笑,转头朝着那几个本地乘客努了努嘴,"他们一直在说骆宾王的事,骆宾王你们知道吗?"

高端和骆宾王一齐摇了摇头。

"骆宾王你们都不知道?不会吧?我们这里三岁伢都知道他!"一个乘客立马改变口音,接过话去。

"就是七岁写出《咏鹅》的那个义乌神童。"另一个乘客连忙补充说,"他在扬州跟着徐敬业一起造反,还帮他写了一篇文章,要杀武太后,结果徐敬业造反不成,反被杀了。骆宾王没被捉住,跳水跑掉了,现在朝廷全天下贴布告抓他⋯⋯"

"哦。"高端点了点头,"我们生意人,不爱过问官府上的事⋯⋯"

"他们在说,"白胡子老汉又指了指那几个本地乘客,回头瞥了一眼儿子的灵位,"江州那边传讯过来,说骆宾王从扬州跑到这边来了,很有可能到了鄂州界……我觉得这事吧,不大可能,不是说徐敬业在高邮被李孝逸打败了吗?听说为首的二十五个人的人头都送到长安去了,他骆宾王一个白面书生跑得了吗?就是让他跑,他一个上了岁数的人也跑不动啊,都过去好几天了,到底还活不活在世上,不好说……"

骆宾王点了点头,可能是头上的结痂有点痒,他突然揭掉帽子,露出光头,伸手挠了起来。

"有人暗地里在保护他,听说还有徐敬业的儿子徐绚一起,是两个人。"乘客里立马有人接过话茬,"我前晌还听说,两个人都剃了光头,让一个骑马的壮士给劫走了……"

话音未落,大家一齐转头盯着骆宾王的光脑袋。

骆宾王不动声色地坐着,手上捏着帽子,什么话也不说。

"唉,依我看啊,骆宾王到江州来,根本就不可能,更不可能到咱们永兴来。他那么一个大才子,写出那等文章的人,就是死也不会去逃命,对不对?"老头子岔开了话题,"我倒是听说他在海陵跳水自杀了,要真是这样,我还挺佩服他的,读书人嘛,骨头就应该比平常人硬几分,对不对?"

富池口地处长江南岸,是百里富水河连接长江的入口,不远处有一条沙洲,沙质金黄,逶迤绵长,形似一条匍匐的巨龙。洲上芦苇丛生,成群结队的野鸟从芦苇丛里飞起来,围绕着富池口盘旋叫唤。此时正是日落时分,骆宾王忍不住转过头去,透过船尾,直瞅着那金黄色的河水,脸上露出迷醉的神情。天哪,面前的这条大河,分明就是家乡的乌伤溪呀。

一首名为《晚泊江镇》的诗作即刻出现在他的脑海里:

四运移阴律,三翼泛阳侯。

荷香销晚夏，菊气入新秋。

夜乌喧粉堞，宿雁下芦洲。

海雾笼边徼，江风绕戍楼。

转蓬惊别渚，徙橘怆离忧。

魂飞灞陵岸，泪尽洞庭流。

振影希鸿陆，逃名谢蚁丘。

还嗟帝乡远，空望白云浮。

　　船到网湖时，天已擦黑。这时，舱外传来"噢——噢——"的鸟叫声，一阵接着一阵。骆宾王觉得奇怪，将头伸到舱外，只见半空中盘旋着一圈又一圈黑影，伴随着翅膀的扑展声。撑船老汉连忙说，这是从北边过来的候鸟，它们刚刚飞过来，热闹着呢，半天不愿落下来，它们会在这里待上一个冬天，直到来年开春后才离开。

　　约莫过了一个时辰，客船路过南城、浮石两处渡口，最后到了永兴县城。县城有两处渡口：一处是对面的南市渡口，再一个就是这城南的富川渡口。南市那边以货运为主，富川这边停的多是客船。下船时，骆宾王最后上岸，撑船老汉捏着高端递来的几枚铜钱，抖动着白胡子，瞧着骆宾王说道：

　　"永兴的明府大人陈县令可是个大好人哟，两位客官到这里来做生意，算是来对了，你们一路走好，生意兴隆！"

　　骆宾王和高端面向老人弯下身子，深深地鞠了一躬。

　　码头的侧墙上果然贴着通缉令，画像上的骆、徐二人全都束了头发，戴着幞头，头脸上也没有打上红叉叉。骆宾王瞧了一眼，立马揭掉帽子。

　　"咱俩晚上是住县城客栈，还是赶紧离开？"高端低头扶着骆宾王，一边沿着码头的石阶往上走，一边悄声问道，"刚才那几个坐船的本地人，我担心他们会不会盯上您，然后报官去？"

"高端贤侄，你今晚就离开永兴，不必等到明天了。"骆宾王扬了扬手，瞧了瞧前面的乘客，"我按原计划留在这里。你不是说鄂州刺史卢正道是你朋友的亲戚吗？你最好今晚住鄂州，以防有个三长两短，明天一大早再启程回莱州，就这么定了。"

高端想了想："要不，您干脆今晚和我一起去鄂州吧。"

"算了，咱们必须分开。"骆宾王沉思道，"你还年轻，不能有任何闪失，否则我对不住高四兄弟。还有，从今晚开始，我不再叫骆宾王，叫王落。"

"我也不叫高端，叫杨新。"高端随口说道。

入住客栈后，两人又说了一番相互牵挂和叮嘱的话，随后高端租了一辆轻型马车，先是围着永兴县城转了一圈，然后出西门直奔鄂州。

次日上午，骆宾王安然醒来，永兴果然是个安全的地方。躺在床上，他又想起富水河上那个曹姓老汉，他儿子曹应明因为参加扬州起事死掉了，这样说来，曹老汉应是匡复李唐的支持者。昨晚下船时老汉那番话，显然是话里有话，且不说老人家是否怀疑他骆宾王的身份，但那几句话，分明藏着一副热心肠，看来永兴县真是个好地方，这里的人心不坏。

吃过早饭后，骆宾王先去钱庄兑换了一些碎银和铜钱，寄存了一部分银票，然后朝着南岸富川码头走去。昨晚下船时，他沿路匆匆瞥了几眼，感觉到这永兴县与家乡义乌颇为相似，尤其是那条紧邻城关的长河，河面九曲回肠，码头舟楫纵横，一到晚上，岸边的县城一派万家灯火，简直跟家乡一模一样。

县城沿南北展开,共设宣化、尊贤二坊,四千多户,是鄂州地域最大的县治。一大早,四面八方的乡民挑着粮食、畜禽、水果和蔬菜,陆陆续续进城赶集。刚刚采摘的白菜、萝卜沾着露珠,青翠欲滴;装在竹篮里的鸡禽伸着脖子,晃着脑袋,咕咕叫着;沿街的早点摊早早烧开了水,那些做掌柜的双手拆开木板拼合的店门,一边仰头吆喝,一边招揽过路的食客与行人。

街中央有一家食店,门脸上挂着"永福里锅盔"的牌子,门口放着两只大竹筛,里面堆满了锅盔,刚刚出炉,还在冒着热气。骆宾王一边闻着锅盔的香味,一边走过去,他觉得那堆着的锅盔憨态可掬,甚为可爱,当即买了四只。这样一来,午餐也不用再另买食物了。锅盔热得烫手,他一边撕咬着,一边问掌柜,去南门富川码头怎么走?掌柜是个热心人,连忙在围裙上擦净双手,跑到路中央,指着前面的一条细巷说:"沿着那条街一直走过去就到了。"

刚刚入冬的永兴县城冷风瑟瑟,早早地透着一股寒意,骆宾王缩了缩脖子,朝街面跺了两脚,感觉到那寒气驱散不少。刚一走过街口,他一眼瞥见南门口围着一堆人,大家将手拢在袖筒里,叽叽喳喳,好不热闹。城门上自然贴着缉拿他的布告,奇怪的是,布告竟被撕了一大截,仅剩上半截的几行文字,连他和徐绚的头像也一并撕掉了。布告旁边是一张刚刚发布的公榜,上面公示了刚刚结束县考的乡试入围名单。人堆中间,一个少年双膝跪着,头戴幞头,仰面朝天,双手举着一张白纸,纸上写了一个比脑袋还大的"冤"字。

骆宾王犹豫片刻,到底还是挤进人堆;听了众人的议论,他便明白了大概,正要转身离开,他顺势瞟了一眼那跪着的少年,小家伙年约十五六岁,双膝着地,腰板挺得直直的,身体却纹丝不动,偶尔才腾出一只手来,揉一揉鼻子和眼睛。骆宾王直盯着那张脸,愣了半晌,这俊秀的五官，活脱脱就是三十年前的卢照邻啊。

骆宾王、卢照邻、王勃、杨炯四人，因文才出众、年少成名，被誉为"初唐四杰"。"四杰"中，骆宾王年纪最长，他与王勃、杨炯没什么交往，唯独与卢照邻的交集最深。卢照邻是幽州范阳人，比骆宾王小了将近二十岁。两大才子初次见面是在洛阳，当时卢照邻也就十五六岁，正与一个叫员半千的天才出文互考，骆宾王见他才思敏捷，对答如流，心里十分佩服，再看他那外形，眉清目秀，风度翩翩，心中更是多了几分喜爱。从那以后，两人就有了书信来往和文章交流，最终成为无话不谈的挚友。卢照邻年轻时仕途还算顺畅，二十来岁就做了邓王李元裕的典签，一时被誉为当朝的司马相如。只可惜天妒英才，卢照邻刚过而立之年就中风病倒，长年累月经受病痛折磨，一直到死。

骆宾王连忙挤入人群，上前拉起少年，悄声对他说道："相公，你快快起来，你这样跪着不是个事啊，不如随我来……"

早上看榜之后，小伙子一直跪在南门口，少说也有半个时辰了，此时又饿又冷又乏，正不知如何是好，突然听到有人叫他，便扭头瞧了一眼骆宾王，见他慈眉善目，眼神坚定，于是少年抓过地上的布包，将"冤"字塞入包内，跟着骆宾王起来了。

一路上，骆宾王先将一只锅盔递给少年，随后询问情况。少年一边啃着锅盔，一边哽咽不已，诉说自己的不幸遭遇。他本名王佳，本县永福里人氏，尚在东源学馆上学，虽然不是整天待在馆里，但他学习刻苦专心，平时参加乡、里一级的考试，总是第一，从没考过第二名。去年县里组织过一场摸底考核，参加考试的都是十岁左右的学童，王佳与永城里的一个孩子并列第一。上个月，州府在辖下四县组织巡回科考，成绩优秀的学生方能参加明年乡试，今天正是放榜之日。天还没亮，王佳就早早起来了，随后走了四五十里旱路，来到县城看榜，结果发现自己名落孙山；相反，他的同学吴朋，一个成绩平平的纨绔子弟，竟登头名。王佳一气之下写了"冤"字，从早上一直跪到现在。

回到客栈，骆宾王给王佳倒了一盅水，两人面对面攀谈起来。骆宾王很快了解到，王佳的父亲是个普普通通的农民，母亲结婚之前读过一些书，平时待在家里做些女红，空时也辅导儿子学习。王佳不仅天资聪颖，还是个懂事孝顺的孩子，只要有空闲，他就主动帮助母亲做一些力所能及的小活。母亲是永福里和东源一带有名的"布贴女"，农闲时节会做一些布贴画，拿到镇上和县城来卖。小小年纪，王佳竟跟着母亲学会了煮面糊、制图样、剪布角等各种活儿，是家乡一带小孩子学习的榜样。

"我跟你说，王相公，咱们可有缘分哩。"骆宾王摸了摸王佳的头，"本人也姓王，叫王落，五百年前，咱们可是一家呢！"

"您也是永兴县人吗？"

"你说呢？"骆宾王盯着王佳，将帽子揭掉，露出一个光头来，"你说我像不像永兴人？"

"听您口音，不像本地人。"王佳顿时涨红了脸，"您为啥要拉我到这里来？我要去告他们，我不服！"

"咱们肯定要讨个说法，不能就这么算了，但得换一种方式，你那么跪着，没用。"骆宾王干脆将帽子扔在桌上，"我不是本地人，是从徐州那边过来的。我这两天仔细看了看，你们永兴县到处山清水秀，街上见到的一些人，一个个也挺友好善良，我总觉得这里是个好地方，没想到这科举考场上也不干净……"

"那个顶替我的吴朋，他爹是个员外，靠着药店和收租，家里特有钱……"王佳突然说道。

"是呀,那个叫吴朋的,能顶替你王公子,说明他的后台比你硬。"骆宾王伸过手来,替王佳揩掉眼泪,"你今天就是跪到天黑也没用,咱们还不如另想办法。"

"那您说有什么好办法?"王佳低头抽泣起来,他抹了抹眼睛,抓起桌上的布包,站了起来,准备返回南门,"吴朋他爹仗着自己有钱,这县城里好多人都被他买通了,我们永福里好多人都知道……我王佳与他无冤无仇,他的儿子凭什么顶替我?明年秋闱我要是去不了鄂州乡试,如何对得起我娘的教育之恩?我要是再忍气吞声,不把这冤屈申了,我没脸回去见我娘,我索性跳富水河算了!"

"王相公,这话可不能乱说,小小年纪怎么跑去跳河呢?"骆宾王躬身盯着王佳,又想起了卢照邻。他生病期间,骆宾王曾去洛阳龙门看他,卢照邻拉着他的手说:"骆兄,这病痛太折磨人了,我现在只想死,只想跳了颍水了却余生。"若干年后,卢照邻真的跳了颍水,其时,骆宾王还在永兴,并不知晓,这是后话。

"你看这样行不行,你既然不好意思回去见你父母亲,我王落亲自陪你回去一趟,我来跟他们说,然后一起想办法,好不好?"骆宾王建议说。

从县城到永福里,水陆两路都可通行,考虑到走水路相对轻松,沿河风景优美,骆宾王决定坐船。王佳想走旱路,这样可节省几个铜钱,骆宾王识破了他的心思,早早买了船票,两人一起上船。

进入船舱,两人一齐坐定,王佳从布包里拿出一本书。骆宾王瞥了一眼,是屈原的《楚辞》,他冲小伙子竖了竖大拇指,便转身来到舱外。眼前的富水河碧波荡漾、风情万种,越看越觉得像家乡的乌伤溪,特别是两岸的青山,那青黛的山色,那或圆如帽、或尖如针的山形,简直就是从义乌县搬来的。

"允明,你们还好吧?"骆宾王突然掉转头来,遥望东方,口中喃喃自语。从扬州起事到现在,自己已有半年时间没回家了,他没有一天不在想念妻儿。起事之前,虽然他做过最坏打算,但无论如何,骆宾王都没有想到,一场轰轰烈烈的起事竟如此草草收场,而且败得这么悲惨。这些天来,他一边东躲西藏,到处逃命,一边担心着家人会不会受到牵连,每当想起徐家满门遭斩,他就不寒而栗:"锡儿铨儿,你们都好吗? 你们在哪儿啊? 我这个当爹的,对不住你们啊……"

想到这里,骆宾王眼角一热,胸口处隐隐作痛。这时,王佳诵读文章的声音从船舱内传了出来,稚气的童声清脆悦耳、坚定有力:

> 后皇嘉树,橘徕服兮。受命不迁,生南国兮。深固难徙,更壹志兮……

是屈原的那首《橘颂》,骆宾王也跟着背诵起来:

> 苏世独立,横而不流兮。闭心自慎,不终失过兮……年岁虽少,可师长兮。行比伯夷,置以为像兮。

船上另有六七位乘客,他们被这一老一少的诵读吸引住了。两位年轻人和一个孩子甚至移步舱外,围着骆宾王,满脸好奇地瞅着他:这个身佩刀剑、肩挂包袱、身着长衫、头戴灰帽的男人,是我们永兴人吗?

"你看,那上面栽的全是橘子,可甜呢!"王佳放下书本,指了指河岸,岸边的丘陵山包上果真种满了橘树,绿油油一片,只是挂果不多,

"今年天旱没雨,我娘说了,橘子的收成不是很好……"

骆宾王若有所思地点了点头。

永兴县是幕阜山脉与长江冲积平原的过渡地带,山地众多、河湖纵横,永福里更是这种地形地貌的典型代表,从通羊、阳辛、果城里上游流淌下来的溪水汇集在三溪口,然后流经八湘,最后从荆头山渡口注入富水河。跟县城比起来,这里虽说地广人稀,沿河码头却跟县城一样热闹,河里摆满了竹筏和木排,那些操着外地口音的生意人,瞅着连叶子都还没掉落的翠绿竹木,一个个感叹不已,竖着大拇指说:

"永兴县是个好地方啊! 下辈子变牛变马也要投胎到这里,好地方啊!"

午时刚过,小木船到达三溪口,乘客们大都下了船,只剩下骆宾王和王佳。骆宾王问王佳还有多远,王佳指着越来越窄的河道说,前面是车前村,再后面就是株林村,两处都是小渡口,最后一站便是他的家乡东源。骆宾王很快发现,过了三溪口,眼前的河流明显越来越狭窄,河水也越来越浅,尤其是过了株林,船只几乎划不动了,除了双桨,还得靠竹篙帮忙,等到木船到了东源,水浅得都能见底了,船夫只得跳下船,双手推着船只才能靠岸。骆宾王顺便问了原因:从三溪口过来的这条河,叫王英河,因为地处大山深处,每年冬季,尤其是遇到少雨大旱之年,河水就会干涸,甚至断流,今年的情况就比较典型。

东源渡口是一处石头筑成的高坑,因为河里没水,下船后还得爬过一段陡坡才能上路。王佳率先跳下船,拉着骆宾王,一个劲地往上爬。来到路口,骆宾王四处瞧了瞧,这里果然是重峦叠嶂,山外有山,四野一片寂静。两人走在山脚的小路上,除了鸟鸣,耳朵里就是布鞋踩着沙土的声音。王佳拉着骆宾王不放手,这会儿,小家伙满脸兴奋,边走边跳,早上的那份冤屈与不快早已忘诸脑后。

骆宾王注意到,山路两边大多是那种状如帽子的低矮小山,山上种着橘子。因为干旱,橘子干死了不少,有的树上甚至没有挂果。骆宾王还看到,这地方的山路全是弧形的,像一个个圆圈,刚刚还在身边的大山陡然之间退到了远处,走在这里,像进了迷魂阵。

没走一会,骆宾王感觉到恍惚起来,不知道哪是东头,哪是西头。他停下来,反复问王佳还有多远。王佳拉着他的手,一直说:"不远了,不远了,几脚路就到了。"结果两人又走了好几里山路。因为连夜奔走,骆宾王感觉到实在累了,甚至有些气喘吁吁。他打算在树下歇息一会,正要蹲下来,猛然瞥见前面出现一座大山,巍然挺拔、状如龙椅;再往下看,山脚和山腰处冒出几幢土屋,房顶上铺着干茅草,茅草缝里正冒着一缕炊烟,像是被烧着了。大山里天黑得早,加上又是冬天,山里人家早早就做起了晚饭。见到人烟,骆宾王当即有了兴致,又往前走了几步,只见村子前面突然冒出一口水塘。骆宾王瞥了一眼,顿时愣住了,他当即停下脚步,半天没有动弹。

"您怎么了?伯父……"王佳仰头问他。

骆宾王直盯着面前水塘,像傻子一样大张着嘴巴,眼中充满了迷离。水塘大约有四五亩面积,四周种着几棵垂柳,柳叶一半黄、一半青,都掉到了水里;塘形外宽里窄,像两只叠加的圆球,顶头狭窄处连着从山上流下来的溪水,乍一看像极了一只葫芦。

天哪,家乡义乌骆家庄的村口处就有一口葫芦形绣湖,大小形状与眼前的水塘一模一样,世上真有这么巧的事情?

王佳斜着身子,拉着骆宾王一步一步地朝前走,嘴上不停地喊着:"娘!"眼看离土屋越来越近,塘边柳丛里突然窜出一群动物,通身白毛,脖子细长,鼻子根部长着一坨鲜红的疣状物。鹅!永兴也有鹅……骆宾王简直不相信自己的眼睛,他用手点着数了数,一共六只,它们正

扇动着白翅、排着队跳下水塘,然后一边伸着脖子游向对岸,一边像迎接客人一样,此起彼伏地叫唤着:

"鹅! 鹅! 鹅!"

许多年前,刚满七岁的骆宾王看到家乡绣湖里的几只白鹅,信口念出:

鹅、鹅、鹅,曲项向天歌。

白毛浮绿水,红掌拨清波。

正是这首《咏鹅》诗,传遍大江南北,骆宾王从此有了"江南神童"之称。

第五章　虎头布贴

　　王佳家乡背靠的大山叫白马山,山脚一线统称东源;对面南边的大山叫北山岘,北山岘与白马山之间就是王英畈,王英河因此得名。

　　王佳生活的村子叫黄土塬,黄土塬人自然姓黄,没几户人家,零零散散分布在山脚和山腰。王佳父亲王贵原本生活在山背后的王家庄,后入赘到黄土塬,成了上门女婿。

　　王佳的外祖父中过举、当过员外,曾经颇有田产,因为与同乡吴员外有些过节,让人家生生抢走了百亩肥田。黄员外一气之下得了重病,临终时穷得只剩下三间茅屋。当时,女儿黄小娟尚未出阁,王贵婚前上过黄家一次门,看过黄土塬的地理环境,觉得这地方看似山清水秀,风水不错,其实地势落差大,蓄水能力不足,容易发生旱灾,他不太愿做上门女婿,倒是希望黄小姐能嫁到王家庄。招婿入赘是黄员外的生前遗愿,黄母只好让步,承诺以后生了子嗣,男丁姓王,女丁姓黄,王贵这才勉强答应下来。

　　结婚后夫妻二人男耕女织,相敬如宾,日子过得倒也清贫自在,特别是有了儿子王佳后,小日子开始热闹和红火起来。王佳的聪明好学,给这个山村小家庭带来了欢声笑语。

　　上个月,永兴县组织巡回科考,一家三口信心满满。单凭王佳平时的成绩,参加明年的秋闱,一定是板上钉钉,毫无悬念。前一天晚上,王贵夫妇商量到半夜,决定父子二人今天一起乘船到县城看榜,谁知天还没亮,王佳竟然独自去了县城。好在儿子的成绩放在那儿,夫妇二人从早上一直忙到现在,不仅备了鱼肉,还买了烧酒,准备等儿子回来,共同庆贺一番。结果等来的竟是儿子被仇人顶替,不幸的消息给王家老少心头蒙上了一层阴影。

"这永兴县还有没有王法?这大唐有没有王法?姓吴的太过分了!"王贵抓过一把柴刀,准备去丫吉山吴家湾找吴员外算账。妻子黄氏连忙起身夺下柴刀,瞪了他一眼。她瞧了瞧骆宾王,数落丈夫说:"你就知道蛮拼,你能不能动动脑子!咱们平头老百姓,拼得过人家吗?这王落大哥好心好意来咱家商量儿子的事,你能不能先听听他的意见?就知道蛮拼!"

从进门到现在,骆宾王一直神情恍惚,总觉得自己像是回到了家乡骆家庄。这世间事真是神奇,两个相隔千里的村子竟然如此相似,同样的水塘、同样的动物,还有这少年王佳,外形与气质跟好友卢照邻一个模子……难道这就是天意吗?

进门后,王佳自然隆重介绍了骆宾王,把王落伯父这大半天来的各种关心和帮助向父母亲详细报告了一番。夫妇二人本是通情达理之人,儿子被顶替固然令人失望,王落先生的义举却感人肺腑。

家里共有三间泥坯茅屋,中间是堂屋,两边为厢房;靠东头还搭建了一间小屋,作厨房用。儿子领着陌生的客人回来后,母亲黄小娟强忍悲痛在厨房里忙碌了半天,将早已备好的鱼、肉端上饭桌。王贵给骆宾王斟上烧酒,自己先干了一杯,骆宾王还没端杯,他就激动起来,操起家伙要去吴家报仇。

"大兄弟,弟媳妇说得对,咱们不能硬拼,得坐下来好好合计合计。"骆宾王站起来,拉着王贵坐回到椅子上,"眼下朝廷里虽是武氏专权，但大唐律法还在。俗话说，乌云蔽日不会长久，这世间事，真的假不了，假的真不了。虚实真假，总会有个水落石出，我们不能有理去做无理的事，要不然到时候就被动了。"

王佳紧挨骆宾王坐着，一直抓住他的衣服不放。母亲黄氏看在眼里，心里涌起一股酸楚。

"依我看啊王大哥，如今这世道，读书有个屁用，花了钱财不说，到头来还受气，甚至连命都保不住。"王贵喝着喝着又激动起来，"咱先不说我儿子王佳，咱就说说朝廷上刚刚发生的那些大事，骆宾王你听说了吧？我虽然没读过什么书，但我自小就知道他是江南神童，还写过鹅诗……"王贵掉转头去，想找到家里的那六只白鹅，结果找了半天没找到，发现桌子底下趴着一只黑狗，"这骆宾王该是个牛人吧？读的书算多了吧？我听说，前些日子他和徐敬业一起在扬州造反，结果让武太后给杀了；也有人说他没死，到处逃命，是死是活还不清楚。大哥您说，读书有啥用啊？这么了不起的一个人，到头来却落到这个田地！"

"骆宾王做得没错，他是对的！"妻子黄氏从桌上拿起筷子，指着丈夫，"他就是死，也是重于泰山，死得其所。"

"骆宾王是我娘的偶像，也是我的偶像。"王佳突然起身去了旁边的厢房，拿出一个自制的手抄本，封面上写着"骆宾王诗文集"。王佳翻开第一页，开篇就是那首《咏鹅》；骆宾王接过手抄本，随手翻了翻，里面还抄有《帝京篇》《行路难》《狱中咏蝉》等，纸面干净，字迹娟秀，一看就知道是读过书的女子所为。

骆宾王抬头瞅了瞅黄氏，对方顿时红了脸颊，低头笑了起来。

随后，他将本子还给王佳，将话题引向王佳让人顶替之事。他先是端起酒杯，一口干了，接着大声说："实不相瞒，我王落也是落魄之人,昨天还在富池口子胥城发过誓,不再参与人世纠纷,今天见了公子,看他眉清目秀、惹人怜爱,忍不住就想帮帮他。我先说一点想法,看看你们两口子还有啥意见,我打算明天去东源学馆看看,找找馆长和王佳的先生了解一下情况,然后再写封信,最后还得请王贵大兄弟辛苦一趟,将信送到县衙的明府陈县令手上,你们看如何?"

"这事当然好啊!"王贵拍着手说,"只怕到时候……那些衙役们未必会让我进去。"

"你就说这封信是鄂州卢刺史派人送来的,衙役们自然会替你送信给陈县令。我听说陈县令是个好人,永兴的老百姓都在说他好。"

"确实是个好人,我们永福里一带种的橘子苗就是他当县令后送的。"黄氏指了指门外,"听说全县的橘子苗都是他送的……"

吃完饭后,都已经深夜了。王贵喝多了,歪在椅凳上打起了呼噜。经女主人安排,骆宾王与王佳睡在一张床上。黄氏抱着一床干净的棉被,站在门外,瞅着骆宾王笑,投在墙壁上的影子,像她一样修长匀称。骆宾王正坐在书桌前看那个手抄本,许是感觉到门口站着人,他先是瞧见了地上的影子,然后抬起头来直瞅着她。黄氏一直在笑,眼角和眉梢都在笑。骆宾王就这么瞅着她,可能因为喝了酒,他的视线变得模糊起来,蒙眬中,他以为是妻子范允明,正要喊出声来,王佳给他打来了洗脸和洗脚水。骆宾王连忙捂了捂嘴,然后扬手揭掉帽子,露出红彤彤的光脑壳。黄氏吃了一惊,连忙放下被子,退回堂屋。可能是太累了,骆宾王刚将双脚放进木盆,便跟着王贵一起,打起了如雷的鼾声。

次日早晨,等到骆宾王醒来,堂屋的饭桌上已经摆好了早饭,盘碟上放着蒸好的米饼和白馍,碗里盛着白米稀粥,还有新鲜的小白菜和咸豇豆,桌面上热气腾腾、色香诱人。王贵坐在桌边低头等候着客人,门边的木架上放着脸盆和热水,连布巾都放进水里了。黄氏正在门口摊晒东西,腰上系着围布,围布由多种颜色的布块缝制粘贴而成,瞧上去别有一番韵味。王佳起床后,又想起遭人顶替之事,于是闷头哭了一阵,哭过后,他拿起一只白馍,背着书包早早去了学馆。

骆宾王意识到自己起晚了,朝着王贵歉疚地点了点头,径自朝着脸盆走去。此时,他没戴帽子,硕大的光脑袋闪着寒光。王贵瞧了一眼,眼睛顿时瞪得大大的。正好黄氏端着空簸箕进来,他一脸惊恐,指了指骆宾王的后背,黄氏故意不理他,一直笑脸对着客人。

"王大哥,昨晚睡得还好吧?"黄氏主动问候了一声。

"非常好!这地方太安静了。"骆宾王将头埋在水里,头皮上的硬痂已经退壳,差不多快好了,他准备好好洗个头,脑门和脸皮上沾满了水,"永福里这地方真不错,跟我的家乡……很像!"

骆宾王差点失口,说出义乌县的骆家庄,于是连忙转了话题:"王佳相公呢,怎么没见到他?"

"他一大早就去学馆找张学士去了。"黄氏放下簸箕靠在墙壁上,拿出三双筷子摆在桌面上,"王家大哥,赶紧吃饭,饭菜都要凉了。"

昨天晚上,他们已经叙过了,客人王落比王贵长一辈,后经商量,双方以兄弟相称。

吃过早饭后,骆宾王回房简单收拾了一番,他决定不带包袱和长剑,只在布靴里插了一柄短刀防身,然后戴着帽子来到门口。门口的晒筐里摊满了布块,有大有小、五颜六色,看上去甚是可爱喜人。骆宾王眯着眼睛,咧嘴一笑,仰头瞧了瞧四周的山色,这永兴县果真是个好地方,县城的锅盔,还有这黏合的小布块,全是有创意的劳动。他从筐里拾起一块布贴,中间的形状是只老虎,由六块颜色不同的小布粘贴而成,"老虎"的两只耳朵是两根弧形布条,看样子是用来护胸的。

来到村口,他盯着葫芦形水塘瞧了半晌,六只白鹅排成两队,正在水面上昂头畅游。学馆就在近处,也就两三里路。出门前,王贵帮他指了方向,沿着面前的山路,转过两道弯就到了。骆宾王扶了扶帽子,冲着六只白鹅扬了扬手,大步流星地朝着学馆走去。

"这本家大哥不会是个和尚吧?……"王贵一直在跟妻子嘀咕,"他昨晚上说的那些话,你信吗?"

"我信。"黄氏一边收拾碗筷,一边点头道,"我看他是个好人,而且还是个读过书、做过官的人。你看他那肤色,都这个年纪了,比豆腐还要细白;再看那双眼睛,还有那额头,多有主心骨的一个男人……"

"一个外乡人,非亲非故的,为啥要帮咱家儿子呢?"王贵皱着眉头说。

"他这么做,总有他的道理。"黄氏抬头瞥了瞥门外,骆宾王正昂头挺胸走过水塘,瞧他那样子,哪里像个年过半百的人,"这人世上的事,有些东西一时半会没看明白,咱们就随缘好了,先别想那么多。"

王贵掉头去了儿子的厢房,没过一会,他就叫嚷起来,拉着妻子赶紧进去,然后指着床头的包袱说:"媳妇你看,好多钱啊!他不会是个强盗吧?留着光头,身上还佩着刀剑……"

"你怎么能随意翻人家的包袱呢?太没教养了!"黄氏红着脸瞪着眼,连忙将包袱系好,小心地放回原处,"你凭啥说人家是强盗?他要是强盗,会把包袱扔在咱家里不管吗?你赶紧出门做事去!"

今年夏天,一个法号慈芳的僧人路过白马山,当时正是午间,他在山腰的大石头上小憩,竟然梦见一只老虎,醒来后,身旁果真立着一只老虎,于是他决定在做梦处建一座庙宇。几个月来,慈芳法师一直在化缘,还去过几次州县,据说还找过陈县令。这几日,慈芳法师领着一伙人从山背面运来了石头,正在给庙宇砌基,王贵作为义工在那里帮忙。

王贵走后,黄氏一直坐在儿子的厢房里,不敢离开半步,这包袱里的银票和现钱要是被恶人偷去了,麻烦可就大了。她一边缝着布贴块,一边不时回头瞧一瞧鼓鼓囊囊的包袱,他们一家三口就是不吃不喝,这辈子也挣不到这么多钱。

人还没到学馆,骆宾王就听到了朗朗的读书声:"鹅、鹅、鹅,曲项向天歌……"骆宾王愣住了,眼眶顿时一热,随即吁出一口长气。一般来讲,教材中编入《咏鹅》,都是针对刚入蒙的孩童,像王佳那么大的学生该读诸子百家的文章了。张学士穿着长衫早早候在门口,今天一大早,他的学生王佳就把这位远来的"亲戚"向他介绍了。

"王先生请坐!"张学士将客人迎进厅里,泡好热茶,陪着坐下来,"王佳的事,我听他说了,谁也没想到,本学馆最优秀的学生竟然落榜了……唉!"

"是呀,这太不正常了!"骆宾王神色郑重地盯着张学士,"别说我是他亲戚,就是一个外人,我也不会不管不问,你说呢馆长?"

张学士是高宗时期的举人,早年辞官回乡,在永福里东源一带开馆授徒,至今已十多年了。平心而论,开馆以来,无论是资质禀赋还是勤奋程度,还没有一个学生能超过王佳,这孩子过目成诵、心地纯良,若是好好培养,将来定是大唐的栋梁之材。作为馆长,他一直默默地帮助这个学生,考虑到他母亲黄氏身体不好、家里困难,一些临时产生的学杂费,他都没收过王佳一文钱。去年,吴朋的父亲吴员外主动找到张学士,愿意无偿给学馆新建一座食堂,扩大活动场所,张学士自然高兴。从那以后,吴员外来得更勤了,逢年过节时,他还从丫吉山亲自骑马到学馆,给馆长送来礼物。张学士不好意思再收,又不便当面拒绝,只好分发给教书先生和学生们享用。今年县里组织巡回科考时,吴员外恳请张学士给分管教学的郝县尉去了一封举荐信,争取让吴朋能参加明年的乡试,张学士二话没说就答应了。

"我原想,哪怕全永兴县只能有一个孩子参加乡试,王佳都有资格。哪知道他们如此狠心,竟然把王佳给挤落了。"张学士拍着巴掌,满脸懊悔,"我张某人糊涂啊,我对不起王佳这孩子呀!"

"这事也不能全怪你,你当初也是出于好心,希望本学馆多几个学生参加乡试。"骆宾王连忙宽慰道,"眼下,当务之急是如何帮助王佳成为增补一员。"

"我也在想这个问题。"张学士示意骆宾王趁热喝茶,"我一个乡下学馆馆长,人微言轻,要是能够找到一个得力之人给陈县令写一封信,或许有效……"

"馆长先生所言极是,与在下想到一起去了。"骆宾王扬了扬手,爽朗地笑了起来。接下来,他一边喝茶,一边询问了王佳平时的考试成绩和综合表现,然后要了近两年的考试成绩和综合排名,还有王佳的一份论文试卷。

离开学馆时,蒙童们还在高声诵读《咏鹅》,骆宾王突然停下来,转身对着张学士和学馆大门鞠躬道:"张馆长请留步,给陈县令的信写好后,回头请您签字画押。"

"没问题。"张学士连忙点头,随后追上去,"在下一直想问,王先生是哪里人?听你口音不像是永兴人……"

"我刚从山东兖州过来。"骆宾王连忙回应道,"据说早年,你们江南道永兴、瑞昌这边王姓的先人就是从我们山东那边迁过来的,都六七代了,我竟然跟王贵大兄弟供着一个祖宗,说起来,我还大他一辈呢。"

"山东兖州人？慈芳法师好像也是兖州人，你们可是老乡啊。"张学士指了指对面山腰处，王贵和慈芳法师正在那里施工奠基，远远听去，隐隐能听见敲打石头的声音。

返回王家时，黄氏正坐在厢房里修剪一块布贴，膝盖上放着竹筛。她见到骆宾王进来，连忙将剪刀扔在簸箕里，指着包袱说："哎呀，王大哥你总算回来了！"

骆宾王睐着她笑了笑，将学馆带回的材料放在书桌上："弟妹啊，我可能还得在你家住几天，你帮我在砚台上放些清水，我要给陈明府写信了。"

"大哥要是不嫌弃，一直住下去都行。"黄氏端来一碗清水，倒在砚台上，又从木盒里取出炭墨，双手递给骆宾王，"我们是贫寒人家，伙食不够好，一日三餐粗茶淡饭，但只要有我们一口，就不会饿着王大哥。"

骆宾王捏着炭墨，开始研起墨来。他瞧了瞧地上的筛子，发现里面的布块正是早上看过的那只"老虎"，于是说道：

"这布老虎还挺像的呢！"

"佳儿画的。"黄氏笑着说，"大哥不知道吧，他还是个'反手剋'呢！写字吃饭都是用左手，从小就这样，改不了。"

"都说左手写字的孩子聪明，难怪王相公的学习成绩这么好。"骆宾王顿时感叹说，"夫人也聪明，相公画得好，您做得好，两好合一好。"

"王大哥真会说话。"黄氏莞尔一笑，"我只不过是照葫芦画瓢，将几片颜色不同的布块粘上去罢了。"说完，她弯下身子，准备从筛里拿出布老虎。骆宾王瞟了一眼，觉得她那腰身的弧度，跟妻子年轻时一模一样。

黄氏拿着虎头布贴，放在胸前比画起来："这是护心用的胸兜，要是脾胃虚寒，还可以用来暖胃呢。"

"你干这活儿叫……叫啥名字呢？"骆宾王盯着布老虎。

"在我们永兴县还有永福里，大家都叫它贴布。"黄氏介绍说，"平时裁剪下来的布头，丢掉觉得可惜，乡下女人就想着法子捡起来，给小孩儿做一些零碎物件。"黄氏一边说，一边从簸箕里拿起一顶小帽子："你看，这是小孩的帽子。还有，那是给小孩喂奶时系在脖子上的涎兜……好看吧？"

"好看！"骆宾王一边研墨，一边赞许地点头。

"有的人家做枕头也用上这布贴，还有蚊帐的帐沿，挂钩的吊带，娃儿的童鞋、童帽，都用上布贴，一来好看喜庆，二来能驱恶辟邪。"

"能给我一个吗？"骆宾王放下炭墨，指着簸箕里的那只虎头形胸兜，"我买也行，多少钱一个？"

"要啥钱嘛，家里多的是，不值钱，送给你。"黄氏拿起虎头布贴，笑眯眯地瞅着骆宾王，"我可是按着王佳他爹的胸围做的，也不知道合不合你的身，来，我帮你试试。"说完，黄氏将老虎布贴放在骆宾王的胸部，然后绕到他背后，将"老虎"的两只耳朵往后拉扯。"哎！倒是蛮合身的呢，我再缝上两根红布带就可以了。"

骆宾王洗净双手，坐下来拿起毛笔，准备写信。他抬头瞧了瞧，黄氏从头到脚干干净净、一尘不染，就像这屋子一样。

第六章　救命的帽子

王贵送信到永兴的第二天,永福里东源学馆就收到通知:王佳被增补进明年的乡试名单,吴朋同时被取消了资格。

原来,收信当天,陈县令就把县尉郝正喊到公堂,问他是怎么回事。

"这可是实名举报,而且不止一个人签名。"陈县令举着厚厚的信函,瞪眼质问郝正,"你作为分管教学工作的县尉,今天老老实实跟我说清楚。"

"今年州府里有规定,参加明年秋闱的学生有限,给咱们县里的名额只有四十人,永兴二坊三十八里,原则上每里只能安排一人参加,所以……"郝正一边辩解,一边低头思忖,本县科举之事向来都是他一人专管独办,县令每次听完汇报后,从未有过异议。陈县令今天竟然插手过问,这可是第一次。

"就是每里只有一个,也轮不到那个吴什么朋,也理应是王佳啊!"陈县令将信函扔在桌子上,"这信中写得明明白白,证据确凿,不管是大考还是小考,王佳从来都是第一名,这样的人才,你竟然忍心让他落榜,你郝县尉良心何在?"

"明府大人,当初东源学馆可是写了举荐信的。"郝正红着脸说,"这种事,我怎么可能一个人说了算? 我是那种人吗? 再说了,我也不认识什么吴朋和王佳,我是公事公办。"

"东源学馆为什么替吴朋写举荐信?谁让他们写的举荐信?你回头给我查清楚,然后再向我禀报。"陈县令站起来转头就走,来到门口又突然掉转身去,抓过桌上的信件拍了拍,举过头顶:

"呜呼!朽木扶上新屋,栋梁烂于荒野;乌鸦噪于庭树,凤凰囚于笼中;病驴蹉跎长途,快马困于老厩……此事若在一域,永兴不幸;此事广而有之,大唐危矣!"

"多好的文章!赤子呀,人才呀!"

陈县令一边背诵着信函里的句子,一边红着脸走出公堂。

县令陈湛,燕州人,进士出身,不胖不瘦,中等身材,三年前来永兴任职。刚来不久,他去北门市场闲逛,瞧见一女孩,十五六岁,长着丹凤眼长睫毛,蹲在那里卖两只母鸡。为了卖出好价钱,她竟然唱歌吆喝:"我家只有两只母鸡哩——长得又肥又大哟嗬——若是客官肯买哎——我在这里给你道声谢哩——"女孩子的歌声清亮婉转,如泣如诉。陈县令走上前去,问她为何卖鸡。她当即停止歌唱,扑闪着大眼睛说弟弟没钱付学费。他又问她是哪里人,她说是吉口里人。县令说,吉口里离县城一百多里,为何不在当地卖掉?女孩子的眼泪顿时像断线的珍珠,哗哗地掉落下来,顺着鸡毛往四处滚落。她止住哭,又说,县城里人多,卖得贵些。陈县令当即掏出一串铜钱放在姑娘手上,然后转身就走。姑娘连忙跑过来,要给他鸡,他摇了摇手,头都不回就走了。从那天开始,陈湛才真正明白,一个读书为官者,要做到穷则独善其身,达则兼济天下,并不容易。对他来讲,这个天下,就是永兴县三十万黎民百姓。

郝县尉,河南道豫州人,四年前来永兴任职,此人瘦如仙鹤,尖嘴猴腮,每当发起脾气来,老是忍不住围着现场转圈圈。那天,从县衙回到府上,他立马找来吴员外,一边在厅里转着圈圈,一边指着对方的鼻子骂了半天,好久才平静下来:"你家公子这次必须取消乡试资格,只能以后再找机会,否则我这个县尉都保不住了……事已至此,不能怪我,只能怪你自己办事不力、运气不好,你回去给我好好查查,看看到底是谁写的信,居然在老子的地盘跟我来这一套,咱们走着瞧!"

"我家相公的事就这么黄了?"吴员外揪着耳朵问了一声。吴员外大名吴明年,永福里人,家住丫吉山吴家湾,此人五短身材,长着一对鲜红的小耳朵,每当遇到烦恼事,他就喜欢揪耳朵,结果越揪越红,红得像油炸花生米。

"我是无能为力了……"郝县尉摇了摇头。

就在当天,王佳一家也开始忙活起来。听说儿子已被增补,王贵和黄氏喜不自禁,两口子一大早分头行动,一个上门请客,一个准备酒食。吃早饭时,夫妇俩就透露了这个意思,打算晚上请几个在信里签字的人来家里坐坐,吃顿便饭。骆宾王扬了扬手说:"不必这么客气,王佳参加乡试,本是他应得的,何必花那个冤枉钱。"早饭后,骆宾王又去外头晃悠了,看那样子,不到午间不会回来。负责请客的自然是王贵,因气温陡降,今天他特意戴了一顶幞头,是妻子黄氏亲手缝制的,随后就去了学馆。这次增补成功,除了王落大哥,张学士功不可没。张学士推辞半天,最后终于答应下来,嘴上说:"我只不过是签个名字而已,真正的功臣是你王落大哥。"从学馆里出来,王贵掉头去了白马山,慈芳法师也是个大好人,这几天在山上奠基寺庙,说好了王贵是义工,结果他还是给算了工钱,王贵过意不去,正好还他一个人情。

"我是出家人,不能吃荤腥。"慈芳法师脖上挂着佛珠,一大早就待在山腰的工地,僧衣上沾满了土屑。此时,寺庙的基脚已经筑成,下一步就是砌砖了。这大半年来,法师到处化缘,凑了一些钱物,完成一个庙宇的毛坯,应该问题不大。至于装修和后续辅助工程,到时候再想办法。"再说,你家公子的事,老衲又没帮上什么忙,我能不能不去?"

"法师不入席,就是看不起我王贵。"王贵噘着嘴巴,"我还没跟您说呢,我家最近来了个亲戚,是我本家大哥,也是从你们兖州那边过来的,正好认识一下嘛。"

"兖州过来的?"

"是呀。"王贵神秘地笑了笑,又低声道,"跟您一样,还剃了光头,不过看那样子,好像很有学问,说起话来,那真是一肚子墨水,一套一套的……这次王佳的事,多亏了他!"

傍晚时分,两位客人如约而至。骆宾王午休睡得沉,刚刚起床,正坐在王佳的书桌旁,一边翻着那册手抄本,一边听着水塘的鹅叫声。前天晚上,王佳拿出这本手抄小书时,他一时傻掉了,半天说不出话来,当年与妻子范允明初识,她就是拿着抄有骆宾王诗文的小本子,与他相会在兖州瑕丘的灯会上。扬州起事过后,他一直挂念着妻子,想着这么多年来,她为他受过的那些罪苦,他就忍不住鼻子发酸、眼眶发热:如果因为这场起事,发妻范氏难逃遭斩,他骆宾王将决不苟活于世。

客人一到,王贵连忙钻进厢房,将骆宾王邀到堂屋,与两位先生见面。张学士是熟人了,他们相互点了点头;慈芳法师站在堂屋里,侧身瞅着骆宾王,脸上露出回忆的神色。

"我好像在哪里见过你!"慈芳法师仰起头来,一手抓着光脑袋,一手指着骆宾王,"绝对见过,要么是很多年前,要么就是在梦中······"

"有缘结识法师,王某深感荣幸。"骆宾王以半个主人的身份邀请法师和张学士落座,"我是初来乍到,还请法师多多关照。"

"听说你也是兖州人?"慈芳法师捻着佛珠问道。

"正是。"

"哪个县的?"慈芳法师凑过身子,"我是兖州泗水人。"

"博昌。"骆宾王淡淡一笑。

"博昌?博昌出了个名人,你可知晓?"慈芳法师猛然站起来。

"什么名人?我还真不知道。"骆宾王摇了摇头。

"骆宾王啊!"慈芳法师喊了一声,重新坐下来,"你要是连骆宾王都不知道,就不是博昌人,你在说谎!"

"他我当然知道。"骆宾王扬了扬手,"不过据我所知,他祖籍是义乌,他爹在博昌当县令,他是后来搬过去的,前后也没待上几年吧?"

"这么说,我就相信你是博昌人了。"慈芳法师终于笑了起来,然后直盯着他的帽子。

接下来,三人寒暄一阵,就聊到了泗洲禅寺。慈芳法师说,当年在老家,他并没想过要出家,就因为受了泗洲禅寺住持僧伽大师的点化,才当了和尚。骆宾王听了,瞅着慈芳半天不语,心头感叹,前些日子,他和徐绚一起,就是冒充泗洲禅寺的和尚,一路亡命天涯,没想到来到永兴,遇到的这个和尚竟与泗洲禅寺有关,这大概就是缘分吧。

随后,大家的话题又回到王佳增补的事上。张学士说:"王佳相公好歹增补上去了,县里也发了文告,当然应该庆贺。但我还是担心,那个吴员外不是省油的灯,他可能不会善罢甘休。"

"他还想怎样?"王贵立马接过话来,"我没找他扯皮就不错了!

当年他把我岳父大人的好田好地抢了去，我们还没找他算账呢……"

"我一直就想问你，吴员外与你岳丈大人之间，当年到底有何过节？"张学士连忙问道，"按说，黄员外生前是个本分人，不会得罪他吴员外，他咋会……"

"说起来也是因为考试的事，当年鄂州推举乡贡人选，选了我爹，没选他。"黄氏从厨房那边端着一个大钵过来了，钵子上覆着木盖，往外冒着热气，一股肉香味弥漫开来，"就因为这事，他吴明年一直怀恨在心，有事没事就来我家里闹事……说起来，两家还是亲戚，结果成了仇人。"

"这是什么？"骆宾王指着钵子，仰头问了一声黄氏。

"鹅肉。"王佳他娘眯着客人笑了笑。

"鹅肉？"骆宾王仰了仰身子，眼睛直瞪着面前的钵子，"我不吃这东西……"

"咋能不吃呢？今天我可是特意给你杀的，在我们永福里，只有一等珍贵的客人才能吃到鹅肉……来，肯定好吃！"王贵揭开木盖，夹起一条鹅腿，放进骆宾王的碗里，"您趁热尝尝，好吃得很呢！"

"我不吃！"骆宾王霍地站起来，脸色涨得通红，"你们怎么能杀鹅呢？怪不得塘里的鹅叫嚷了一整天……"他夹起碗里的鹅腿，放回到钵子里。

黄氏一时傻住了，站在旁边不知如何是好。

"原来王大哥也有忌口，是我们考虑得不周全。"王贵连忙抱拳赔礼，"都怪我，都怪我……大哥千万莫见怪！"

慈芳法师和张学士一齐盯着骆宾王，什么话也不说。

"对不起各位了，是我王落不识好歹，刚才失态了！"骆宾王抱起拳头，向大家赔礼道歉，"我这个人，其实也没什么忌口，啥都吃，但平生就不吃鹅肉,也不知道是啥原因,可能是天生的,也有可能是觉得,鹅这东西太有灵性了,不敢下口……"说到这里,骆宾王突然觉得这理由有些扯淡,干脆不说了,他话锋一转,回到王佳增补的事:

"我向大家说句实话吧,我给陈县令写信,一方面是帮助王公子讨回公道,还有一个原因,也是为自己出口气。实不相瞒,我年轻时在科举上也遭受过不公,见不得那些在考场上玩手脚的人!"

大家一齐点头称是,屋里的气氛很快缓和下来。

骆宾王从小喜欢鹅,鹅一旦产下蛋,要是让人偷去了,它就会叫嚷不止,而且不再回原处产蛋。骆宾王七岁吟诵的那首《咏鹅》诗,让他有了神童之称,也让他更加喜爱鹅,从小到大,他没吃过鹅肉,家里人也因为那首童诗,再不吃鹅肉。

然而,这些特别的理由,骆宾王能说出来吗?他不能。刚才提到的自己年轻时科举失意的事,其实也是不该说的,他觉得自己说得太多了。

王贵不再吱声,低头喝着闷酒,张学士给他使了个眼色,他才站起来,端着酒盅,来到骆宾王面前。骆宾王扬手笑了笑,也跟着端起酒盅,仰头干了。慈芳法师坐在他对面,一直不动声色,双手捻着佛珠,偶尔才动动筷子。法师自己说,他不仅不吃鹅肉,连猪肉也不吃,只吃青菜豆腐;他还说,没办法,既然信佛念斋,就得按庙里的规矩来。

这时,骆宾王想起了平生见过的那些僧人,他们当中有吃肉的,也有不吃肉的。比如,洛阳双峰寺的那个王梵志,此人在京洛一带享有盛名,骆宾王曾去双峰寺拜访他,可惜没有见到。据说此人一生四处漂泊,在许多有名的寺庙当过住持,他吃肉喝酒,写过无数诗文,平时过着亦僧亦俗的生活,甚至还会干农活。当年,骆宾王特意前去拜访,就是向往过上那种既入世又出世的生活。

"慈芳法师,我想跟你学佛,可否收我为徒?"喝过几盅酒后,骆宾王的脸上泛出一片酡红,他端着酒盅来到法师面前,可能是酒劲上来了,他突然感觉到燥热,抬手掀掉帽子,扔在墙根的竹篮里。

黄氏连忙上前拾起帽子,挂在墙壁上。

慈芳法师仰头瞧见他的光头,愣了愣说:"你……你真的是出家人吗?"

"你说我是出家人,我就是出家人。"骆宾王饮下一口酒,醉眼迷离,"我听说你在白马山上建庙,正好,我来帮你!"

"你怎么帮?"

"我有钱……"

"你可以来庙里坐禅修佛,不过你得答应我一个条件。"慈芳法师缓缓站起身来,"我看你这面相,两眼如炬,六根未净,而且有桃花劫……只怕你做不到。"

"什么条件? 你说。"骆宾王扬了扬手。

"你不能过问世事,只能专心修禅。"慈芳法师直盯着骆宾王,"出家人修佛,从来都是闭着眼睛,你得抛开世事纷扰,静心修炼……做得到吗?"

"没问题。"骆宾王哼了一声。他想都没想,一口将酒干了。正打算回到座位,突然听到"哐"的一声,堂屋的大门被撞开,三名汉子戴着面罩、拿着刀棍,朝王贵直扑过来。等到大家回过神来,王贵已经倒伏在地,不省人事,三名歹徒早已溜之大吉。

几天过后,大家才知道,三名歹徒打杀的对象本是骆宾王。那天,王贵的幞头救了客人,却害苦了自己。

第七章 新的檄文

吴员外平时待在丫吉山吴家湾，因为县城里有豪宅，暗中还养着小妾，隔三岔五会去城里闲住。那天，离开郝正家回到县城私宅，他气急败坏，摔碟子砸碗，新纳的小老婆被吓得半死，不晓得这疯老头又发了什么神经。当天下午，吴员外喊来家丁"红脸"和安插在县衙里的细作，查问、研究了半天，最后一致断定，给陈明府写举报信的那个人，十有八九是王贵家新来的客人。

骆宾王早年在兖州跟随东陵侯学过一点医学，掌握了应急处理跌打损伤的一些基本常识。三名歹徒已经逃走，眼下救人要紧，骆宾王让大家先将王贵平放在地，不可随意挪动，然后端来温水洗净他身上的血污。黄氏早已备好冷水布巾，按照骆宾王的安排，她一直蹲在丈夫身边，对伤处进行冷敷，不到半个时辰，王贵果然苏醒过来，他指着全身上下，一直喊痛。

黄氏捏着布巾再次哭出声来，王佳蹲在旁边哽咽抽泣，眼睛都哭肿了。骆宾王瞧了一眼，一把将王佳搂在怀里，对着两位客人和黄氏说："从今往后，王相公的学业及一切所需，均由我王落负责。"

王佳扑通一声跪在地上，大哭不止。

当天晚上，除了慈芳法师和王佳，大家一齐将王贵抬上竹床，然后护送其乘船去县城医馆治疗。经过诊断，王贵尚无生命危险，受伤部位多在皮肉组织，只有右腿骨严重骨折。大夫最后说，病人就是出了医馆，将来也可能是个跛子，做不得重活了。

得知父亲来了县城，张学士的儿子张青于第一时间赶到医馆。张青在县衙做捕头，管着几十号衙役，至今已有三年，深得上司赏识，县里遇上大事，县令大人都要叫上他。听了大家的介绍，张捕头当即有了基本判断：此事一定是吴某所为。但毕竟吴员外是家乡人，此时张捕头不能把话说破，还需进一步调查取证。末了，他来到骆宾王面前，将其请到门外，悄声道：

"敢问先生，那封举报信是您的手笔吧？"

"正是在下。"

"前几天，明府大人专门把我找去，要我抽空回永福里一趟，问问写信的人是谁。我看他那意思……好像是想见见您。"

"一封举报信，能引起明府大人关注，王某倍感荣幸。"骆宾王连忙道谢，"烦请张公子转告明府大人，贵县发生这等凶事，实在是太丢人了，尤其是丢明府大人的脸。"

"您的意思是不想见明府大人？"

"将来如有需要，我自当上门拜访。"骆宾王转身回到屋内。高端离开永兴前，曾提醒过他：目前，鄂州刺史卢正道、永兴县令陈湛等基层官员虽属反武势力，但全国州县被武氏集团利用和同化的鹰犬也不在少数。身为朝廷在逃要犯，说话办事一定要小心谨慎，最好不要轻易在县衙和重大场合露面。

当天深夜，骆宾王和张学士一齐回到永福里，留下黄氏在医馆里照护。五天后，王贵躺在一张竹床上被人抬回家里。俗话说，伤筋动骨一百天，此后一段时间，王贵只能躺在家里吃药疗伤了。

黄氏本有腰疾，经过此番折腾，腰痛加剧，每次坐在椅凳上，总是忍不住抚摸腰际，半天起不来身子。骆宾王见状，连忙去白马山挖了草根，捣成细泥，和上菜油，打算让公子王佳替其敷上。王贵从床上坐起来，隔着厢房喊道："大哥，咱们早已是一家人了，我知道你是君子，大可不必见外，还是你亲自替内人敷药为好。"

黄氏红着脸，跟着点头附和。当时已是晚上，她正坐在堂屋的凳子上，骆宾王让她趴着桌沿，替其翻开上衣，露出一截白皙细腰。他瞥了一眼，心中一颤，忍不住又想起妻子年轻的时候。敷过药后，王佳牵着母亲回到父亲床上，黄氏闭着眼睛，靠在床头，吩咐丈夫说：

"这草药热辣辣的，像是一窝虫子在叮咬……快谢谢王大哥！"

"以后不用草药敷了，干脆就用菜籽油推拿。"骆宾王连忙回应。

王贵再次坐起来，向屋外喊道："王大哥，我王某这次受伤住院，全靠你出钱医治。现在你又不辞劳苦，给拙荆治疗腰病，大恩不言谢，我王贵下辈子变猫变狗，再来报答你。"

"兄弟说出这种话就见外了，你挨打受伤的原因还在调查中，说不定……"骆宾王话音未落，慈芳法师与张学士一齐过来了。

两位客人来到厢房，先是探问了王贵伤情，随后与骆宾王一起坐在堂屋里，开始商量下一步的打算。王佳为客人倒了茶水，从厢房里搬出火盆，挨着骆宾王坐下来。

"我不可能袖手旁观，这事摊到谁头上，都不会置之不理，更何况王贵兄弟这次是替我挨的打。"骆宾王扬了扬手说。这几日，他老是想起富水河上的那个撑船老汉，那天他说陈县令是个大好人，好人就该将一方治理得平平安安，如今永福里发生这等恶事，陈县令难辞其咎。

张学士带来了张青当日捎回的消息，这事果然是吴员外一手策划指使，而其幕后操手，其实是县尉郝正。

"就是皇帝老子,我王某也不会放过他。"骆宾王又扬着手说。

"人家可是县尉大人,你一个外地人想扳倒他,谈何容易!"张学士摇了摇头,"我早就听说这姓郝的不是个好东西,来永兴这几年,不仅没做什么好事,相反四处勾结豪强,仗势欺人,无恶不作……唉,我张某人怎么也没想到,他和吴明年竟如此丧心病狂,下此毒手!"

"自古以来,邪不压正,我就不相信这堂堂大唐能允许这等恶魔为非作歹!"骆宾王揭掉帽子,"啪"的一声摔在桌上,"如今朝上虽说武氏专权,小人当道,但人心向善是自古以来的天理,此恶不除,永兴永无宁日。"

"那天喝酒时,你还跟我保证说从此不管世事。"慈芳法师停止捻动佛珠,眯着眼睛笑了起来,"看来王兄果真是六根未净,学不来佛法呀。"

"法师此言差矣!"骆宾王将帽子重新戴在头上,目不转睛地盯着对方,"学佛也好,悟道也罢,其实目的只有一个,就是要弘扬正气,引人向善,让人更像个人,不做恶魔野兽,保持良善本性。如果天下人抱着学佛的借口,睁一只眼,闭一只眼,只顾修心养性,不问世间善恶,甚至连身边的坏事恶事都不管不问,这样的佛法不学也罢。"

"那你打算如何处理此事?"张学士和慈芳法师一齐问道。

"我要写篇文章,我要让永兴三十万黎民百姓都知道这件事,然后一起讨伐郝正和吴明年这对恶人。"骆宾王站起来,瞅着漆黑的屋外,"我要让姓郝的在永兴一天都待不下去……"

少年王佳仰头瞧着骆宾王,眼睛里炯炯放光。

送走慈芳和张学士,骆宾王和王佳将火盆挪进厢房,他嘱咐王佳早点歇息,明日一大早还得到学馆上课,不能因为父亲受伤而耽搁学业。王贵出事那天,骆宾王当即拿出一两银子交给张学士,王佳过去是半家半读,从现在开始,全天待在学馆,明年的秋闱只能成功,不能失败。

屋子外面寒风呼啸,像是一群饿兽在叫嚷。一会儿,山那边传来三声钟响,慈芳法师到家了。他暂居在一间闲置的破屋里,入住当天,他在屋梁上挂了一口铁钟,每天早晚各敲一次,每次三响。

骆宾王来到书桌前坐下来,然后铺开纸笺,笔蘸浓墨,提笔写下六个大字:

"驱县尉郝正檄"。

这些天来,骆宾王一直无法平静,王佳的命运竟然与他如此相似。活了大半辈子,骆宾王最痛恨的就是科考上的种种不公和阴暗勾当,他始终认为,科考不公是一切社会不公的源头,因为考场上受害的对象大多不是成人,而是稚气未脱的青少年。想当年,他以兖州头名的身份进京赶考,笔试顺利通过,轮到口试时,十道五经释义的题目,骆宾王对答如流,信心满满;考试结束后,随行的亲友与他一起等候金榜题名的消息,结果等来的却是名落孙山的噩耗。骆宾王自然不服,通过各种关系了解个中缘由,后来才知,是因为那道"何谓高节之士"的口试题,他的回答得罪了主考官,主考官觉得骆宾王的那番论调,既讽喻了他自己,又影射了朝廷,于是给了一个低分。骆宾王七岁吟诗《咏鹅》,早已是家喻户晓的江南神童,京试铩羽而归,让他看到了人世的险恶。那次京试,假如主考官能公心阅卷,给予高分,骆宾王的命运可能是另一番景象。

现在,当写下"驱县尉郝正檄"六个大字时,骆宾王顿时心潮澎湃,郝正与吴员外的罪恶行径、当今社会的种种不端,一齐涌向笔头。盆里的炭火还没烧到一半,一篇洋洋洒洒的檄文已经大功告成。

"呜呼!"骆宾王盯着纸上的文字,又瞧了瞧漆黑的屋外,忍不住轻声念读起来：

"……考场如成游戏，国将不国；童心若被欺弄，人将不人。郝氏不除，永兴无宁日；奸佞不走，忠心难昭雪……试看永兴之明日，必是郝氏遭驱时，还富河以碧水，偿蓝天以白云……"

第八章　布老虎胸兜

那天夜袭王家,吴员外原以为出了一口恶气,谁知第二天传出消息,当晚挨打的压根不是那戴帽的客人,倒是王贵那憨子成了替罪羊。吴员外又一次暴跳如雷,立马把家丁们叫过来:"你们好生给我盯着那个叫王落的家伙,发现新情况,立马向我禀报。"

郝正这边自然也听到了风声,他把安插在县衙里的细作叫到身边,扔下二两银子,郑重地交代道:"我听说写举报信的是一个叫王落的外地佬,你们给我好生盯紧一点,姓王的要是再敢在永兴兴风作浪,跟我郝某人对着干,就地——"郝正突然停下转圈圈,咬牙瞪眼,做出一个砍头的姿势。

次日一大早,骆宾王连招呼都没打,就早早地轻装出门了。不过几天时间,黄土塬和株林渡口已经干涸,船只过不来,他只好径直赶到车前村渡口,看到那里泊着一艘早班船,连忙跳了上去。此时,天未大亮,王英河上雾蒙蒙一片,就连近处的山峦和橘子树都影影绰绰,不像白天里看见的样子。骆宾王刚刚落座,肩膀上被人拍了两下,他正要伸手捉拿,背后传来一声招呼:

"你好啊先生,又碰到你了,缘分啊!"

骆宾王扭头一瞧,原来是白胡子老汉,他连忙起身,朝着老人打躬作揖;掉头往里仔细一瞧,船头上立着牌位,碗里的那条鱼还在。

　　早班船本来人就不多,又是起点渡口,船上暂时只有骆宾王一个乘客。离开渡口后,白胡子老汉瞧了瞧骆宾王,摇着橹说道:"我听说最近这些时日县城里不太平,不知客官你听说没有?"

　　"老人家所说何事?"骆宾王按了按帽子,"我在乡下闲游,难以听到什么……"

　　"我听说这次县考,东源学馆的一个孩子让别人顶替了,幸亏有人给陈县令写了举报信,才把他增补上去。"老汉指了指上游渡口,"怎么样,我那天说得没错吧? 陈县令就是个能主持公道的好人,换作别人,那孩子就废了。"

　　骆宾王摇了摇头,又点了点头,没再吱声。

　　"那天从富池口坐船,我记得有个后生陪着你……对吧?"老人瞧了瞧骆宾王的帽子,"你这趟竹木生意做得如何? 这永兴的竹木啊,可是全鄂州最便宜的。"

　　骆宾王笑了笑,还是没吱声。

　　因为是下行船,没过一会,船到了三溪口,好几个乘客一齐跳上来,其中两个戴宽帽的汉子阴着脸,挨着屁股坐在船尾,一边低头嘀咕,一边不时偷看骆宾王。骆宾王瞥了他们一眼,其中一人脸上长着胎记,紫红的一块肉疣颜色就像鹅头上的那块隆肉。

　　三溪口是富河支流的大码头,覆盖了永福里、安乐里和长庆里,从这里上船的人明显多了起来。这时,又一艘木船划过来,白胡子老汉突然跑起来,猛地扯了扯骆宾王的袖子,指着挨拢过来的船只,大声说道:

　　"你刚才不是说要去荆头山吗? 干脆上那条船吧,那船中途不停,跑得快……"说完,他用力将骆宾王拉起来,强行推了过去,等到那两个戴宽帽的汉子反应过来,船已经划走了。

约莫半个时辰,客船过了八湘,不久就到了荆头山渡口。骆宾王暗想,刚才,撑船老汉与我说话时,那两个家伙应该听见了,他们自然以为我会在荆头山下船,干脆将计就计,不在这里下,直接去永兴好了。果然不出所料,白胡子老汉的船只刚刚抵达荆头山渡口,那两个戴宽帽的家伙就急急忙忙地跳下船来,朝着村口的方向跑去了。

船到永兴县城时已近中午,南门富川码头的高墙上又贴了通缉布告,显然是更换过的,骆宾王和徐䢿头像下面的逃犯简介上,各附加了两句话:"此犯为躲避追捕,最近疑剃度为僧。"骆宾王按了按帽子,看来,江州那边已将消息报告到江南道府,然后在各州重新草拟了布告。徐䢿那小子,也不知他现在何处,愿他吉人天相,平安无事。

骆宾王赶紧寻了一客栈住下来,然后去永福里锅盔店买了一碗面条和一只锅盔。锅盔甜甜的、香香的,又筋道,蘸着面条汤吃,别有一番滋味。吃完后,他顺路买了两瓶糨糊,然后回房休息,准备等待天黑后去四方城门张贴檄文。昨晚写完檄文后,他兴奋得半天不能入睡,后来干脆起床,一口气誊写了八份,他担心城里的印社不敢承印此类文字,就是敢承接,也怕一时走漏风声,对自身的安全不利。

鄂州是百湖之州,尤其是永兴城,简直就是座水城,百里富水河从城边穿过,城外水域辽阔,城内湖塘纵横,到了早晚,水气弥漫,一片氤氲,十步开外都看不见人影。骆宾王心中甚喜,天黑过后即从客栈里溜出来,直奔县衙大门。门墙上好像贴了布告,模模糊糊的,骆宾王懒得看了,大冷天的,又是晚上,门外没什么人,骆宾王来到一面空墙下,踮起脚尖,将檄文贴了上去,随后急速离开,朝着东门快步走去。

没过一会,县令陈湛得报,有人在衙门贴了文告,他立马赶到现场,举着火把看了两遍。"把它给我揭下来!"说罢,他转身返回府衙。

考场舞弊,偷梁换柱,这可是官场大忌。虽说平时对郝县尉的不端行为早有耳闻,但他怎么也没想到会这么严重。上次收到举报信,陈县令曾要求郝正调查核实,都过去半个月了,至今都没给他反馈结果,仗着是鄂州团练使刘越的乡党,这个郝县尉越来越猖狂了。

回到衙内,陈明府立马找来捕头张青,要求他带上几个人,赶紧去城内搜捕,尽快找到张贴檄文的人。

"有意见可以到衙门陈述,不可以到处张贴文告,蛊惑人心。"陈明府指着手上的檄文说道,"一旦发现张贴者,立马请到衙内,千万别伤害到他……快去!"

南门距离县衙最近,张青带着几个衙役一路快骑奔向南门。此时,骆宾王已赶到东门,正在张贴檄文。东门临湖,建有广场,是城关老百姓夜间活动的主场所。骆宾王心中一喜,先后在大门两侧贴了檄文,现场的老百姓立马围拢过来。

骆宾王转身离开现场时,大家瞧了瞧他,然后面向城墙,仰头看着檄文。有人开始大声地宣读起来,现场顿时出现喧哗与骚动。

骆宾王正打算转移去北门,只听见背后有人从东门外冲进来,高喊:

"抓住他!抓住他!"

骆宾王闻声回头,身后三名刺客一齐朝他扑来。前头的那个伸手就要抓他,骆宾王后退一步,躲闪过去。对方抓了个空,当即趋前,伸手来抓他的胳膊,骆宾王抬手一挡,向前横跨一步,朝着对方的胸口就是一拳。

骆宾王从小跟着祖父学过武功,掌握了一套基本的防身术。刚才这一击,他只用了六七分力气,以免误伤无辜。对方连连后退几步,半天方才站稳;旁边那汉子举起拳头,照着骆宾王的胸口打来,骆宾王也不退闪,就势迎上,伸手向外一挡,身子往下一沉,同时抬起肘部照着对方的胁下狠力顶去,那家伙"哇"的一声号叫起来,瘫坐在地,半天没有起来。

那些看檄文的百姓见这边有人打斗,连忙掉头围拢过来。再一看,双方都是生面孔,不知帮哪边才好,干脆看起热闹来。

骆宾王举起拳头,怒斥对方:"为何无故伤人?"

"无故伤人?哈哈哈!"一直站在后面的那个刺客缓步走上前来,"朝廷通缉要犯,我们找你好久了。赶紧给我抓起来!"

骆宾王瞪眼一瞧,原来是张天。

"骆宾王,想不到吧?"张天体格矮胖,脸色红润,不像个快六十岁的人,他继续高喊道,"别说你剃成光头,你就是烧成灰,我也认得你!"

骆宾王连忙后退一步,紧靠着墙壁,指着张天说道:"你是何方恶徒,竟敢来永兴寻衅滋事,胡作非为,尔等眼中还有没有王法?"

"王法?那就是王法,你好好看看,那是什么!"张天指着东门上的通缉布告,"永兴的乡亲们,他,你们眼前的这个人,就是跟着徐敬业一起造反的骆宾王,赶紧抓住他!"

现场顿时一片哗然。

有人说:"骆宾王真的来了?是那个写《咏鹅》的骆宾王吗?不会吧!"

还有人说:"他不是在扬州吗?怎么跑到咱永兴来了,不可能啊!"

也有人说:"他戴着帽子,你咋知道他是光头?"

骆宾王指着张天喊道:"休要胡言,无凭无据的,你凭什么信口雌黄,无故陷害于人?"

"是呀,无凭无据的,你凭什么说他是骆宾王?"人们附和道。

张天指了指东门上的通缉布告,随后又从身上抽出一张通缉令,举过头顶,转了一圈:"你们瞪大眼睛,好生看看,这个人是不是骆宾王!为了躲避朝廷抓捕,他将头发剃光了。大家要是不信,让他现在就揭掉帽子给大伙看看,看他是不是留着光头!"

骆宾王立马揭掉帽子,举起来挥了挥。大家一瞧,说:"他不是光头,他有头发,还有胡子……"

又有人接茬说:"他不像布告上的那个人,布告上的人太丑了,没他好看……"

"没错,就是他,几十年前我认得他,就是烧成灰,我也认得他!"张天跺着双脚,大声地嚷叫,听起来歇斯底里,"他骆宾王因为官场不顺,对当朝一直心怀仇恨,他想扶持徐敬业当皇帝,他不仅反对武太后,他还瞧不起李氏王朝。'还政庐陵王',那是他和徐敬业的借口,他就是个彻头彻尾的叛贼,抓住他!"

"凭什么呀?你们是永兴人吗?你们几个外地人跑到我们这里来撒野!莫说人家不是骆宾王,就算他是骆宾王,也轮不到你来抓呀,咱永兴不是没有官府衙门,大家说对不对?"有人质问道。

"对头!"大家一齐呼叫起来。

呼叫过后,人群一齐拥过来,围住骆宾王。张天一看架势不对,从身上抽出一柄短刀,一边大叫"朝廷重犯,得而诛之",一边刺向骆宾王。

旁人见状,立马转身闪开,张天的短刀"噗"的一声刺入骆宾王的胸部。骆宾王捂着胸口蹲了下来,正要从布靴里抽出短刀,张捕头带着一队人马从后面冲杀过来。

张天等人一瞧,连忙趁着纷乱逃了出去。

　　张捕头将骆宾王扶到马边，贴着他的耳朵悄声说道："快跟我走，明府大人要见你。"说完，他又转身对众人喊道："我是本县捕头张青，不管此人是不是朝廷要犯，我们先带回衙门再说，大家都散了吧。"

　　还没到达县衙，郎中已从医馆里过来，此时，县令陈湛正垂着双手，站在大堂外等候。陈明府亲自将骆宾王扶到榻上，指示郎中赶紧施救。郎中低头瞧了瞧被刀捅穿的地方，连忙揭开骆宾王的衣服，他一共揭掉四层，竟然没发现一滴血迹，揭到最后一层，郎中顿时愣住了，原来是那贴身的虎头胸兜挡住了刀刃。张天的短刀虽说刺穿了胸兜，但因这布贴黏合得过于厚实，穿过的刀尖已是强弩之末，仅是划破了点皮肉而已。

　　"先生真是命大，"郎中连连摇头叹道，"要不是这块胸兜布贴挡着，汝命休矣！"

第九章　锅　盔

"他不是死了吗?"从发现张天的那一刻开始,骆宾王一直在想这个问题。

因父亲在博昌当县令,骆宾王少年时代就离开江南义乌(离开时叫乌伤县),举家迁往博昌。父亲死后,一家老小又辗转到瑕丘县寄住,瑕丘县令与其父是好友,此人重义惜才,对骆宾王欣赏有加。到瑕丘的第二年,兖州举行乡贡考试,推举参加京试学生名单,唐代乡贡人数限制严格,兖州虽是上州,每年却只有三个名额,瑕丘和博昌均属兖州管辖,骆宾王以其出色的文才,在县、州两级会考中均获头名,就样一来,排名第四的张天自然无缘京试。张天是瑕丘人,仗着叔父是吏部郎中,四处举报骆宾王,说他是个外来户,凭着关系挤占了乡贡名额,后来,县、州两级驳回他的申诉,张天从此怀恨在心,伺机报复骆宾王。

因为有叔父做靠山,张天不久做了户部主事,此时,骆宾王已当上录事参军的小官。有一天,听说骆宾王陪着好友去了赌场,张天借机大做文章,加以陷害,让骆宾王落得一个"行为不端,好与赌徒游"的罪名,并被免除官职。

后来,张天又升任御史台御史,骆宾王却还是个奉礼郎,奉礼郎其实不是官,只不过是负责摆放朝中祭器的后勤人员。在一次祭祀活动中,张天暗中指使他人事先换动祭器,故意搞乱祭器摆放秩序,由此栽赃骆宾王,以致其再次被停职;幸亏边境战事突起,骆宾王主动申请东征,此事才算平息。

张天是个利欲熏心的家伙,在构陷骆宾王的同时,他还拼命地投机钻营,妄图爬上更高职位。为了讨好武氏集团,凡与武氏有矛盾的朝臣,哪怕是李氏宗室,他一律打压陷害,结果得罪了一批朝中重臣。武则天虽是女流,却非等闲之辈,早就看清了张天的嘴脸,借着朝臣们弹劾他的机会,武太后果然将他贬为代州司马,因其作恶多端,竟在赴代州任职途中遭到劫杀,据说连眼睛都被挖掉了。

如今,这个罪恶滔天的家伙竟然在永兴县城还魂现身,到底是咋回事呢?骆宾王百思不得其解。

郎中对骆宾王的伤口进行了简单的消炎处理,随后就离开了县衙,陈县令迅速驱走闲人,将骆宾王请到内室,留下张捕头在门外站岗。

“你到底是谁?”陈县令直瞅着骆宾王,眼神里半愠半喜,“你是叫王落吗?”

“明府大人是何意思?王某不甚明白。”骆宾王将戳破的布贴胸兜对叠起来,放入袖中,神色淡定地瞧着县令。

“我陈某人也不跟你绕弯子了,从上次的举报信,到今天的这篇檄文,我就知道起草人是同一个人,而且绝非等闲之辈。”陈县令拿出从衙门扯下的檄文,“永兴虽是崇文重儒之地,能够写出这等文章的人,还没有出世,里面的好多句子,我陈湛都背得下来!”

“明府大人过奖了。”骆宾王扬了扬手,“你猜得没错,这两篇文章确实出自在下之手,说不上写得有多好,不过是我王某人路见不平,放开喉咙鸣上几声而已,换作别人也会这么做。”

"你在文中说到的那些情况,我已责令县里的官员开始调查取证,近日即有结果。"陈县令站起来,脸上陡然露出忧虑之色,"其实,我也了解过,大致情况跟你写的差不多……真是丢人啊!永兴官场出了这种败类,我这个县令有责任。"

骆宾王直盯着陈县令,他猛然发现面前的这个县太爷颇像当年的瑕丘县令韦超,举止谈吐、外表风仪,简直神似。骆宾王不由得多了一份好感。

"郝正与鄂州团练使刘越是铁杆兄弟,而且都是豫州老乡,我要是动他,恐怕不好下手。"陈县令将话题直接引入重点,"这两天,我一直在琢磨此事,还没想出什么好办法来……"

"你作为县令,当然不能因为一封举报信和一篇文告,就过于草率地把他给处理掉。"骆宾王在武功、明堂县做过主簿,对县里的情况多多少少有些了解,县里就一两个县尉,没点关系和后台的人,根本到不了这个位置。县令要想动他,要么借助上头的力量,要么借助民众的力量,就郝正来说,显然只有走第二条路。"你可以发动永兴的老百姓参与此事,这样就能够减轻你的压力……"

"你能不能说具体一点?"

骆宾王笑了笑:"你们永兴街上不是有个永福里锅盔店吗?"骆宾王突然凑近陈县令的耳朵咕哝一阵,陈县令侧耳听了,转头指着骆宾王,哈哈大笑起来。

接下来,两人一边喝茶,一边寒暄,先是聊一些家长里短和生活小事,后来,自然而然地把话题引到了当今朝上。他们说到武太后专权,说到最毒妇人心,说到自从高宗死后这女人一步登天,不仅打压李氏宗室,起用奸猾小人,而且还在后宫新辟一殿,宦养了大批男宠,将堂堂皇室搞得乌烟瘴气。如今,举国上下,官民激愤,讨武之声一浪高过一浪。

"这个徐敬业太窝囊了,太让人失望了!"陈湛说到这里,激动地站起来,望着窗外的万家灯火,久久不能平静,"我们这些基层官吏,全都指望他一口气拿下京洛,没想到他犹犹豫豫、瞻前顾后,迟迟不敢西征,结果在高邮让李孝逸打得一败涂地,太可惜了,太让人失望了!"

骆宾王点了点头,眼中猛然冒出泪花。

"话又说回来,如果没有骆宾王的那篇檄文,他徐敬业一时半会也召集不到十万人马。"陈湛终于平静下来,回头瞧着骆宾王,"好歹热闹了一场,徐敬业也不枉活了一回……唉!"

骆宾王的泪水终于克制不住地流了下来。

"前些日子,江州那边派人过来说,骆宾王到了我们鄂州永兴地界,让我们加强布防。"陈湛突然说,"随后江南道府也下了公文,要求更换通缉令和骆、徐二人画像,我们也是没办法,只好老实照办啊。结果,通缉令刚贴上没两天,又被老百姓给撕下来了,这说明什么?说明人心向背,谁好谁坏,老百姓的心里明镜似的!"陈县令指了指外面。

"永兴县确实是个好地方,山清水秀,人心温良,能来这里做官,是你明府大人的福气呀。"骆宾王擦着眼泪说。

"是呀是呀。"陈县令频频点头,目光炯炯地盯着骆宾王,"现在你该告诉我,你到底是谁了吧?"

"在下王落,兖州博昌人。"骆宾王抱拳站起来,"见过明府大人……"

"哈哈哈!"陈县令先是摇了摇头,然后拍了拍自己的嘴巴,"不说了,不说了,就凭你刚才贴着我耳朵说的那个金点子,我陈某人也不再追究你姓甚名谁了,这总可以了吧?"

此时,时辰已晚,客人不宜久留,张青还站在外面受冻呢。骆宾王准备起身离开,临出门时,陈县令建议道:"你知道吗,你现在的处境非常危险,那个要你人头的人估计没走多远,郝县尉和吴员外也一直在盯着你……我建议你今晚先不要回客栈,干脆让张捕头送你回永福里,也不要住王贵家,换个地方……懂吗?"

次日一大早,张青又悄悄来到永福里锅盔店,因是老乡,掌柜的自然认得他,张捕头塞给他一两碎银,随后低声作了一番交代。天亮后,凡来买锅盔的,掌柜的就多送一只,顺带塞给他一张纸。一时间,进店里购买锅盔的人越来越多,最后挤满了一条街。当天上午,永兴县城尊贤、宣化二坊的街头巷尾,贴满了《驱县尉郝正檄》。

到了下午,从县衙门口到四边城门,到处人头攒动,大家举着锅盔和檄文喊道:"把郝正赶出永兴!"

"郝县尉是个败类,不能让他再祸害永兴老百姓!"

"郝正,赶紧滚出永兴城!"

两天以后,陈县令一声令下,将郝正叫到县衙大堂。

县令大人还没开口,郝县尉就抢先说道:"大人,我郝正做事向来行得正、坐得稳,来永兴这么些年,从无半句闲话让人说道,这篇檄文,还有上次的举报信,肯定是有人幕后指使,其手段之恶劣、用心之险恶,相信明府大人自有明断。"

"王佳让人顶替的事,上次叫你过来,我让你回去好生调查,结果都半个多月了,你连半句回音都没有,你眼里还有我这个明府吗?你自己看看!"陈湛指着桌上的一沓纸张说,"这是我安排县丞李大人搞的调查,调查结果都在里头……你睁大眼睛好生看看,这些年,你背着世人做了这么多龌龊事,居然跑到我面前振振有词,作为大唐的一级县尉,你对得住谁?"

郝正从桌上抓过调查材料,匆匆扫了一眼,当即扑通一声跪下来:"明府大人明鉴,这次就饶了我郝正吧,我保证以后决不再犯,我一定说到做到。"

"我要是饶了你,永兴三十万百姓会放过我吗?"陈县令举起惊堂木重重一击,"你太过分了,离开永兴是你郝正的唯一生路。"

经陈县令与鄂州团练使刘越再三商定,后报州刺史卢正道批准,郝正三天后离开永兴,调往州府以待后续。为平息风波,还封存了同犯吴员外在县城的豪宅,待问题进一步查清再作处理。

那天天还没亮,城关和城外的老百姓就等候在北门外,有人将鞭炮缠在竹篙上,有人一边啃着锅盔、一边举着檄文,等候着郝县尉的马车出城。郝正特意起了个大早,就是为了避开老百姓,没想到大家比他来得还早。他坐在车上,暗暗叫苦不迭,此时,他走又走不了,掉头更丢人,于是吩咐手下赶紧去县衙报告。

陈县令得报后,当即坐车赶到北门。人还没到,远远瞧见高凳上站着一个熟悉的身影,正以那坚定有力、宛如嘶喊的吴越口音,在人群中大声诵读:

"礼义廉耻,国之四维,四维不张,国乃灭亡。郝正寡廉,僭越纲常,营私舞弊,中饱私囊……"

初冬的寒风从北门外一阵阵刮过来,骆宾王头戴缁布帽,一身长布衫在风中飘扬起来,他高喊着背诵檄文,围拢过来的老百姓静立在他的左右,仰头看着他。

"说得好!郝正滚出永兴!"大伙又一齐喊叫起来。

有人点燃了鞭炮。

捕头张青佩戴刀剑,始终站在县令身旁,正准备将陈县令扶下车来,突然瞧见两名可疑人员拨开人群,朝着骆宾王凑近过来。

"有刺客!"张青朝着骆宾王大喊一声。

"杀了逆贼骆宾王!"两名刺客随即同时发声,两柄闪着寒光的利刃,平行着穿过人缝,朝着骆宾王刺去。

大家一时愣住了,随即醒过神来,一齐呐喊,朝着刺客拼力挤去。有人将锅盔抛过来,砸在他们头上。其中一名刺客让锅盔砸中了眼睛,号叫一声,丢下刀剑蹲在地上。人群像潮一样涌来,那刺客哪里招架得住,顷刻间被压在人堆里。

"哎呀,我不是提醒过你嘛!"陈县令瞧了瞧慌作一团的人群,然后盯着骆宾王,叫苦不迭,"我跟你反复说过,让你不要出门! 不要出门! 你咋这么一根筋不怕死呢? 我真是服了你了!"

第十章 仇人之死

县令陈湛猜得没错,索要骆宾王人头的张天果然没走,这几天,他一直潜伏在永兴,伺机捕杀骆宾王。

吴员外和郝正这边也在抓紧行动。那天早上,跟踪骆宾王的两个爪牙在荆头山渡口下船后,半天没找到骆宾王,知道受骗,立马乘船赶赴永兴城关。当天深夜,他们便入住客栈,到处打探骆宾王的消息,得知他在东门张贴檄文被人刺伤后,他们又急急忙忙赶到现场。眼瞅着两名刺客趁乱逃出城门,随后跳上快马往南逃去,他们一路紧追不放,最后终于在大垴村的一片树林里追上了。

"我等今日奉旨赶来永兴,为国除贼,两位壮士不知为何紧追我们不放?"张天率先发问。

"你我要追杀的是同一个人!"两位爪牙中,脸上长着胎记的那个立马回应,"我们只是好奇,你们咋知道……"

"你们知道他是谁吗?他就是骆宾王!伙同徐敬业一起在扬州造反闹事的骆宾王。"没等对方把话说完,张天指着城关的方向喊道,"要不是他写的那篇狗屁檄文,徐敬业那小子能闹出恁大的动静来吗?武太后派出李孝逸统领三十万大军,跟他们对峙了半个多月,如果不是因为下阿的那场大火,现在坐在皇位上的,就是徐敬业了。"

"你们凭什么说他是骆宾王?"对方连忙又问,"你又是何人?从何而来?"

"徐敬业兵败后,李孝逸提着一堆人头去京城邀功,武太后看来看去,没发现骆宾王的脑袋。"张天从马上跳下来,继续滔滔不绝,"李孝逸指着一个最大的脑袋瓜子说,太后你看,这就是骆宾王!太后看了半天,摇了摇头,这是骆宾王吗?不像啊!这脑袋的大小像他,可那眉眼不像啊,骆宾王,多清秀俊朗的一个男人!于是她转身指着李孝逸吼道,看在你平乱有功,今天老身就不责罚你了,马上布告全国各地通缉骆宾王,不过还是先不要杀他,我要见活人……"

"你到底是谁?"脸上长胎记的爪牙追问不止,"你又是怎么知道朝廷的那些事的?"

"鄙人姓张名天,兖州人,年轻时就认识骆宾王。什么江南神童,完全是徒有虚名,草包一个!仗着自己会写几篇文章,一般人不放在眼里。"张天狡诈奸猾,知道该说的说,不该说的坚决不说,他把骆宾王说得一钱不值,把自己说得神乎其神,甚至省去遭贬代州的经历,专拣那些对自己有利的辉煌历史说了半天。

接下来,两班人马迅速汇合在一起,在大墉村的树林里密谋至深夜,最后决定,一旦发现骆宾王在城关活动,先由张天一伙负责捕拿,另一伙则在近处接应。

刚刚在北门喊杀骆宾王的,正是张天和他的同伙。

张天知道骆宾王有武功,不易轻拿,决定趁着现场混乱,干脆将其斩杀,到时候拿着人头去长安邀功,不信武太后真的会怪罪于他。

现在,捕头张青一看那两名刺客正接近骆宾王,他转身将陈县令塞入车内,跨步奔向骆宾王,将其从高凳上一把拽下。张天的同伙被压在人堆里,张天自知无暇顾及,兀自将刀剑刺向目标。张青举起长刀挡了过去,拉着骆宾王掉头就跑。这当口,正好县令的马车已经赶来，张青顺势将骆宾王推上车子，自己飞上车辕，挥舞刀剑，拼死抵挡张天的追杀。

郝正一看形势，连忙指挥车夫及手下趁机溜出北门，朝着鄂州的方向驶去。

张天因为追不上马车，跑得气喘吁吁，嘴上连连喊着："杀死骆宾王！"一会儿，负责接应的两名爪牙，戴着面罩，从北门外一路飞奔过来。张天跳上马背，指着县令的马车追赶过去。另一名刺客好不容易钻出人堆，跛着受伤的腿脚，干脆掉头跑掉了。

马车负载过重，自然跑不过单骑，张天的快马很快追了上来，他突然倾下身子，一手抓着马鞍，一手举起长剑，正欲对着马车砍去，突然"呼"的一声，从后方射来一箭，直中张天后心。他连哼都没哼一声，直挺挺地掉下马来。那两个戴了面罩的刺客见势不妙，弯身贴着马背，一溜烟跑掉了。

陈县令惊出一身冷汗，他立即勒令马车停下，拉着骆宾王下车查看究竟。

"不用看了，我知道要杀我的人是谁。"骆宾王扬了扬手。

"你知道他是谁？"陈县令故作惊讶，直瞪着骆宾王。大前天晚上，在县衙内，他就猜测骆宾王知道这个要他人头的人是谁，只是当时不好把话说破。"那刚才是谁放的箭，你也知道吗？"

"这个还真不知道。"骆宾王只好下车，瞥了眼这个不共戴天的仇人，他四仰八叉躺在地上，眼睛圆睁着，手上还捏着把剑。这么多年了，这个家伙还是胖乎乎的，外形没什么变化。骆宾王指了指张天，转头对县令说道："此人张天，就因为科考的事，一辈子跟我过不去……没想到跑到永兴来丢了性命。"

正说着，一名壮汉从街对面跑了过来，手上拿着弓箭。

"端儿,你咋来了? 你不是回莱州了吗?"骆宾王瞧着他手上的弓箭,又指了指张天的尸首。

"我回了一趟老家,家父即刻又把我派来了,他老人家还是放心不下伯父。"高端跪在地上,朝着骆宾王和陈县令各行了一个大礼。

"今天幸亏端儿搭救,要不然,我……我王落这条老命就没了。"

因为是在街上,又出了人命,有些话就不宜当众说。陈县令立马安排张捕头转移死者尸体,随后与骆宾王、高端一起坐车回了县衙。

原来,高端从莱州返回后,一直在鄂州与永兴两边来回活动,主要任务是护卫骆宾王,同时兼做木材贸易。他已经做过两笔生意,利润还不错,货物已发往下江扬州。三天之前,骆宾王在东门广场被张天刺伤,他当时正在城关对面的南市码头督办木材上船,等到他得到消息,骆宾王已被陈县令和张捕头救走了。

"我在鄂州府里就听卢刺史说过,张天去代州赴任途中,其实没死,死的是他的替身。"高端拉着骆宾王,来到屋子一角,悄声说道,"这家伙非常狡猾,这两年,他浪迹天涯、四海为家,听说扬州兵败后,他以为机会来了,到处打探骆伯您的消息,总想把您拿下,没想到事与愿违,到头来却死在咱手上。"

陈县令瞧了瞧他们,立马回避走开,让他们把话说完。随后,他拉着骆宾王,来到内室:"今天发生的事,郝正自始至终都在现场,到了鄂州后他自然会禀报卢刺史,我不管你是姓王还是姓骆,我也不问你是什么来头,我今天就提一个要求,既是为你自己着想,也是为我这个县令着想,你暂时还是避一下风头,以免再生枝节。"

"千万莫轻易露面了!"陈县令瞪大眼睛,又强调了一声。

"给明府大人添乱了,王某实在有愧。"骆宾王对着县令鞠了一躬。

"你打算去哪里?"陈县令突然问道。

"除了永福里,我还能去哪里?"

"你不能回永福里,吴明年手下的那帮家丁一直盯着你不放。"陈县令摇了摇头,"我看这样,姓吴的在县城不是有套房子吗?都封了三天了,你干脆就住在那。"说完,他又指着高端说:"这位高壮士,你这段时间也别住客栈了,就陪着王先生待在那屋里,你的任务是寸步不离地跟着他,不许他离开屋子半步,听到了吗?要是他擅自跑掉,我陈湛定将拿你是问!"

高端连忙点头应诺。

"王佳他娘的腰痛还没好呢……"骆宾王暗自嘀咕了一声。

"你说什么?谁的病没好?"陈县令连忙追问。

"没……没谁。"骆宾王摇了摇头。

过了一会,捕头张青返回衙门,禀报县令说:"死者的同伙已经逃往城外,短期内恐难找到更多证据,死者如何处置为好?"

"扬州十万人头落地都没人过问,我偌大一个永兴县,不就是死了一个刺客吗?"陈县令学着骆宾王的样子,扬了扬手,"乱世之时,流寇不断,死者若非本籍人士,就当流寇盗贼结案。"

说完,陈县令又就骆宾王的饮食起居,对着张捕头做了一番交代,要求张青暗中安排好各项事宜,保证骆宾王的安全。

末了,县令大人突然捡起桌上的两份通缉令:一份是留发的骆宾王画像,另一份是剃了光头的像。他瞧了瞧骆宾王,眯着眼睛笑着说:"王先生,你这头发多长时间没剃了?"

"我想想……差不多二十来天了吧。"骆宾王仰头算了算日子。那天与徐绚一起离开润州,为了躲避追捕,两人各自用刀剑为对方剃了头发,结果不小心划伤了头皮。"明府大人为何关心我的头发?"

"我觉得你该剪头发了,也不必剃光,就留半寸长的毛桩最帅!"

说完,县令大人兀自大笑起来。

直到天色已黑,骆宾王才在张青的护送下出了县衙。临别时,骆宾王对着陈县令又深深鞠了一躬:"我王某的事,让明府大人费心了!"

"王先生说反了。"陈县令抚着骆宾王的肩膀,重重地捏了两下,"你的事也是我的事,因为都是永兴的事嘛,你是在替我这个县令担责,替这里的一方百姓担责呀!"

骆宾王动了动嘴巴,还是忍住了,没说出口。其实,他想大声地告诉明府大人:扬州兵败后,我骆宾王多活一天都是赚的;跟徐大都督比起来,跟死去的十万将士比起来,我已经够幸运了,谁要是想要我的人头,拿去便是,我死而无憾!

第十一章　鄂州密谋

郝正一走，吴员外在永兴就失了靠山，这几天，他就像一只受伤的老虎，在吴家湾的家里嘀嘀咕咕、骂骂咧咧，家丁们听了半天，原来他是在骂那个自称王落的骆宾王。

吴员外把家丁和两名爪牙叫过来，让他们赶紧备车，他要去鄂州一趟，找找郝正和刘越，他们得商量下一步怎么办。儿子吴朋被取消乡试资格，他县城的豪宅回不去，小老婆跑掉了，现在连郝县尉都被赶走了，这口气实在咽不下去。

年轻时，吴明年想走科举取士这条路，结果考了许多年，始终没考上；后来好不容易有了个举贡乡试的机会，他又输给了黄员外。吴明年干脆做起了生意。做官这条路虽然有脸面，但风险太大，稍有不慎就可能丢掉饭碗，不如做生意牢靠。再说，等自己手上有了银子，捐点钱买个员外郎不是难事。

吴明年的祖上靠卖狗皮膏药起家，最初在县城和永福里各有一家小门店，专门销售那种黑不溜秋的药丸。他们自己说，这种药能治百病，小到孩儿咳嗽，大到妇人难产，只要服了这丸子，就能药到病除。吴明年个头虽小，但脑子活泛，善于在官场周旋，自从做了掌柜，生意越做越大，全县二坊三十八里，到处都有他的药店，他很快成了永兴首屈一指的药商。等手上有了钱，他开始买田购地，永福里、安乐里、福庆里一带的水田旱地,他前后收购了上万亩,短短几年间,他便成了永兴县最大的地主,每年仅靠地租一项,养活的家丁打手比县衙里吃皇粮的还要多。郝正来到永兴后,吴员外很快就盯上了他,没几天就把他拉下水来。这几日,县丞李实负责的调查组又做了深入了解,发现吴明年竟然靠着郝县尉这棵大树,早在三年前就做起了学生娃的生意,全县大大小小近百家学馆、书院和私塾,在册学生近万人,人人都服用他的药丸。这家伙特别擅长在宣传广告上做文章,声称他的药丸子有奇效,能提高记忆力,要是每日夜间服用两粒,孩子们的学习效率就能提高数倍;要是坚持服用一年,考个举人没问题;要是服用两年,考个进士十拿九稳。就凭这一笔生意,一年下来,吴明年赚得盆盈钵满,郝正从中拿到的好处自然不在少数。

现在,吴明年的这个靠山没了,看县令陈湛那样子,也不会放过他。他得先下手为强,好好考虑下一步采取的行动和对策。

鄂州府离永兴不远不近。吴员处带着一名爪牙,坐着马车跑了将近两个时辰才到达州城。陪同的爪牙不是别人,正是追捕骆宾王的其中一位,那个脸上长着胎记、外号叫"红脸"的家伙。此人个头精瘦、身手不凡,脑袋瓜子特别灵活,是吴员外的得力助手。

州城毕竟不是县城,热闹多了,街道也宽多了,就连那店里的锅盔似乎也要漂亮一些,不像永兴城那么丑憨。吴员外逢年过节都要来看看刘团练,自然轻车熟路,他进了城外的刘府,正好碰到郝县尉也在那里。

吴员外抱着郝正,眼泪哗哗,激动得像见了失散多年的爹娘。

三人坐在厅里先是一番寒暄,然后慢慢切入正题,"红脸"坐在一边旁听,少有插话。

"这段日子,我思来想去,咱们落到这般地步,都是那个骆宾王惹的祸。如果没有他,我们什么事都没有,郝县尉也不会离开永兴。”吴员外抖着手,揪着耳朵,脸色涨得通红,两只眼睛在刘越和郝正脸上扫来扫去。

“陈湛那个老狐狸,也不是个好东西。”郝正瞪着眼睛补充说。

“我家吴朋确实是顶替了王佳那小子,可张学士当初是代表学馆写了举荐信的。再说了,这种事每个县都有,又不是咱永兴一个地方有,武昌和江夏肯定也有,对不对?如果不是他姓骆的横插一杠,啥事都没有。”吴员外又抖着双手说。

“现在倒好,拔出萝卜带出泥,我听说县丞李实他们一直在暗中调查我,连给学生娃子吃药丸的事,都被他们查出来了……”郝正扭头瞧着吴员外。

“县城的那家药店,账本都被他们翻破了。”吴员外摇了摇头,直盯着刘越,“刘大人,这事儿……您得替我们做主啊。”

“怎么替你们做主?”刘越跟吴员外的年纪相仿,五十来岁,身子发福了。他时而皮笑肉不笑,时而低头不语,末了缓缓站起来,给两位客人加了茶水,用指头点着他们说:“你们做这些好事,自己屁股不揩干净,现在回头来找我,我能有什么办法?”

“您可是团练使大人啊!”吴员外噘着嘴嚷道。

“好歹军队在你手上……”郝正跟着附和。

“没错,军队是在我手上,可那是什么狗屁军队,你们还不晓得吗?不就是几个维护治安、到处救火的男丁吗?”刘越瞪着眼睛,抖了抖手,“说得好听一点是军队,说得难听一点,其实就是一帮乌合之众,连两个刺客都搞不定……算了,不说了!”

“再说了,我毕竟不是刺史,”刘越又接着说,“刺史是卢正道,晓得吧?”

　　这些年，因为边关战事不断，加上扬州又生内乱，各地番王蠢蠢欲动，武则天担心天下大乱，政权不稳，便加强了对地方官员的掌控，州郡级主官，能换的，全换上自己的心腹；不能换的，就委派信得过的人担任团练使一类的职务，掌握军权。鄂州就属于这种类型。卢正道的祖上与唐高祖一起打过江山，是李氏宗室的亲信，加上有庐陵王背后护着，即使是武太后，暂时也还不敢拿他怎么样。还有，卢正道与徐敬业不同，他做事沉稳，能为老百姓办实事，来鄂州任职这些年，百姓拥戴，政绩赫赫，武太后就是再想动他，也得三思而行。

　　"这事就这么算了？"郝正年纪最轻，还不到四十岁，正是上有老下有小的时候，要是这么一直赋闲下去，家里人靠什么养活？这些年，虽然吴明年没少给他好处，但坐吃山空，很快就要见底。

　　"骆宾王现在哪里？"刘越突然盯着吴员外。

　　"他不在永福里。"家丁"红脸"连忙插话道，"听说陈湛将他安排在永兴县城藏了起来，我们整整找了三天，也没见到他影子……"

　　"到底是不是骆宾王啊？"刘越仰头问了一声，"扬州闹事后，好几个地方都说发现了骆宾王，他不会是假的吧？"

　　"是真的！"叫"红脸"的爪牙从座位上站起来，"他的仇人张天死之前，跟我们说过一些事情，他们从小就在一起玩，也是因为科考的事，结下了仇怨。"

　　"就算是假的，我们也必须把他当成是真的。"郝正也跟着站起来，忍不住又想转圈圈，后来一想，这是团练使家的客厅，便又坐了下来，"陈湛那个老狐狸，他窝藏叛国逆贼，这可是死罪，我们不能这么轻易饶了他。"

　　接下来，三人又聊到扬州起事，徐敬业等数十颗人头提到京城后，武则天当即下令，对参与起事的主要成员施行灭族，三代之内不留活口。骆宾王作为艺文令,加上那篇檄文,其老家义乌骆家庄被烧成一片焦土,据说凡是没跑掉的骆家人全部遭到屠戮。

"活该!"吴员外拍着大腿说,"我要是哪天见到他姓骆的,也要咬他几口……"

说到这里,三人低下头来,嘀嘀咕咕,仔细商量了一番。"红脸"见状,立马起身,走到屋子外面去了。

"永兴那边就靠你吴员外了!"三人站起来,一同走向餐厅。刘越透过窗户,瞅着永兴的方向:"他不是喜欢实名举报吗,我就让他尝尝举报信的滋味……走,喝酒去!"

返回永兴后,吴员外又把"红脸"叫过来作了一番交代,然后挥挥手,让他赶紧去办。当天,"红脸"带着几个家丁扛着家伙一齐来到东源学馆。孩子们手捧课本,正在大声诵读"鹅、鹅、鹅,曲项向天歌……""红脸"双手叉在腰上,瞪着眼睛,指着学馆外面的广场叫嚷:

"给我挖,挖它一个稀巴烂!"

张学士听到动静,连忙跑出来,他见状大喊一声,就近冲上去,抢夺对方手上的家伙。那家丁力气大,将他推倒在地。张学士从地上爬起来,尖着嗓子喊道:"你们还有没有王法,有没有良心啊?你们凭什么到学馆里来砸东西?你们给我赶快滚!"

"王法?良心?你这个老东西还知道良心?"家丁"红脸"走过来,指着张学士的鼻子,"我家员外向来对你可不薄啊,拿出真金白银给你们学馆修广场、建食堂,逢年过节还亲自给你们送吃送喝,到头来你姓张的不但没落他个好,反而恩将仇报,跟那个姓骆的外地人搞在一起,硬是把我家公子到手的名额给挤掉了,你还配说良心?呸!"

"给我挖,全部挖掉!""红脸"又接着挥手叫嚷。

一会儿,一帮先生和学生娃陆陆续续跑出学馆,王佳冲到最前面,他认识"红脸",那天夜里打伤他爹的三名歹徒,"红脸"就是其中一个。当时,父亲躺在地上挣扎,胡乱中抓了对方一把,结果把"红脸"的脸罩抓掉了。学生娃年纪小,受不得伤害,张学士连忙将王佳拦住,让他带着同学返回教室上课:"马上就要开年了,你还得参加秋闱呢!别理他们,让他们挖吧,让他们挖去……我就不信,这偌大的永兴,没有人能收拾他们。"

说完,张学士转身跑出学馆,坐船去县城找儿子去了。

张捕头得知消息后,恨不得立马奔回老家,将吴明年痛打一顿。可他回头一想,这事不能鲁莽、图一时之快,必须从长计议、周密安排,不妨先去听听王落先生的意见再说。

自从进了吴员外的豪宅,骆宾王就像病了一样,整天没精打采、昏昏欲睡,见到张捕头跑来,他立马来了精神,眼神也亮了许多。入住那天,张青专门请来理发师,给骆宾王剪了头发,除了胡子留着,头上的毛发一律只留半寸,远远看去,既像光头,又不像光头。

高端站在院子里,正对着一棵玉兰树练习箭法,见了张青,连忙挽他进屋,陪着骆宾王坐下说话。

"吴明年如此气急败坏,一方面是为了出口气,主要目的其实并不在此。"骆宾王分析说,"他是想让我……"

"他是在逼着你露面。"高端指着骆宾王,"醉翁之意不在酒,咱们可不能上他的当。"

"现在,学馆的广场被他们砸得一塌糊涂,食堂里的土灶锅台也让他们给毁了,从明天起,学馆准备停学三天,什么时候修好食堂,什么时候才能复课。"张捕头把父亲的意思作了转述。

"我还得出去。"骆宾王扬了扬手,直瞅着高端,"这个地方,我不能久待,再这么住下去,我都要疯了!"

"明府大人特意叮嘱过的,你不能出去!"高端说,"你要是出去了,万一有个什么事,我无法向明府大人交代,也无法向家父交代。"

"难道我就待在这里等死吗?眼睁睁地看着吴明年为非作歹?"骆宾王站起来吼道,"那样的话,我还是——算了,不跟你们说了。"

"伯父忘了在子胥城的誓言了吗?"高端说,"您可是恳求过我来监督的,您得说话算数才是。"

"子胥城的誓言,哼!"骆宾王轻蔑地摇了摇头,"那天,我是说过'三不',到现在我才知道我做不到啊!唉,岂止是现在,就是当时我也知道我做不到,我不是那种睁一只眼闭一只眼的人,我做不到啊贤侄!我现在收回那句话,行不?"

随后三人安静下来,商量了半天。最后决定,骆宾王暂时待在这里按兵不动,先由张捕头报官,请求县衙下令乡、里两级安排力量镇守学馆,以防吴员外变本加厉,再行恶事。

接下来,事态没什么进展,似乎安静了几天。这日晚上,骆宾王刚一睡着,张捕头又突然从外面跑了进来:

"王大人,明府大人被抓了!"

"谁抓的?"骆宾王连忙穿上衣服,"县丞李实大人知道吗?"

"我也不是很清楚,好像是从州府过来的刘大人。"张捕头跑得气端吁吁,满头大汗,"看那架势,起码有上百号人,一个个骑着马、举着火把,把县衙给包围了,我们敌他不过,就跑了出来……"

"走,看看去!"骆宾王转身要走。

"你不能出去!"高端立马蹲下身子,抱住他的双腿。

"松开,放手!"骆宾王连喊两声,高端摇着头,死不放手。骆宾王用力一扭身子,朝着高端的面颊猛击一拳,高端张着嘴捂着脸,傻傻地瞅着骆宾王。

　　"快跟我走!"骆宾王指着高端,朝着大门外快步走去。这时,屋外的街道上突然传来杂沓的奔跑声,接着是一声声的呐喊:

　　"县令陈湛窝藏叛贼骆宾王,道府有令,窝藏逆贼者斩!"

第十二章　交换人质

吴员外从鄂州返回当天,团练使刘越当即写了一封长信,实名举报永兴县令陈湛窝藏叛贼骆宾王,并打压县尉郝正,将其赶出永兴。举报信里,刘越捏造事实,将陈湛说成一个腐败无能、不讲政治的庸官,相反把郝正夸成一个追捕叛贼、舍生忘死的英雄。

写好信后,刘越想了想,又誊写了一份,当即安排快马日夜兼程,一份送往江南道观察史李元白,一份送达江南道黜陟史曹明海。三天后,黜陟史曹明海传来亲笔文书,要求鄂州刺史卢正道迅速调查核实,加快捉拿骆宾王,从重从快处罚窝藏他的相关人员。

前不久,江州府曾函告过江南道有关方面,怀疑骆宾王到了鄂州地界,随后道府那边也曾下令,由鄂州会同江州一起加快缉拿。当时,刺史卢正道没太当回事,扬州兵败后,捉拿骆宾王的消息此起彼伏,全国各地发生过多起捉拿骆贼事件,朝廷和武太后都收到好几个人头了。现在,黜陟史曹明海再次下达文告,卢正道自然不敢掉以轻心,当天召集州府要员一起开会。由于文告上并未提及实名举报,只说当地人反映,会上,大家先就举报人展开了讨论,与会人员一个个义愤填膺,痛骂举报者是无耻之徒,尤其是刘越,竟然激动得站起来,拍着桌子说:"老子要是知道了这个举报人,我刘越拼上老命,也要将他咬个半死。"

会议决定,先由团练使刘越带队去永兴县找县令陈湛谈话,要求其提供嫌疑人骆宾王的行踪线索,不许故意隐瞒,否则以窝藏罪论处。鉴于郝正正在团练营赋闲候补,加上他熟悉永兴县情况,刘越建议,让郝正这次陪同去一趟永兴。卢正道原则上同意,同时提醒刘越,不要轻易伤害陈县令,有话好好说。

"将在外,君命有所不受",鄂州会议刚一结束,刘越连夜调动团练营全套人马,浩浩荡荡赶赴永兴。进城后,队伍直奔县衙,刘越坐在太师椅上,将县令陈湛、县丞李实、主簿张愿等一齐叫到大堂,逐个进行审问。"到底将骆宾王藏到哪里去了?"李实、张愿等一个个面面相觑,都说不知此事。

"陈县令你呢?"刘越拿起惊堂木,指着陈湛,"你不会不知道吧?"

"刘大人何以认为我陈某知道?"陈湛瞅着刘越和郝正。郝正永兴遭驱,他猜测到他们会反扑报复,只是没想到会这么快。这才十多天时间,他们就大兵压境,卢刺史知道吗?

"陈大人,咱们今天是公事公办,为国除奸,别怪我说话不客气。"刘越拿出江南道黝陕府下达的文书,"无锡那边都来文书了,指名道姓说你窝藏逆贼骆宾王,要求严惩!你死鸭子嘴硬,老实招来,骆宾王现在何处?"

"哈哈哈!"陈湛大笑起来,指着刘越和郝正,"你们想报复我陈某,能不能来点高招?这等下三滥的主意,也亏你们想得出来!我私藏逆贼,证据何在?谁能证明我窝藏骆宾王?"

"我能证明!"郝正举起手来,大喊一声,从椅子上站起来,然后习惯性地转了一圈,"我离开永兴那天,亲耳听见那个叫张天的喊杀骆宾王,你陈明府不会耳朵聋了吧?"

"一个叫张天的外乡人喊他骆宾王,他就是骆宾王吗?要是过些时日,冒出一个叫张地的人喊他曹宾王呢?"陈湛连声质问郝正,"那个张天,自称与骆宾王有仇,其实不过是个从北边跑来的逃犯流寇,谁又能证实他的真实身份?扬州起事失败后,企图抓捕骆宾王到太后面前邀功的多得去了,真真假假,假假真真,谁能说得清楚?你们拿着鸡毛当令箭,以一纸空文公报私仇,你们也太卑鄙下流了吧?"

"给我拿下!"刘越将惊堂木重重拍下。

"永兴这段时间的工作暂由县丞李实大人牵头负责,快快给我拿下!"刘越又指着陈湛吼道。

刘越的队伍一窝蜂拥上来,将陈湛捆了起来。县衙的几名捕快衙役立马上前挡护,终因寡不敌众,一并遭到捆绑。幸亏张青身手不凡,乘机逃了出来。

其时,从吴员外的私宅出来后,骆宾王和高端已被张捕头领着潜入永福里锅盔店,一齐等候消息。没过一会,张青的副手赵仁来报,刘越的队伍押着明府大人绕着县城转了三圈,然后兵分两路,正陆续离开县城,大部人马原路返回鄂州,另有一小撮人马去了南门富川码头,看样子要走水路。

"他们为什么要围着县城走三圈呢?"张捕头一直低头嘀咕。

"这不明摆的吗?他们就想逼着伯父露面。"高端指了指骆宾王。

"走水路回鄂州,先往东,再往西,拐那么大一个弯……可能吗?"骆宾王当即提出质疑,"他们不会直接将明府大人押送到江南道府吧?"

"很有可能,赶紧去南门码头!"高端拉着骆宾王,一头冲出锅盔店。

此时已是夜深时刻,城里的店铺都打烊了。富水河的最后一班船早已收班,码头上灯火阑珊,河面上泊满了船只。刘越和郝正押着陈湛站在河边,吹着冷风,听着浪声,正在等候临时调动的船只,三名团练营护卫拿着大刀短剑站在旁边,另外还有一匹马。

陈湛被五花大绑,掉头瞅了县城一眼,然后冲着郝正、刘越说:"我再问一遍,你们私自来永兴抓人,刺史知道吗?"

"是他派我们来的。"刘越瞪了陈湛一眼,"你作为永兴县令竟敢窝藏逆贼多日,完全没把州府和朝廷放在眼里,我们早就该来抓你了。"

"你们这是要把我送到哪里?"陈县令瞅着河水又问。

"你说去哪里?"郝正笑了起来,指着东边的方向,"出了富池口,就是长江,然后顺着长江一直往下走,你说去哪里?"

"你们想把我送到道府邀功吗?"陈湛摇头笑了笑,"你们的如意算盘也打得太早了,你们就不怕刺史知道了,回头问罪于你们吗?"

"少啰唆!逆贼骆宾王到底藏身何处,给我老实交代!"刘越用力吼了一声,"看在咱们相识多年的分上,我再给你陈大人一次机会,交出骆宾王,我马上放你回县衙。"

"骆某在此!"骆宾王此时已赶到码头,身边只有张捕头一人,三人刚刚合计,高端已骑马离去。骆宾王和张青沿着石阶走下来,他一边走,一边揭掉帽子:"既然你们不相信我姓王,那我就姓骆好了。你们过来吧,把我捆送到江南府,我看你们能够邀到多大一个功劳?来呀!"

陈湛直瞪着骆宾王,又瞪了瞪张捕头。

刘越瞧了瞧郝正,郝正连忙点头,两名护卫立即跑过来,卸掉骆宾王的佩剑,松开陈湛的绳索,将骆宾王捆了起来。张捕头一边扶住陈县令,一边吩咐骆宾王将帽子戴好,河边风冷,以免受凉生病。

这时,河面上传来"咔吱——咔吱——"的桨橹声,一艘带篷的木船从远处摇了过来,骆宾王定睛一瞧,觉得那船只有些眼熟,再一看,摇船的又是那个白胡子老汉,船上站着另一名护卫。看样子,那个团练营的护卫刚才没少联系过船只,船老大们都累了一天,睡得正香,深更半夜的,谁愿意起来跑船呢?

曹老汉认得县令,老远就喊:"明府大人,你咋不在府上困觉,深更半夜的,跑到码头来干吗呀?"

陈湛摇头笑了笑,一时不知如何应答。郝正连忙插话:"你一个开船的,哪来那么多废话?大家赶紧上船吧。"说完,他主动牵过马来,将刘越扶了上去:"刘大人,时间不早了,您也累了,赶紧回州府去,还可以睡一觉……我这边有他们几个护卫,您就放心吧。"

"王先生保重!"陈湛盯着骆宾王鞠了一躬,然后掉头瞅着刘越,"刘大人,我可以走了吗?"

刘越瞅了瞅陈湛,刚刚说过的话不能不兑现,于是讪笑着说道:"我暂时放你回去,明府大人可记好了,我刘越会随时过来查问,如果发现你继续窝藏逆贼,决不饶你。"

说完,他让两名护卫牵着马,一行人逐级而下,离开了码头。

郝正先上了船,刚一落座,发现船头插着灵牌,他瞪着眼睛瞅了瞅,掉头直盯着曹老汉。曹老汉没理他,招呼着大家小心上船,别掉进水里了。另外两名护卫也一齐发现了灵牌,正要转头询问,老汉突然大喊一声:"开船喽——!"

陈湛和张捕头一直站在河边,直到曹老汉驾着船只消失在夜幕中,才掉头返回县衙。

船上一共五个人,大家一直没再吱声。老汉摇着橹,几次瞅着骆宾王,骆宾王始终低着头,像是睡着了。

约莫半个时辰,船只到了石浮渡口,再往下就是南城了。石浮渡口是富水河下游的货运码头,竹木商人会在这里重新整理一次货物,然后再发运出去,所以这地方停泊的船只比普通码头多得多。

老汉放下橹柄将船停住,准备屙泡尿,刚一解开裤子,突然瞥见前面河面上冒出一串船只,像箭一样进入河道中央,眨眼间连在一起,将航线挡住了。老汉连忙系好裤子,然后握起双桨,打算将船摇过去。正要穿过船只的间隙,只听见"呼"的一声,坐在船头的护卫身子一挺,一头栽入水里。

郝正刚刚眯着就听见响动,他抬头喊了一声,提刀冲出来,另外一名护卫一直不敢睡着,守着骆宾王,听见郝正的喊声,也跟着出来。

刚一出来,又听见"嗖"的一声,那护卫连忙举刀来挡,射来的箭矢"咕咚"一声掉落在河里。

"有刺客!"郝正拿刀命令曹老汉停下来,老人家没吱声,故意将船头掉了方向。郝正一看不对头,回头将刀架在骆宾王脖子上。骆宾王这才睁开眼睛,借着码头上的灯火,隐约瞧见前面的船只上闪动着一片发白的刀刃。他扭过头去,冲着外面的船只喊道:

"端儿,你赶紧出来吧!咱们要的是郝县尉的人头,可惜你错杀了一名无辜。"

第十三章　血染富河

押送骆宾王走水路，是鄂州团练使刘越的主意。

刘越预想，将陈湛押到富川码头后，骆宾王要是再不现身，只有两种可能：一是他人不在永兴，早就跑路了；二是那个自称王落的人，压根就不是骆宾王。

刘越进一步想，如果骆宾王现身，决不能走旱路回鄂州，首先是旱路不安全，很有可能会遇到半道劫持，这年头，想要骆宾王人头的人多着呢；另外，关键是到了鄂州，卢正道说了算，到时候能否将人顺利送到江南府，还是个大问号。这样一来，不如干脆从永兴出发走水路，由郝正直接押送到江南府，水路安全得多，遭遇劫持的可能性很小。

他甚至做了最坏打算，如果骆宾王不现身，他们准备就在码头上待上一宿，直到骆宾王出来为止。

从锅盔店出来后，骆宾王和高端、张青一边往码头跑，一边商量对策，最后决定，高端直接骑马到下游石浮渡口实施拦截。来永兴这一个多月，高端因为做了两笔木材生意，没少跑富水河，对沿河的情况摸得一清二楚。石浮渡口的那帮船老大，他都混熟了。听说郝县尉绑着陈县令从县城出发正往下游过来，船老大们一个个义愤填膺、摩拳擦掌，他们将船只连在一起，早就做好了拦截准备，高端躲在暗处,自然是箭在弦上。

听到骆宾王的喊声,高端即刻从对面船上探出身子,双手拉弓,两眼如炬,随时准备射杀。郝正正要举起刀砍向骆宾王,只听见"啪"的一声,原来,曹老汉顺手从船底抓起一根杉木桩,将他一头打翻。旁边的那个护卫早已吓得浑身发抖,趁着老汉转身去扶船橹,他双手握刀从背部刺向老汉后心,一股黑血立马涌了出来,曹老汉扑通一声跪了下去,一只手抓着橹,一只手试图绕到后背,可他怎么也绕不过去,渐渐地,他的双手垂了下来,头也跟着垂了下来。小木船在水里转着圈,那护卫杀红了眼,咧着嘴,从老汉身上抽出血刀,还要再刺,高端已飞入船舱,一刀将其劈成两半。

这时,郝正醒了过来,他摸了摸后脑勺,一见有血,想要爬起来,骆宾王抬起右脚,将他死死踩住。

"杀了他!"高端也抬起一只脚来,踩住郝正的脑袋,"这种恶人,留在人世只会祸国殃民。"

"还是交给明府大人吧。"骆宾王盯着郝正,想起前些日子死去的张天,"这事毕竟是在永兴的地盘上发生的,交给县令大人处理为好。"

高端腾出手来,帮助骆宾王解开绳索,随即翻过郝正的身子,将其双手捆得紧紧实实,然后抬起脚来把他踢到那护卫的尸首旁边:"姓郝的,你要是还想活命,就给我老老实实待着,听到了吗?"

"啊……"这时,曹老汉呻吟了一声,他扶着船橹,显然想要站起来。高端赶紧过去将他抱住:"老人家,你要挺住,我们马上送你去医馆。"船老大们一齐上船帮忙施救,有的捂着老汉背后的刀口,有的撕开衣服,用布死死地堵住伤口。鲜血源源不断地冒出来,濡湿了老人的衣衫,然后沿着腿脚滑下去,在船舱内四处流淌。高端打算将脚挪开,结果浓血粘住了鞋子,他哭出声来,将曹老汉紧紧地搂在怀里。骆宾王一直站立着,闭着眼睛,嘴里念念有词。这大半辈子,他跑过众多寺院,见过太多的死亡,这几日跟着慈芳法师,他还学会了为将死之人诵经。

曹老汉慢慢睁开眼睛,用手指了指骆宾王,细声说道:"那天,你从富池口一上船,我就猜到你不是个一般的人……你是好人!"老人冲着骆宾王竖起了大拇指,然后指着船头的灵位,眼睛瞪得大大的:"我儿子为了李家江山,死在战场上,现在我也快不行了……我死后,你们别把我拖走了,就把我扔在河里,我要顺着富水河漂到长江,然后一直漂到扬州,与我儿子曹应明会面……儿子呀,爹来见你了!"

老人扭头瞅了瞅东边的河面,嘴里吐出一口鲜血,闭上了眼睛。

高端早就听说过白胡子老汉,他叫曹国正,是个鲦夫,本县永城里人氏,独自行船富水河几十年。听到徐敬业在扬州起事,他把唯一的儿子送去了前线,后来听闻起义军大败,徐敬业的队伍全军覆没,他先是骂徐敬业无能,接着骂武则天恶毒,他一边骂一边哭,从富池口一直哭到三溪口。

高端放下曹老汉,用河水擦净他的身子,重新租了一辆小船,载着骆宾王、郝正和两具尸体,掉头返回永兴城。

船只抵达南门富川码头时,天快亮了,河面上雾气笼罩,白茫茫一片。陈湛还在睡觉,得报后,立马更衣过堂。他拿着惊堂木指着郝正吼道:"你这个败类,果真是丧尽天良,竟然伙同刘团练一起来杀我。当初,如果不是念在你我同僚三年的分上,我在永兴就可以直接抓你进大牢,你这个不识好歹的东西!"

"姓陈的,我现在不是你手下,请你说话注意点。"郝正红着脸嚷道,"你窝藏逆贼骆宾王,该当何罪,你难道不知道吗?"

"我窝藏骆宾王？哈哈哈，可惜我陈某没这个福分。"陈湛厉声喝道，"你伙同吴明年贪污腐化、搜刮民膏，现在却拿骆宾王来说事，真是荒唐至极！"

"你别以为我不知道，就连在富水河上摇船的那个死老头子，都知道他是骆宾王。"郝正一边阴笑着，一边指着门外，"你作为一县明府，却在这里装聋作哑、窝藏叛贼，你的死期不远了！"

"给我把这个十恶不赦的狂徒抓起来！"陈县令大吼一声，将惊堂木扔在郝正脸上，随即指示张青将其塞入囚车，他将亲自押送其去鄂州。

陪同押送的，自然还有张捕头等一班衙役。

陈县令的车队到达鄂州时，已过中午。此时，刺史卢正道正坐在州府大堂上暴跳如雷，将团练使刘越骂得狗血淋头。原来，当日早些时候，他竟接到江南道观察史李元白的亲笔文书，是一个批示件，直接写在刘越的举报信上：

　　眼下，冒充骆宾王的人多如牛毛，是真是假，不好说。请卢正道刺史认真调查核实，审慎处理。

卢正道越看越生气，刘越这个老狐狸竟然背着他写了两封举报信：一封给了观察史李元白，另一封给了黜陟史曹明海。刘越显然知道，两位长官代表了两股势力，一个是李氏宗室的人，另一个是武太后的人，所以他就留了个心眼，做了两手准备。不过，看完批示件，卢正道心中一喜，幸亏观察史李元白的批示件晚来一步，眼下要是让他处理黜陟史的文件，他倒是棘手了。刘越啊刘越，你这个老狐狸，你虽然狡猾透顶，倒也有失算的时候，我看你现在还有什么屁放。卢刺史将批示件扔在桌上,当即指示将刘越喊过来。

陈县令押着郝正到达鄂州时,刘越已被召来多时。

"你和郝正两个狼狈为奸、沆瀣一气,现在偷鸡不成反蚀米。"卢正道将举报信扔在刘越脚下,"团练使大人,你做的好事,你自己说,怎么办?"

刘越拾起举报信,指着刚刚落座的陈湛说:"昨天晚上,我在你们永兴码头亲眼看见了骆宾王,骆宾王也当着大家的面承认了自己的真实身份。你陈明府伙同逆贼叛国反唐,不仅不知罪,反而跑来州府蛊惑刺史大人,你陈大人居心何在?"

"刘团练背着刺史大人,伙同郝县尉去永兴抓我,逼我交出骆宾王,不知证据何在?"陈湛来到堂下,面朝卢正道,"前些日子,是有个姓张的人怀疑来我县做生意的木材商人王落是骆宾王,现在张某已死亡多日,我找谁对证去?再说了,眼下天底下冒充骆宾王的人多如牛毛,我总不能为了邀功,像刘大人一样糊里糊涂地去抓人吧?"

"你这是狡辩!他明明承认了自己是骆宾王……"刘越指着陈湛吼道。

"你们抓我,他能不承认吗?"陈湛转头反问。

"你们就是一伙的,你们都是反唐叛贼!"

"刘团练,你自己亲口说的,你要是知道这个写信的人是谁,你要活活咬死他,你现在咬啊!"卢刺史指着刘越手上的举报信,"你咋不咬自己呀?你咬啊。"

堂内人一齐大笑起来。

"从现在开始,谁都不许给我再提骆宾王!在我鄂州地界,谁要是再拿什么骆宾王张宾王赵宾王说事,无中生有,没事找事,我卢某决不轻饶!"卢刺史将惊堂木扔在郝正的囚车底下,拉着陈湛转身就走。

"他们杀了州里的两名团练营护卫,这事儿……就这么算了吗?"刘越大声呐喊,"你身为本州刺史,就这么简单地处理命案吗?"

"是你们先要杀人家,人家就不能杀你们吗?"卢正道停下来,回头瞪着刘越,"你们不是也把那个撑船的老人杀了吗?你们还想怎么样?我告诉你们两个,这事要是让永兴的老百姓知道了,有你们的好戏看,代宗先皇早就说过,水能载舟,亦能覆舟,你们如果还不赶紧收手,非要执迷不悟,有你们的好果子吃!"

当天晚上,卢刺史设私宴为陈湛压惊,席中叮嘱其回县后转告两名木材商人火速离开永兴,以免夜长梦多。

随后,卢正道返回州府公堂,迅速草拟了一份决定:

> 鉴于郝正如此冥顽不化,一年内暂不候补,不发饷银,继续留在团练营赋闲;团练使刘越伙同郝正公报私仇,捏造事实,罔顾是非,乱写举报信,建议江南道府将其早日调离鄂州。

离开县衙后,高端住进了春兰客栈,客栈跟锅盔店同在一条街上,对面就是吴员外的豪宅。骆宾王劝他回莱州算了,别做什么生意了,再说他父母年事已高,需要人照顾。接着骆宾王又说:"你若方便,找易州范潭打听一些我家里的情况,范潭是我的妻侄,应该不受牵连……"

高端点了点头,又说:"伯父来永兴不足一月,接二连三发生这么多事,而且摊上了几条人命,倘若不是陈县令行事正派,加上有卢刺史作靠山,怕已是官司缠身、焦头烂额了。为安全起见,还是早日离开鄂州、永兴为好。看来,永兴这地方并没曹老汉说的那么好,也是个是非之地呀。"

骆宾王沉默不语,他猛然想起黄土塬的葫芦形水塘,还有那几只白鹅、黄氏的手抄本、布贴老虎,耳边甚至响起了东源学馆的琅琅读书声。自从住进吴员外在县城的私宅,他有好长一段时间没回永福里了,不知道慈芳法师的寺庙建得如何,王佳的备考情况也不知怎样了,还有王贵夫妇的病情也不晓得好些没有⋯⋯

骆宾王缓缓抬起头来,笑着对高端说:"眼下天下大乱,哪有什么净土和安全之地,到处都贴有捉拿我的通缉布告,我还不如暂时待在永兴,走一步看一步吧⋯⋯"

说完,他又对高端叮嘱了一番,转身去了永福里锅盔店。掌柜的认识他,将骆宾王引到僻静角落,转身送来一只锅盔和一壶热茶。

"现在,这大街小巷都在说你是骆宾王。"掌柜的低头说道,"你给我说句实话,你是不是骆宾王啊?"

"你说呢?"骆宾王咬着锅盔,喝着绿茶,笑瞅着对方。

"我要是知道,还问你干吗呀?"掌柜的连忙起身倒茶,"不过话说回来,如果不是因为你那篇文章写得好,郝县尉那个王八蛋没那么容易滚蛋⋯⋯"

"那是他罪有应得。"

"不管你是不是骆宾王,反正我把你当成骆宾王了。"掌柜的神秘地笑起来,"我这锅盔店,从永徽年间就开张了,到现在都三十多年了,今年冬月终于来了你这样的大人物,我好开心⋯⋯等过了这阵子,我要逢人就说,骆宾王来过我们锅盔店,还在这位置坐过呢⋯⋯哈哈哈!"他一边捂着嘴笑,一边指了指骆宾王落座的凳子。

"你说我是骆宾王,我就是骆宾王!"骆宾王站起来,揭掉帽子拍了拍,"郝县尉说我是骆宾王,我偏偏不是,我是王落,你说对不对?"

说完,骆宾王拿出一匝铜钱塞在掌柜手上,他打算买下满满一筲箕锅盔。掌柜的听了,笑呵呵地端出锅盔,装在一个大包裹里,骆宾王扛着包裹,去了富川码头。

船到永福里车前村渡口,已是晌午时分,天阴阴的,刮着透骨的风。时值深冬,河里的水都干了,船夫又折腾了半天,才将船只挪到岸边。骆宾王瞧着河里的污泥,随口询问了一些水文情况,扛着包裹走上岸来。

绕过几道小山,约莫半个时辰,骆宾王一眼瞧见了那口葫芦形水塘,他的心突然"怦怦"直跳,步伐也加快了,甚至一路小跑起来。这时,那六只白鹅又从柳条里钻出来,排着队跳下塘去。塘里的水明显少多了,水塘四周露出白花花的水迹,白鹅们伸着脖子,瞅着骆宾王开始叫唤起来。骆宾王瞧了瞧水塘,直盯着那群鹅,两行热泪从眼眶里流了出来。

听到鹅叫声,黄氏从屋里出来了,她瞧见骆宾王扛着包裹大步流星地走近过来。她先是愣了愣,然后笑了起来。她的一只脚跨出了大门打算跑过来,后来她犹豫了一下,退回到门口,倚着门框,直瞅着骆宾王,笑得像花一样:

"当家的,快出来,你快出来呀!你看谁回来了,王大哥回来了,是王大哥回来了!"

太阳从云层里跑了出来,塘里的白鹅又一齐叫唤起来。

第十四章　教训吴朋

倏忽之间,到了新年的仲春时节。

连续几个月,鄂州、永兴一带虽说旱得厉害,但春天毕竟是春天,从车前村到黄土塬这一线,包括整个王英畈,全是橘树,白茫茫的一片橘花,将永福里装点得一片喜庆。

三年前,陈湛来永兴任职,他调查发现,这地方山清水秀,适宜种橘子,于是从老家燕州弄来优良橘树,与南方的脐橙嫁接,在全县范围内推广种植,不收老百姓一分钱。三年下来,整个永兴种橘已达十万亩。

此时,慈芳法师的禅寺已经落成,门口除了那块大石头,还种着两棵李子、一棵杨梅和一棵枇杷。这四棵果树老早就有了,去年慈芳法师躺在石头上梦见老虎时,那头老虎正是从这几棵果树间穿过去,然后消失在山腰的丛林里。每天一大早,一群小鸟躲到树上合唱,叽叽喳喳,吵醒骆宾王。慈芳法师正坐在庙堂里做早课,骆宾王隔着屋子调侃他:

"法师呀,你又吵醒我王落了,你念经的声音还不及鸟鸣好听呢!"

说完,他兀自哈哈大笑起来。

早在旧年腊月,骆宾王就从王贵家搬了出来,住进寺庙里。当时禅寺刚刚落成,新屋里还弥漫着泥灰气,慈芳法师向骆宾王请教:"王先生一肚子学问,帮我取个寺名吧。"骆宾王听了低头不语,心里想道,我骆宾王虽然到过不少名山大刹,给寺庙取名还是头一次,他再次想起去年与徐绹一起逃出海陵时,曾假装泗洲禅寺的和尚,于是说道:

"我刚来永福里时,好像听你说过,当年你在兖州泗水,只因受了大唐高僧僧伽大师的点化,便生皈依佛门之念,僧伽大师是泗洲禅寺的住持,我王某人也曾去过那里……你又是泗水人,干脆就叫泗洲禅寺如何?"

几年前,慈芳法师在老家还做过一个梦,梦中一白衣仙人对他说,休要在此安逸,你的佛缘不在泗水,当另寻吉地挂锡建寺,你要谨记我言,逢虎立基。去年,慈芳法师路过白马山,就是在石头上打盹休息时梦见老虎的,醒来后,那老虎竟然就在身边,半天不走,直瞅着他,最后才穿过果树,恋恋不舍地走掉了。慈芳法师这才停下脚步,决定在白马山下建寺修禅。

当天,按照慈芳法师的要求,骆宾王亲笔写下"泗洲禅寺"四个大字,随即挂在寺庙的大门上。

接下来,慈芳法师又说:"王先生,我记得旧年冬月跟你说过,你六根未净,进不得庙门,现在看在你帮我题写寺名的分上,我欢迎你过来,不过你得答应我一个条件。"

骆宾王笑眯眯地瞅着慈芳:"什么条件,你说吧。"

"你得把帽子换掉,你那顶缁布帽是男子弱冠之年戴的,不伦不类,我们这里有僧帽。还有啊,你那身衣服也得脱下来,换上僧衣才行。"慈芳法师指了指自己的一身行头,"寺庙有寺庙的规矩,各行各业莫不如此,先生是人间高人,相信你能接受。"

"还有什么规矩,你一口气说出来。"骆宾王扬了扬手。他揭掉帽子,想起高端从富池镇把它买回那天。徐绚陡然失踪,都几个月过去了,不知这小子现在在哪里,但愿他还活着。

"你头发也得剃光,一点都不能留。"慈芳法师指了指骆宾王的一头短发,"在我们佛家看来,头发代表了人世的烦恼和坏习气,还有骄傲、怠慢和牵挂之心,只有剃光了,你才有可能一心一意学佛……"

"名堂真多!"骆宾王调侃道。早年他去过杭州的灵隐寺,曾见过一个留长发的师傅,当时觉得怪怪的,就是不敢问。

"这段时间,你在永兴城里做了不少大事,有些事情,你就是不跟我说,我其实也知道。"慈芳法师一本正经地说,"从看见你的第一眼,我就知道先生是人中龙凤,绝非等闲之辈,但是,只要入了寺门,就得按照这里的规矩来,先生可要理解。"

正好,慈芳法师当天请来了理发师,给两个刚刚出家的小和尚剃头,骆宾王自然也剃了。剃头时,骆宾王瞅着地上的头发,又想到了去年冬月与徐绚一起在润州相互剃头的情景……一会儿,慈芳法师送来了僧帽,准备亲自给骆宾王戴上,结果因为他脑袋太大,怎么也戴不进去。寺里的僧帽只有两种型号,慈芳法师拿来的是大号,没想到还是小了。没办法,慈芳法师只好找出剪刀,在僧帽后面剪了一道口子,骆宾王这才勉强戴上去。

当天晚上,两人在寺堂里聊到深夜。骆宾王突然说:"嵩山少林寺是修禅之地,也是习武之所,我想在本寺旁边建一武堂,名字就叫武圣宫,既是纪念武圣关公,也是为当地培养一班武术人才。"慈芳法师听了,半天不语。骆宾王又说:"这个世道并不安宁,欺强凌弱的事时有发生,你看王贵大兄弟,他要是有点武功防身,就不会被吴明年的家丁打成残疾。我们组织一帮年轻人学些武术,不是让他们去杀人放火,而是让他们学会正当防卫,必要时候可以挺身而出,援助弱者。"慈芳法师听了,捻着佛珠,还是不吱声。骆宾王笑了笑,悄声说道:"钱的事不用法师操心,我来解决,好不好啊?"法师这才抿嘴笑出声来。

直到小和尚敲响了子时的钟声,两人还在聊天,从朝廷局势到生活小事,无所不及、无所不谈,最后谈到了新近发生的这些事。

"现在,郝正丢了官帽,刘越也调到了越州,王佳也增补上去了。"慈芳法师瞅着窗外的一轮明月,"你可以适可而止,不用再管了。"

"树欲静而风不止,我哪里想管他们,是人家不消停,故意找我惹事。"骆宾王戴不惯这光溜溜的僧帽,干脆取下来,"如果不是刘越那小子写举报信,后面的事就不会发生,富水河上那个撑船的老人就不会死。"

"寺庙是个清静的场所,这话的意思,你是聪明人,应该懂。"慈芳法师又瞥了那明月一眼,"咱们也算是朋友了,又是老乡,我可不想因为你,把这里搞得鸡犬不宁……"

"哈!哈!哈!"骆宾王扬了扬手,"如此乱世,哪有净土哟!"

"吴员外这边,他暂时可能不敢怎么样,毕竟两个靠山都没了。"慈芳法师分析道,"不过,我倒是听说,州府新来的团练使黄大人,跟刘越还有江南道上那个黜陟史曹大人是一条线上的……若是如此,这永兴后面肯定还有好戏等着你呀,你这个真假骆宾王,日后得倍加小心才是!"

"我不管他是哪条线的人,我现在是正信和尚。"骆宾王扬了扬手,"我一个半路出家人,他们还能把我吃了不成?"

剃度当日,慈芳法师给骆宾王赐了一个法号:正信。

"吃不吃你,我不知道,但他们肯定又会拿骆宾王来说事。"慈芳法师捻动着佛珠,"前些日子,我去县城和州府化缘,听说吴员外到处活动,县城的那栋私房可能要解封还给他,那是他跟他小老婆风流快活的地方,他怎么舍得交给县衙呢?"

吴家豪宅要解封这事儿,骆宾王隐约听说过,当时,他百思不得其解。县丞李实花了几个月搞调查,吴员外伙同郝正贪污受贿的事实一清二楚,原本封存的私房何以突然解封,骆宾王始终没想出原因。他问过张学士,张学士也觉得奇怪,只是不知个中缘由,打算待张青回来后再仔细问他。现在听慈芳法师这么一说,原因可能就出在鄂州新来的团练使上。

"这吴员外虽然暂时没了靠山,"慈芳法师进一步分析,"不过,此人心胸狭窄、心肠恶毒,他可能还会无故闹事,你得时刻防着点!"

"这个,我也早就料到了。"

"但是话又说回来,冤冤相报,何时是个头啊?"慈芳法师叹了一口气,打了一个哈欠,"只有想办法消除这孽缘,哪怕是以德报怨,这才是正道。"

仲春时节,天气逐渐转暖,王贵的伤情有了明显好转,都能拄着拐杖做一些轻活了,比如去地里浇水摘菜,或者在家门口帮着妻子摊晒衣物和布贴。黄氏的腰疾也好多了,在骆宾王的指导下,王佳和黄氏也学会了识药采药,去后山上挖回草根后,他们不仅可以自己敷用,还可以洗净晒干,拿出去卖钱。家里的收入主要靠一亩橘子、两头羊、几只鹅和一群鸡,再就是送几幅布贴给附近的乡亲们,换回一点生活用品补贴家用。

王佳的学费和生活开支,骆宾王全包了。搬出王家那天,骆宾王拿出二两银锭交给黄氏,黄氏不肯收,红着脸,眼泪都出来了。骆宾王笑了笑说:"我王落说过的话,我就会兑现。再说了,这些钱,我一个光棍留着也没啥大用途,对不对?"

"你自己也有儿女呢!"

"我啊,是一人吃饱,全家不饿。"骆宾王又笑起来,还扬了扬手。不知咋回事,每次面对这个女人,他总会想起妻子范允明年轻的时候,两人说话的腔调、语速还有仪态,简直一模一样。尤其是看了黄氏抄写的《骆宾王诗文集》,他不得不惊叹命运之神的安排,世上怎么会有如此相似相通的两个女人呢?

"你不是单身汉,你有好多个子女,我们都知道……"黄氏瞅着骆宾王,"你不回去看看他们吗?你就不想他们吗?"

骆宾王瞥了黄氏一眼,扭过头去,盯着东边的方向,叹了一口气。

"我走了,家里若有事情需要我,就去寺里找我。"说完,骆宾王吩咐王佳,每天下午老实待在学馆里等他过来,然后一起到寺里温习功课,他若没来,不许出门。寺庙离家里近,吴朋那小子应该不敢过来闹事。接着,骆宾王又吩咐王佳说:

"今年的秋闱日益临近,你得开始倒计时,真正紧张起来,争取考出好成绩,证明给永兴县的三十万老百姓看看,去年那个被人顶替的孩子就是个人才!"

那天,骆宾王去学馆接王佳,王佳正站在广场上练射箭,吴员外的家丁"红脸"砸坏广场后,张学士请人做了修补。听说工钱没着落,骆宾王从永兴县城回来当日,当面给了张馆长二两银子。张学士谦让不收,骆宾王说:"我是为了孩子们,不是为了你,偌大一个学馆,总得有个活动场所吧。"

从张学士身旁接过王佳,一老一少开始往寺庙方向返回,刚刚走过那个叫团林的山包,吴朋带着三个刺头从林里钻出来,横成一排将二人拦住。自从被取缔了乡试资格,吴朋干脆破罐子破摔,再没进过学馆,整天与一帮好吃懒做的家伙混在一起,游手好闲、偷鸡摸狗,看那德性,跟他爹没什么两样。那天,"红脸"带着一伙人跑到学馆里打砸抢,当时吴朋就想参与进来,最后让吴员外拦住了:"你好歹还在学馆里念过书,说不定哪天还会进去学习,这事你就别参与了。"

"真是冤家路窄。"吴朋嘴里咬着一枚草叶,"想不到在这里碰到你们,伙计们,给我上!"

话音未落,三个刺头一齐扑过来。

骆宾王左手护着王佳,右手抡圆了胳膊,顺手从地上抬起一根杉木棍。那三个刺头手上都拿了家伙,其中两个拿着缨枪朝骆宾王刺来,另一个举起短棍要打王佳。骆宾王一把将王佳拽到背后,操起杉木棍,敲鼓一样,照着两个刺头的脑壳密集地敲了过去。两个刺头还没出手,连忙丢了缨枪,蹲在地上,抱着脑壳喊痛不止。吴朋吐掉草叶,从长靴里抽出短刀,径直刺向骆宾王:

"老子今天要跟你这个假和尚拼了!"

骆宾王侧身闪过,推开王佳,抓起另一个刺头的短棍反向攻去,那刺头完全没有准备,只觉得额头上"咚"的一声响过,自己已仰翻倒地,半天不能起来。这边吴朋扑了个空,双手握刀,正想转身再刺:"逆贼骆宾王!"只见骆宾王向后一仰,就势抢起木棍,对着吴朋的大腿猛力抽去。吴朋丢了短刀,抱腿跪在地上,骆宾王跨步向前,将其按在地上,双手捏着他的脑袋瓜子,做出要拧的姿势。

"先生饶命!"吴朋哭喊一声。

那三个刺头一见势头不对,立马爬起来,拍着屁股跑掉了。

王佳站在一棵槐树下,看得目瞪口呆。

"我是不是逆贼?!"骆宾王低头盯着吴朋。

"不……不是!"吴朋艰难地晃着脑袋,翻着白眼。

"我是不是骆宾王?!"

"不是!"

"我是谁?!"

"王······王落!"

"今天,我可以饶你不死,但你必须给我们一个保证。"骆宾王回头瞥了一眼王佳,"从今往后,你不能再欺负王相公。你要搞清楚,你被取消乡试资格,不是王相公占了你的名额,是你当初顶替了他,懂了吗?"

吴朋的脑袋瓜子一直捏在骆宾王手上,他只好伸着脖子像鸡啄米一样点着头,脸皮涨成了猪肝色。

"还有,回去告诉你爹,要是再无端生事,故意找碴,我王落决不轻饶。"骆宾王又做出一个要拧脖子的姿势,吴朋吓得大叫。骆宾王这才松开手,将吴朋拉起来,还帮他拍了拍衣服上的灰土,指着自己:"你抬起头来,好好看着我的眼睛!听到没有,看着我的眼睛!你小小年纪,要懂得与人为善,跟好学好,千万别学你爹!你爹这辈子完蛋了,你还小,不能跟着一起完蛋······看着我的眼睛,你听进去了没有?"

吴朋噙着泪花,点了点头,抬头瞥了一眼王佳,连刀都不要了,转身就跑。

回到寺庙,武圣宫已经开始正式施工,和尚们都在搬砖运石,一派热闹。慈芳法师瞧了一眼王佳,笑着说:"小伙子,好好读书啊,今年秋闱,你要是考不上状元,可对不起你王大伯哟。"

第十五章　面见新团练

　　徐敬业兵败后，太后武则天借势出台了三项措施削弱李唐势力：一是凡是参与起兵者一律镇压，骨干分子杀身灭族；二是未参与起兵但思想上与李唐宗室一致者，一律清洗干净；三是待前两项实施到位后，改唐为周，自立皇帝。就当前来讲，前两项正在抓紧实施，而且已见成效，看这形势，武则天当皇帝是迟早的事。

　　唐朝实行的是四级管理体制，即中央—道—州（郡）—县。初唐时期，全国共设十道，各道的行政长官为观察史，特殊情况下另外安排黜陟史。比如现阶段，武则天为了把持势力，就特意安设了黜陟史一职，以削弱和监督观察史的权力。由于李唐势力根深蒂固，分布甚广，各道、州的行政长官，相当部分为李唐宗室人员，这样一来，武太后垂帘时期，就出现了两股力量的斗争与博弈，江南道观察史与黜陟史、鄂州刺史与团练使之间的明争暗斗，就是典型的例证。

　　举报事件过后，鄂州团练使刘越果然被调往越州，越州贫穷偏远，是下等州，从一个上等州调到下等州，名义上是平调，暗地里有发配贬谪的意思。别看武则天说得好听，"顺我者昌，逆我者亡"，那些顺她的人，有利用价值的时候，可以让他昌；一旦失去价值，甚至成为她的负累，她同样会让其亡，而且亡得更惨。就这一点来说，刘越的下场与张天极其相似。不久就有传闻，刘越在去越州赴任的路上突然跳海自杀,最后到底死没死成,谁都不清楚。

新调来的团练使叫黄晋,太原人,来鄂州之前,他自然听说了刘越的举报信,来鄂后出于礼节,他先向卢正道报到,随后开始着手到永兴调研。来永兴那天,他也没带多少人,除了一名副手,就是两个身手敏捷的护卫。一路上,就刘越、郝正事件,黄团练反复追问随行人员,结果问了半天也没问出什么名堂。到了永兴后,陈湛做了工作汇报,重点说到近年来永兴加强社会治安、治理腐败的工作成效,还把驱除郝县尉、调查吴员外的事作为例证说了出来。听完汇报,黄团练既没肯定也没否定,却故意转移话题,问到永兴是不是出现过骆宾王,陈县令没有准备,回答得不置可否,黄晋立马变脸说:

"实话跟你们说吧,我还在江南道府坐班时,黜陟史曹大人就跟我交代过,永兴到底有没有骆宾王还要认真调查,不能就这么马虎过去了。我还听说,因为那个真假骆宾王,你们永兴可是闹出了几条人命的,人命关天,怎么能就这么简单地算了呢? 实话告诉你,明府大人,我这次下来调研,就是冲这事来的!"

听了黄团练这席话,陈县令就原原本本地把事情的经过又做了一番禀报。黄晋听了半天,拍着桌子说道:"百闻不如一见,我明天就去见见这个王落。"

次日一早,团练使黄晋在陈县令等人的陪同下,浩浩荡荡地朝着永福里出发了。

按照陈县令吩咐,捕头张青已于昨夜提前出发,回永福里告知骆宾王,让他做好面见准备。

今天,黄晋特意指示,此行不走水路,要走旱路,旱路要快半个时辰。一路上经过宏卿、八湘、三溪等地,虽说一派柳暗花明、鸟语花香,但所到之处,路边的丛林里,总能瞧见一蓬又一蓬枯死的竹子。

黄团练询问何故,陈县令说,旧年冬月到现在,连续大旱,百年不遇,庄稼严重歉收,连竹子都干死了不少。

当队伍拐过三溪口,刚刚进到车前村,一帮乡亲拿着家伙将他们拦住了。

"你昨天还在吹牛,说什么你们永兴的社会治安搞得好。"黄团练睨了陈县令一眼,他身材比郝正还精瘦,却叉开双腿,将车位占了一大半,陈县令只能缩在边角上,"明府大人赶紧下去看看吧,到底是咋回事……"

陈湛下车后,没发现张青,连忙问了情况,大家满口方言俚语,七嘴八舌地说了起来。陈湛听了半天,终于听明白了:去冬以来,这里一直久旱不雨,从三溪口到黄土塬,王英河沿线一二十里的水田山地都干得发裂,庄稼颗粒无收。就在昨天,泗洲禅寺的正信和尚还来这里调查旱情,与乡亲们一起讨论了大半天,官府的人从州到县整天坐在衙门里作威作福,没一个人过问此事。

"你们这些当官的,还不如一个和尚。"乡亲们举着锄头铁锹,一齐叫嚷起来,"你们要是再不想办法解决这个问题,今天莫想从这里走过去!"

"我是本县县令陈湛,乡亲们提出抗旱的事县里已有安排,我回头一定抓紧督办。"陈湛对着大家,抱着拳头,连连作揖领首,"车上还坐着州里新来的团练使黄大人,今天特意去寺里看望正信大和尚,大家就给我面子,早点回家吧。"

乡亲们这才拿着家伙,一路叽叽喳喳地离开了。

"正信和尚是谁?"黄晋问了一声。

"就是王落,大人怀疑他是骆宾王的那个人!"陈湛盯着前方,不冷不热地应了一句。

泗洲禅寺的门口挤满了人,全都是附近的乡亲。因为离家近,王贵两口子也来了。眼瞅着车队过来,张捕头一直站在葫芦塘前恭候。他说:"今天正好是王落先生当班坐堂,乡亲们一大早就过来咨询祈愿,后来听说州、县两级官府里有官人要来,都不肯走,正等候着两位大人光临。"

一行人刚刚来到寺前,慈芳法师立马上前施礼,转身将大家引至大雄宝殿。乡亲们后退一步,让出一条道来,神色凝重地瞧着他们。

殿堂正中端坐着一尊崭新的释迦牟尼像,通身闪着新漆的油光,左右两座小佛,看样子也是新的,只是因为光线暗淡,显得不够鲜亮。骆宾王坐在主像侧方的下首,眼睛半闭着,一手敲着木鱼,一手翻掌放在膝上。慈芳法师引着大伙进来时,他也没抬头,始终抿嘴不语。

黄晋与陈湛一并站在蒲团旁边,朝着佛像合掌行拜,随行跟班立马拿出碎银铜板,替官家捐了功德。骆宾王这才放下敲棍,换了一根粗的,在左侧的黑钟上敲了三下。

从进门开始,黄团练就一直盯着骆宾王,他绕着殿堂转了一圈,然后再次回到佛像跟前,瞅着骆宾王问道:

"师傅何方人氏?"

骆宾王没吱声。

"黄大人问你呢!"慈芳法师指着骆宾王提醒道。

"施主是问我吗?"骆宾王微微抬起头来,眼睛仍盯着旁边的木鱼,"我乃兖州博昌人。"

"师傅大名?"

"俗名王落,法号正信。"

"师傅既是博昌人,一定知道一个人……"

"是骆宾王吧?"骆宾王这才抬起头来,瞥了黄晋一眼。

"正是!"

"我当然知道,从小就知道他。"骆宾王再次低下头去,嘴里嘀咕道,"谁不知道他呀……"

"他在扬州起事造反,还替徐敬业写文章,讨伐武太后,这事你该听说了吧?"

"听说过,只是那文章我没看过。"

"扬州起事失败后,骆宾王亡命天涯,东躲西藏,到处逃命,像一条丧家之犬……"黄晋仰头笑起来,"都说他骆宾王是个聪明人,我看他就是个蠢货!俗话说,识时务者为俊杰,他不仅不识时务,还糊里糊涂跟着徐敬业那个草包一起造反,结果让李孝逸打得一败涂地,蠢货一个呀!"

"此地是佛门净土,不论世事。"骆宾王用力敲了敲木鱼,听起来像鼓声。慈芳法师和陈湛一齐盯着他,脸色变得严峻起来。

"不论世事?是吗?"黄团练瞅了瞅骆宾王,围着脚底的蒲团踱起步来,"我倒是听说王先生年前还在县城里为人请愿,也是写了什么檄文……对了,昨天,你还在车前村与老百姓一起商量抗旱的事,这又是不是世事?"

"施主果然消息灵通。"骆宾王照样低着头,看不清他的神色,"年前,老衲确实到过县城请愿贴文,那是因为看不惯光天化日之下居然有人贪赃枉法,欺压百姓,抢占穷苦人家孩子的乡试名额,别说是我看不惯,就是武太后知道了,也不会置之不理吧。"说完,又重重地敲了一声木鱼。

"你刚才说的'不论世事'又作何解?"黄晋个头虽高,皮肤也白,但是长着一对三角眼,瞅起人来露出一股凶光,"一边说不论世事,一边又一刻不停地出头露面,你这么搞,不觉得自相矛盾吗?"

"施主此言差矣!"骆宾王终于抬起头来,郑重地瞧了对方一眼,"昔有姜子牙、诸葛孔明,都是隐匿山水、不问世事之人,可一旦黎民有求,百姓吁请,同样会出山入世、救人水火。老衲虽然才不及子牙、孔明,但心是一样的,血也是一样的。"

"说来说去,你正信就是个假和尚嘛!"黄晋指着骆宾王,故作风趣地笑了起来,然后转过身子,睃了睃左右两个侍卫,他们正想有所动作,一眼瞥见张青突然握紧大刀,死死地瞪着他们。

"假假真真,真真假假,谁说得清楚呢?"骆宾王哼了一声,"怕就怕有些人以真之名,却做着掩人耳目、祸害百姓的假事坏事,那个郝县尉不就是这种人吗?"

黄团练转过身去,甩着袖子从殿前跨了出来,脸色十分难看。这时,黄氏从人堆里挤出来,冲着黄晋说道:"我听说大人也姓黄,一笔写不出两个黄字,咱们算是本家,我今天倒是想问问本家大人一个问题,可以吗?"

黄团练犹豫片刻,慢慢停下脚步,回头瞅了一眼黄氏。

"我男人王贵在家里好好的,却让本里吴员外的家丁打成了残疾,到现在都不能下地干活。"黄氏拉着丈夫来到跟前,"都几个月了,凶手到现在还逍遥法外,这是何理?"

黄团练掉头指着陈县令:"这事,你知道吗?"

陈湛连忙点头。

"幸亏王大哥好心相助,我儿子王佳才没荒废学业,能留馆读书。"黄氏回头指了指殿里的骆宾王,"刚才,听了你黄大人与王大哥的一番对话,我就在想,这世道是不是变了,一心为老百姓办好事办实事的人,老是被怀疑受打击,而那些不管老百姓死活的人却一个个耀武扬威、不可一世,这到底是咋回事呢? 你今天好好给大伙说道说道……"

"说得好！给我们说道说道。"乡亲们一齐叫喊起来。

"我初来乍到，对情况也不了解，这事情，你还是找你们明府大人说去。"黄晋拉着陈县令，"我还得赶回鄂州去，晚上有个公务……"说完，他坐上马车转眼离去。

"不能走，不能让他走！"乡亲们又一齐叫喊起来，"什么玩意儿，居然跑到咱永福里来耍威风，你以为你是谁呀，这里不是鄂州，也不是无锡，滚！"

殿内的木鱼声戛然而止，骆宾王从里面走出来，按了按僧帽，扬了扬手说："他怀疑我，我还怀疑他呢！拿着大旗作虎皮，竟然跑到寺庙里来质问我，也不看看自己几斤几两。"

慈芳法师摇着头，指着骆宾王，脸上露出一副哭笑不得的神色："我说你呀正信，昨天晚上你还答应过我，今天黄大人来了，你保证一言不发，结果呢，你看看你那张嘴，你不说会痒吗？还有，哪有你那样敲木鱼的，打鼓啊？"

"是他不识相，老是问这问那的，我又不是哑巴。"骆宾王红着脸，瞪着慈芳法师，"你这个和尚，怎么好歹不分呢，你要是再替他说话，我晚上不陪你聊天了……"

大家一齐笑了起来，连陈县令和张捕头都笑了。骆宾王瞧了一眼王贵夫妇，黄氏正捂着嘴笑，那样子最是好看动人。

第十六章　祈　雨

　　黄团练回了鄂州，陈县令开始忙碌起来。

　　他先叫来了县丞李实，吩咐他把调查处理吴员外的事先停下来。那天，黄团练返回州府前特意下车交代，凡是与王落有关的事，就算涉及吴员外，县里暂时不做处理，吴家的那幢私宅先还给他再说。"还有，你现在不是想查吴明年在他老家的账本吗？"陈县令又吩咐县丞说，"那个姓林的管家要是不肯交出账本就算了，这事暂时告一段落。"

　　县丞李实点头称是。

　　"眼下最要紧的事是解决干旱问题。"陈县令满脸忧虑，"老百姓眼看不久就要断粮了，连县城的居民都在自家院里种了小麦，全县二坊三十八里，六万多户三十万人口，要是没了饭吃，咱们头上的这顶乌纱帽就别戴了。"

　　随后，他又把主簿张愿叫了过来，三人一起商定，继续发动老百姓就近挖井取水，或到偏远冷僻处寻找水源；富水河中下游地区，尽可能多做一些水车，从河里引水灌溉，争取今年能插播一批早稻；反正是死马当活马医，最大限度减少饥荒，总之一条，不能因为灾荒闹出人命来。

　　"我打算举行一场祈雨活动。"陈湛神色凝重，仰头瞅着窗外耀眼的白云，"我得求求老天爷开开眼，早日降雨，保佑我永兴百姓千万别饿死。"

"依照旧制，祈雨不宜在立夏之前，否则会冲了龙神。"主簿张愿提醒说，"这才刚刚进入春分时节，明府大人打算哪天举行祭祀活动？"

"你说的是国家大祭。"陈湛纠正道，"咱们州、县一级，只能搞些小祭，只要立春过后，选择一个丑日即可。惊蛰都过了，可以搞了，我专门看了日子，后天就是丑日，当天丑时五刻之前，在竹林塘西北岸的伏虎山设坛。你是分管农业水利的主簿，赶紧回去抓紧准备……噢，对了，这三天，你们都要记得斋戒三日，不要喝酒吃肉！"

送走李县丞和张主簿，陈县令又叫来捕头张青，当面草书一封，交在他手上："你火速赶回永福里，把这封信亲手送给王落先生和慈芳法师，我想请他们帮个忙……"

张捕头一路快马，不足一个时辰就到了白马山。武圣宫已经竣工，泗洲禅寺钟声悠悠，却没见到几个信客过来。门前来了两个年轻人，听说武圣宫要招武僧，特意赶来咨询。骆宾王不在寺里，两个小伙子就找到了慈芳法师，法师合着双掌说："这事你们得找正信师傅，武圣宫的事由他全权负责，隔日再来吧。"

骆宾王一大早去了白马山以南的阳辛村。东晋初年，富水河中下游地区曾取名阳新县，首任县令孟嘉是陶渊明的外祖父。后来因改朝换代，区划调整，此地多次改过县名，隋开皇18年，由富川县改名永兴县。如今的阳辛村，就是孟嘉当年工作的县治所在地，他死后埋在那里。据说，陶渊明幼年时曾多次来过这里，陪着外祖父一起玩乐。

骆宾王是陶渊明的铁杆粉丝，不仅因为陶渊明的文笔好，更主要的还是他恬淡自如的人生态度。陶公这辈子也没做过什么大官,无非是一些祭酒、参军之类的低职,就官阶来讲,还不如骆宾王,骆宾王好歹还做过长安主簿、侍御史等职,官位上至少比他高了两级。可两相比较,陶公不为五斗米折腰,年纪轻轻就弃官还乡,过上了悠哉游哉的田园生活。扬州起事前,骆宾王先后做过录事参军、王府录事、王府典签、记室参军、奉礼郎、弘学馆学士、武功县主簿、明堂县主簿、长安主簿、侍御史、临海丞等十几个职务,有的职位屁股还没坐热,就因他做人刚直、才高招嫉,硬生生被人给赶了下来。对此,骆宾王自我评价时用了四个字——"宦海沉浮",其实说白了,在官场的那些年,他从头到尾就没消停过,当然也没快活过。其间,他多次想过学习陶渊明归隐山林、不问世事,但每每看到一家老小期待的眼神,想到自己七岁就有神童之称,他总是心有不忍,更是心有不甘,总想再熬他个几年,等到完全退休后再回乡下享受不迟,哪想到一场扬州起事,却让自己走上了不归路。

不过今天,骆宾王特意跟慈芳法师请假,翻过白马山,去阳辛村出趟短差,是为了另一件事。

这件事,从他来到永福里的那一天起,他就思谋开了。

慈芳法师拆开张捕头送来的信函,才知陈县令是想请他和王落一起出山,主持和参加三天过后的祈雨祭祀。法师连忙说:"我不是道士,只有道士才能主持这类活动。"张青说:"在永兴城,没有几个像样的道士,明府大人一个都看不中,就相中你们俩……"慈芳法师瞧了一眼旁边的葫芦塘,塘里只剩下一尺深的浅水,连鹅鸭都无法下水了。

"我倒是没问题,只怕正信师傅……"法师捻着佛珠,指了指门外,"他这一出门,没三天回不来,再说了,他这个人,未必肯去哟!"

"这是为何?"张捕头颇为不解,"明府大人可是救过他命的人……"

"这个你就不懂他了。"慈芳法师又指了指门口的水塘,神秘地笑了笑,"他老是跟我说,那几只鹅都比我们更懂他,每次见他,一个劲地朝他叫唤……"

三天过后的那个晚上,永兴县祈雨祭祀活动如期举行。天黑前,李县丞和张主簿领着一班人马在伏虎山上设了祭坛,祭坛高约三尺,上面摆着两张案几,放上香烛、畜禽和谷类供品;不知是谁,竟从县城的城隍庙里搬来了李靖的托塔雕像,雕像矗立在案几中央,闪闪发光,显得威武有力。李靖作为雨神是唐代的事,在更远的古代,不管是官方还是民间,祈雨祭祀的对象不是商羊就是赤松子,李靖因为在民间有过瓶中行雨的故事,基层官府和老百姓就把他当成了雨神。

祭坛周围插满了竹竿和杉木棍,顶尖上绑着火把,将祭坛四周照得如同白昼。子时刚到,伏虎山上就响起了"呜——呜——呜——"的牛角号声,县城的居民百姓拎着凳子早早地来到现场,一齐等候着祭祀开始。

"听说骆宾王也要来!"有人悄声说。

"是吗?上次在东门,我还没来得及好好瞧他一眼,就被那个坏蛋给搅局了……"此话说的是张天。

"他今天真的会来吗?他不怕又有人杀他吗?"

"他跑来干什么?"也有人提出质疑,"他再有文才,难道能唤回东风不成?"

"他是骆宾王吗?不是听说他叫王落吗?"

……

丑时五刻,县令陈湛、县丞李实、主簿张愿和慈芳法师等一齐来到祭坛面前,慈芳法师作为主持人,脖颈上挂着佛珠,手提一根黑色圆棍,棍头上缀着乳白色缨毛。他先是一边舞动缨棍,一边唱了几句祭语,随即大声宣布祭祀开始。顿时,牛角号起,火炮齐鸣,前来围观的百姓一个个兴奋不已,像过节一样。

"哪个是骆宾王啊?是那个和尚吗?"有人指着慈芳法师。

"不像他,上次在东门我见过,不是这个人。骆宾王的脑袋大多了,额头也宽得多……"

"他在哪?看来他真的没来呀,太可惜了!"

第一项议程是宣读祭文,宣读人为县里的祭酒,祭酒一职主要负责一地的文化活动,类似于现今的文化局局长。此人名叫贾文斗,曾在鄂州乡试中考得头名,文才了得,出口成章。他从袖筒里拿出祭文,抖了两抖,对着东南方向,弯下身子,鞠了三躬,然后大声宣读起来:

"贞元十年,永兴大旱,土地龟裂,草木不生……"

读着读着,贾祭酒突然哽咽起来,那样子就像在追悼会上读祭文。现场顿时出现骚动,有人抹起了眼泪,那几个在院子里种了小麦的妇女将脑袋埋在胳膊弯里,号啕大哭起来。听到哭声,贾祭酒自觉有些失态,连忙克制住情绪,好不容易读完祭文,身子已软得不能站立,幸亏捕头张青和一帮衙役及时扶住,他才没倒下。

接着是巫师施法。

那巫师是一名壮汉,皮肤黝黑,膀大腰圆,头发蓬乱,脸上描着多色彩绘。他左手拿着一只陶罐,罐内装着一只木龙,鼓鼓的一对龙眼都露了出来。施法时,也没什么伴乐,他兀自跳起舞来,嘴里唱着奇怪陌生的调子,两只脚轮换倒腾,时而抬起,时而踢蹬。一会儿,他一边跳,一边摇动陶罐,右手做出洒水的姿势。也是奇怪得很,果真有雨滴纷纷洒落下来,在火把的照耀下闪着亮光。

最后是集体跪拜雨神。随着慈芳法师一声吆喝，县令陈湛领着大家一齐匍匐在地，双手抱拳，对着李靖的雕像接连叩拜三次。叩拜毕，慈芳法师盯着大伙喊了一声："请起！"大家曲起双腿，抖动着衣服，一齐站立起来，只有陈县令一直趴在地上，半天不愿起来，嘴里像哭一样喊道：

"老天爷呀，你要是再不赐雨，我陈湛就趴在这里不起来了！老天爷呀，你就睁开眼，开开恩，给我们永兴大地下一场透雨，来一场甘霖吧！"

说完，他再次叩首三匝，脑门都磕出了响声。

张捕头连忙跑上前去，扶起明府大人，正要转身，瞥见两名陌生人在人堆中穿行。张青低头一想，正是黄团练那天带来的那两个侍卫。他当即向陈县令耳语一番，径直跟了上去。

"骆宾王到底还是没来呀！"大家又开始议论起来。

"他会不会离开永兴了？"

"听说他在永福里……"

"明府大人请了他，他怎么能不来呢？"

"他一定是担心有人要杀他，不敢来了……"

"他有什么不敢的？他连武太后都不怕，还怕一个杀手？"

此时，骆宾王刚刚离开阳辛村，摸黑回到白马山，正坐在大雄宝殿的蒲团上，读着陈县令的来信。

来到永兴这几个月，除了辅导王佳的学习，应对郝正和吴员外，骆宾王一直在考虑如何抗旱的事。前两天，黄氏挑着木桶，说是去葫芦塘取水，他愣了半天。黄土塬原本有口井，井口装了辘轳，黄氏将水桶吊下去，半天打不上一滴水来。骆宾王说，塘里养着鸭鹅，水不干净，建议她去寺里挑水。黄氏说，寺里的那口井也快干了，塘里的水虽不干净,拿回去沉淀一两天,尚能对付几日。

这趟阳辛村之行,骆宾王可谓收获多多,他不仅拜谒了孟嘉墓,还找来当地居民详细询问了孟县令当年治水抗旱的事迹。骆宾王在豫州做过小官,后来又到武功和明堂两县当过主簿,有过治水经验,考虑到不同地方情况有所区别,不能照搬照抄,必须结合具体情况拿出符合实际的方案。这三天里,他仔细察看了孟嘉当年在阳辛村一带做过的塘堰,塘堰已毁,遗迹还在,塘堰底部砌的全是石头,灌以石灰和米浆,看上去十分结实。当地孟姓村民还告诉他说,后来米浆用完了,就用三合土与石灰配比,再用水和成泥状,黏合效果也不错。骆宾王听了,高兴得手舞足蹈,刚一回到泗洲禅寺,庙里的小比丘当即拿来陈县令的信,告诉他说,慈芳法师去县城祈雨去了。

骆宾王从蒲团上站起来,拍着屁股说:"这个陈明府,什么都好,就是不尊重天道,我骆宾王的文章写得再好,也唤不回风雨雷神啊!我要是有这个本事,去年扬州起事最终就不会失败了,那高邮下阿一战,我要是能把天上的雨水请下来,徐敬业也不会败给李孝逸了……"

骆宾王话没说完,才知自己说漏了嘴,他努着嘴,回头瞧了瞧,好在那小和尚已回里屋睡觉了。

第十七章　王贵之死

祈雨祭祀活动过去了半个多月，永兴县仍没下过一场像样的雨。东头的兴教里和义丰里两地，据说前几天下过一场阵头雨，说是从江州那边飘过来的乌云短暂停留了一阵，其实也没洒下几滴雨水来，而且都落到江上去了。

县令陈湛整天盯着天空看，看过了就骂老天爷不长眼睛，骂雨神李靖良心让狗吃了，眼睁睁看着老百姓遭受灾荒之苦。

那天，刚刚结束早堂断案，捕头张青来报，吴员外在城里的私宅让一帮乡下人给堵住了大门，他本准备回一趟丫吉山吴家湾，结果半天出不来。

"他不是有一大帮家丁打手吗？"这几日，因为黄晋干涉，私宅退还了吴员外，陈县令一直心有不甘，"他把消息报告到县衙来，什么意思呀？"

"他想请你去现场给乡亲们做做工作，让他们早点走……"

"让我去做工作？他还知道我啊？"陈县令指着自己的鼻子，"他伙同郝正做了那些缺德事，我还没处理他呢！凭什么让我去帮他？他不是有银子吗？还用得着我这个穷县令去帮忙吗？"

"最近一段时间，他看上去老实多了。"张捕头分析说，"只要他不拿骆宾王说事，我劝您还是去帮帮他。明府大人想过没有，县里旱得这么厉害,到时候说不定还得求他呢!"

"还是你张捕头想得周到。"陈县令点了点头,"乡亲们到底是什么原因堵门?"

"据说来的是永福里和安乐里的一帮佃农,他们要求吴员外减租免息,管家老林死活不答应,他们就找到城里来了。"张青回答说,"也不知道是真是假,去了就知道了。"

陈县令带着张捕头火速赶到吴宅门口,王贵坐在台阶上,腿上放着拐杖,一见张青过来,连忙撑着拐杖站起来。

吴宅的大门虚掩着,里面站着几排家丁打手,一个个昂头抱臂,眼睛里喷着怒火。张青瞥了一眼,家丁头目"红脸"好像也在里面。

"为什么要堵门?"陈县令瞅着王贵,"有话不能好好说吗?"

"我们好话说了一箩筐,他们根本不听啊。"王贵拿起拐杖指着大门,"去年入冬到现在,天没有下一滴雨,地上庄稼颗粒无收,过不了几日,乡亲们都要揭不开锅了……我们要求把去年的租税免掉,他们死活不答应,还说哪个闹事就打哪个,他们说的是人话吗?"

听到陈县令的说话声,吴员外赶紧来到门口,结果人还没出来,又让大伙给挡住了。吴员外一脸苦笑,双手抱拳,向县令打了招呼,转头回到屋里。

陈县令很快了解到,今天过来堵门的有两种人:一是去年下半年没有交租的;二是去年交了地租要求退还的,王贵属于第二种情况。

"当初协议里是怎么说的?"陈县令盯着王贵,心想,这是第二次见他了,真是破窑出好瓦,这么一个面皮发黑、个头短小之人,竟然养育了王佳这么聪明俊秀的儿子,"有没有减租免息这一条?"

"有啊。"有人立马拿出协议,举在头上,"如果因为天灾人祸等原因,可以减租或免息……大人您看,白纸黑字写着呢。"

"这样行不行,你们让我先进去和吴员外谈谈,待会儿给你们答复。"陈县令话音未落,大伙立马让开一条道,让他进去了。

没过多久,吴员外和陈县令一齐出来了。陈县令拍着手说,吴员外很爽快,满口答应了大家的要求,不过,他有几句话要给大家说。

"其实,我吴某人并不是不同情大家,你们租种我的田地,也算是一种缘分,对不对? 你们的困难就是我吴某人的困难,咱们的命运是连在一起的。"吴员外一边笑着说,一边揪了揪自己的红耳朵,"今天,明府大人亲自出面为大家说情,我吴某人再不懂事,也得给陈大人一个面子,对吧?"

"你有什么话就直说吧,别绕弯子了。"王贵蹙着眉头说。

"你的那帮狗腿子把我打成了残疾,我还没找你算账呢。"王贵又说。

"我也没有太多的话要说,我吴某人不是个不讲情理的人,但我得提醒乡亲们,从今往后,你们千万别再听那个假和尚的挑拨了,对,就是在泗洲禅寺敲木鱼的那个! 他不是个好人,他天高地远地从外地跑到咱永福里来,为啥呀? 咱们得在脑子里画个问号,他不会是无缘无故跑到这里来的,肯定是出了问题对不对?"吴员外红着脸说道,"至于你们提出的要求,我回头让管家老林算算账,该减则减,该免则免,我吴某人说话算数。不过,我再次提醒乡亲们一句,要是我听说哪个与那个假和尚又搅在一起,我收回刚才说的话。"

"人家怎么是假和尚? 王大哥在庙里坐堂修佛,你凭什么说他是假和尚?"王贵又站了起来,"你指派一帮狗腿子趁着夜里去杀他,结果杀他不成,把我打成了废人,你还好意思说人家的不是?"

"姓王的,我这话就是说给你听的! 你凭什么说打残你的人是我安排的,你有证据吗?"吴员外拨开王贵的拐杖,指着他的脸,"我今天要不是看在明府大人在场,我还要打断你的另一条腿!"

"来呀来呀,你打呀,你要是不打,你就别姓吴,你就是孙子!"王贵跛着腿脚打算扑过去,结果让大伙扯住了。

"好了好了,都少说点。"陈县令走上前去,拉过吴员外,将其推上门口的马车,"大家都回去吧,你们的困难,县里也正在想办法,要钱要粮的报告材料,已经递到州府和道府上去了,相信不久会有结果,大家要有信心,乡亲们赶紧回去吧。"

"你等着!"家丁"红脸"一直尾随着吴员外,上车之前,他突然掉转头来,指着王贵,咬牙警告了一声。

离开吴员外的私宅,陈县令一直低着头,半天没吱声。刚才进入吴宅时,他多看了几眼,院子里的名贵树木、室内的豪华装潢,让他惊叹不已。作为堂堂一个县令,他生活和办公的县衙,竟远远不如一个药商兼地主的私宅。进入客堂时,他看见一年轻女子转身退到后室,他猜测是吴明年的小老婆。当时,他瞥了她一眼,她也回头瞧了他一眼,他愣住了,觉得在哪里见过,这女人的长睫毛丹凤眼,如此眼熟。陈县令抓着脑壳想了半天,直到到了县衙门口,他才猛然想起来,她不是那个当年在北门市场唱歌卖鸡的吉口里姑娘吗? 天哪,她难道做了吴员外的小妾?

回衙门不到一个时辰,陈县令又接到文书报告:鄂州刺史卢正道明日来永兴考察灾情,同时了解泗洲禅寺出家人正信的有关情况。陈县令一听,重重地放下茶杯,忍不住骂了一句团练使黄晋,这家伙回到州府后,在刺史面前一定说了不少坏话,很显然,他怀疑王落就是骆宾王。

郝正出事那阵子,卢刺史就说过要来永兴一趟,还说,如果骆宾王真的到了永兴和鄂州地界,他作为一州刺史竟然不知道情况,武太后要是知道了,肯定会撤他的职。陈县令知道他的顾虑,劝他说,骆宾王是朝廷通缉要犯,只会躲进深山老林里不出来,哪有胆子过问一个县里的科考?这个叫王落的人,既然敢于抛头露面插手县里的那些麻烦事,就说明他绝不是朝廷要犯,更不会是骆宾王,这么简单的道理,刺史大人岂会不懂?

看来这次,卢刺史是非来不可了。

陈县令立马叫来县丞李实商量,明天刺史大人要来县里考察工作,将如何接待为好?李县丞建议说:"既然刺史大人不到县城,第一站就是泗洲禅寺,最好安排张青先回一趟永福里,劝说王落明天就别待在寺里了,暂时回避一下,免得刺史大人问起话来说漏了嘴。"陈县令摇着头说:"这样不好吧,明明知道刺史大人要过来,王先生却突然人间蒸发了,人家肯定会怀疑咱们事先做了笼子。"李实立马点头说:"明府大人说得也在理,这样,还是让张捕头回去一趟,告诉王先生明天刺史大人要来,其余的话咱就是不说,他自然也明白。"陈县令点了点头,正要叫来张青,却见他慌慌张张地跑了进来。原来,吴员外刚刚回到永福里,就与当地的老百姓起了冲突,据说王落先生也在场。

"吴明年显然是冲着王落去的!"陈县令一口咬定,说完拉过张青,"这样,你把张主簿带上,火速赶回永福里,两件事一并处理到位,不可马虎。"

主簿张愿,沧州人氏,分管农业和水利工作,是县令陈湛的得力干将。陈县令来永兴这几年,大事小事,不是找李县丞商量,就是请张主簿出面。靠着这两个助手,永兴才得以民生有保、社会安定。去冬发生旱情以来,陈县令几次找来张主簿商量对策,要求他别整天待在县里,尽可能多往州里跑,多争取一些救济款下来。这些时日,张主簿一直待在州府,昨天才回到县里。听说要去永福里,张主簿立马来气,嘴上嚷道:"我听说那个叫正信的假和尚,对对对,那个叫王落的光头子,说什么要在永福里修筑堰塘,到底他是主簿还是我是主簿?他一个外乡人,管得也太宽了!你张捕头是永福里人,那地方到处都是大小山包,他要是筑了堰塘,哪天缺口了咋办?下游的人还想不想活啊?外行!"

话毕,两人一路快马朝着永福里奔去,拐过三溪口,刚刚过了车前村,只见株林那地方挤满了人。吴员外坐在路边的樟树下,一只手叉着腰,一只手端着盅子喝水,家丁"红脸"站在旁边,正跟他悄声说话。骆宾王和一帮当地村民站在低处的河滩,叽叽喳喳地说着什么。河滩上放着锄头、羊镐、铁锹、铁锤之类的家伙,旁边是一大堆石头。

张青和张愿前脚刚到,王贵后脚也跟着回来了。他从县城坐船到三溪口,让一个老乡扶着,一路走了过来。

吴员外见是张捕头和张主簿,懒得起身,他睨了一眼主簿大人,随后让"红脸"过去打了声招呼。张主簿瞥了瞥吴员外,啥也没说,随着张捕头来到河边。张青刚刚介绍完毕,张主簿瞧了瞧骆宾王的光脑袋,率先发声:

"伤到人没有?光天化日之下斗殴,成何体统!"

"还没有。"一个拿着锄头的村民答道,他指了指吴员外和"红脸","他们想抓正信师傅,我们不让抓,双方推搡了一番……"

"正信师傅让他们一个一个来,不要搞三打一,他们就不敢了……"旁边的村民接过话说。

"为什么打架?"张青跟着问了一声,回头瞧了瞧,见"红脸"走过来,于是又问道,"我问你呢,为什么要抓人?"

"他们想在河上修水坝,占用吴家的田地,我们能让他们修吗?"

"红脸"咬着牙,指着骆宾王,"他一个外乡人,跑到我们永福里来,狗拿耗子,多管闲事,就是要修水坝,也轮不到他来修啊。"

"好啊,那你们修啊。"骆宾王走近过来,拍着手笑了笑,"你们要是知道修水坝,今年就不会旱得这么厉害了!"

"你这话是什么意思?你又凭什么说这里一定要修水坝?"张主簿指着河滩,盯着骆宾王,"永福里一带的老百姓来这里落业不是一年两年了,你说一定要修水坝,他们作为当地人,难道你比他们还清楚?"

"张主簿此言差矣。"骆宾王掉头指了指上游的王英河,河里没有一滴水,只有几只鸭子在那里晃来晃去,"嘎嘎"地干叫着,"从三溪口到车前村再到株林村最后到黄土塬,这条河绵延十几里,两边全是大大小小的山包,请问主簿大人,你到这里跑过几次?你对这里的情况真的熟悉吗?实不相瞒,这些天,老衲都跑过好几趟了,还找当地一些上了年纪的老人问过,夏天涨水的时候,车前、株林还有黄土塬,渡口都还正常,可以行船,可到了冬天河水就干了,不但不能行船,连灌溉的水都没有,这不是明摆的吗?河里蓄不住水呀!我们要做的,就是把水留下来,保证一年四季有水,不筑坝行吗?"

"是呀,主簿大人,王大人说得对呀!不筑坝行吗?"王贵高声附和,"早就该修坝了,是那些当官的不作为,把老百姓的事不当事,才拖到现在……王大哥是好人啊!"

"当官不为民做事,不如回家种柿子!"乡亲们举着手喊道。

张主簿黑着脸,瞄了吴员外一眼,没再说话了。

"你修坝可以,你别占用我们家的水田啊。"吴员外从地上站起来,俯身指着河滩上的骆宾王,"你一个假和尚,到我们永福里到处煽风点火,搞得鸡犬不宁,你居心何在?你到底是谁?你是姓王吗?"

"修坝难免会占用一些水田,特别是涨水之后,这个损失大家可以均摊,不会让你吴员外吃亏!再说了,你吴员外家缠万贯,肥得流油,还在乎这几亩田地吗?修路补桥,行善积德,你吴员外就算贡献几亩水田,又算得了什么呢?"骆宾王抬头瞥了一眼对方,"至于你怀疑我的身份,我不止一次公开说过,你们可以去调查嘛,有些人总是怀疑我是在扬州造反的骆宾王,甚至想杀掉我,幸亏我命大,不然都死过好几回了……今天机会难得,我正式告诉你吴员外,我既然到永福里落脚,这里就是我的第二故乡,故乡的事,我怎么能不管不问呢?还有,把你吴明年过去做的那些缺德事搞清楚,比搞清楚我的真实身份更迫切更重要!大家说对不对?"

"对!"乡亲们一齐欢呼起来。

"给我上!"吴员外双手一挥,家丁"红脸"一个箭步冲了过去,从身上拔出短刀,跳下河滩,径直刺向骆宾王。

"大哥!"站在一旁的王贵扔掉拐杖,伸手推开骆宾王,只听见一声闷响,王贵仰头倒在地上。

"红脸"拔出短刀,转身就跑。张捕头大吼一声,追了上去,乡亲们也跟着追了过去。

骆宾王一把抱住王贵,连着喊他:"兄弟!"王贵直瞪着他,嘴里涌出一串血泡。骆宾王低下头去:"兄弟呀,你有什么话要交代,就跟我说吧!"

"秋闱……佳儿,我的儿子,就是你大哥的……儿子……"王贵还没说完,双手垂了下来,眼睛直瞪着河边的青山。

张捕头一边跑,一边抓起一块鹅卵石照着"红脸"的胳膊打去,"红脸"扔下短刀,步子趔趄起来,张捕头纵身跳了过去,一把将其扭住不放。其他家丁蜂拥而上,要来夺人,张捕头从背后抽出长刀,指着吴员外喊道：

"我乃永兴捕头张青，谁敢近身，别怪刀不认人！吴明年，你指使家丁致人死亡，该当何罪？"

吴员外哼了一声，背着双手，大摇大摆地走向树下的马车。

第十八章 《杀吴员外檄》

　　正如陈县令所料，团练使黄晋回到鄂州后，果然找到卢正道，在刺史面前说了一通颠倒黑白、阴阳怪气的话。

　　黄晋自诩在道府上头混的时间长，对朝廷的情况比较清楚，面见刺史后，首先说了一通当朝的动向。他说，中宗李显被废，武太后的根基越来越稳，现在从上到下基本上都是她的人，只有少数道州的一把手才是李氏宗室这条线的。旧年，虽然出现了一小撮反武势力，比如徐敬业骆宾王之流，但那毕竟是局部，是极少数，翻不起什么大浪；李孝逸凭借一场火攻，将徐敬业的十万大军打得落花流水，一家老小仅剩一颗人头……现在朝廷上基本上是一种声音，大事小事完全由武太后说了算，连裴炎那样的重臣都被她杀了，谁还敢说半个不字。

　　他接着又说，徐敬业谋反虽然已过去数月，但武太后并没有真正放下心来，因为骆宾王还没捉到，各地送上去的那些人头全都是假的。太后说了，骆宾王的那篇文章影响恶劣、后患无穷，这辈子如果见不到姓骆的，她没法向后人交代。

　　"那些送上去的人头为什么是假的，卢大人想过没有？"黄团练突然话锋一转，盯着卢刺史问道。

　　"不知道。"卢正道摇了摇头，这个新来的团练使开口闭口都是武太后，刺史大人已经很烦了，"团练使大人有何见教？赶紧讲吧。"

"因为真正的骆宾王在永兴,在咱们鄂州地界!"黄晋指着脚底下,像吼一样说道。

"何以见得?"卢正道反问一声。前些天,江南道观察史李元白派人传来密报,说黄晋是黜陟史曹明海的亲信,此人阴狠毒辣,比前任刘越有过之而无不及,千万要小心行事,以防遭陷害。

"您看。"黄晋从袖子里抽出一筒纸,将其展开,呈送到刺史面前,"这是骆宾王的画像,留发的、剃头的,我都拿来了,我相信刺史大人应该看过……你看他那眉毛,典型的卧蚕眉,还有那双眼睛,一副不得意、不服气的样子,他骆宾王官场不顺、仕途不畅,能怪武太后吗?是他自己不争气,不会做人,他本来就不是个做官的料!"

"你有话就直说吧!"卢正道挥手打断他说,"我卢某人又不认识什么骆宾王,你说这么多,有意义吗?"

"有意义!"黄晋将画像重新卷好,捅进袖筒,"我刚去了永兴一趟,陈明府一直陪着,见到了正信和尚,我黄某人向来看人很准,那个假和尚就是骆宾王!"他指了指自己的袖筒。

接下来,他凑近过来,降低声调,把那天去泗洲禅寺的一些细节跟卢刺史详细描绘了一番,并建议刺史大人亲自去一趟永兴,若不嫌弃,他黄晋将亲自陪同。

这个新来的团练使果然狡猾,把话说到了这个份上,卢刺史若要去永兴,能不让他陪同吗? 还有,去冬以来,鄂州辖下的永兴、武昌、江夏、蒲圻四县一直大旱,尤其是永兴,据说连老百姓家里的砧板都干得发裂了,要钱要粮的报告一封接着一封送到州府上,他这个当刺史的也该去县里看看了。

……

卢刺史和黄团练的车队刚刚经过鄂王城,正浩浩荡荡地朝着永兴进发。

团练使黄晋心眼多,为防不测,他特意安排了三名侍卫和一名信使。信使已提前出发,一是侦察路线,二是事先掌握永兴那边的情况,如若情况有变,车队即可掉头返回。

"报!"前头的信使果然掉头来报,"永兴泗洲禅寺前,一伙人正在办丧事,据说是当地一个姓吴的员外指使下人将人杀死,陈县令和李县丞都去了那里,待会儿到三溪口等候刺史大人。"

黄晋顿时变了脸色,咳了两声,什么也没说。

"又是他,这个吴员外,仗着自己有几个臭钱,简直是无法无天了!"卢正道拍着大腿,大喝一声,"黄大人见过这个吴员外吗?"

"没……没……没有!"黄团练摇了摇头,"我初来乍到,咋会认识他呢?"

刺史大人的车队到达永福里时,已过了午饭时间。陈县令、李县丞还有永福里的里正等基层官员一齐在三溪口等候,张捕头一行人从车上端出备好的钵子饭,大家就在码头附近的老樟树下享用便餐。大家一边吃一边寒暄,陈县令简要汇报了旱情和昨天发生的事故经过,刺史大人瞧了瞧山林里旱死的竹子,摇头叹气,自我批评道:"我下来晚了,没想到灾情如此严重,对不住永兴的老百姓。"吃完饭后,张捕头走在前头,州府的三名护卫殿后,大家沿着王英河,一齐朝着上游黄土塬的方向去了。

经过株林村,陈县令停下车子,将卢刺史请下来,看了事发现场。

"昨天中午,王落先生带领大家在这里筑堰拦水,吴员外纠集一帮家丁过来阻挠,结果双方发生争执,王贵当场身亡……"

"凶手现在何处?"刺史大人问道。

"已押往永兴大牢关押。"张捕头连忙应道。

"吴员外吴明年呢?"

"他还稳稳当当地待在他吴家湾的家里呢!"陈县令哼了一声,"仗着自己有钱,他没把我这个县令放在眼里。"说完,瞟了黄晋一眼。

"杀了人,不主动到县衙投案自首,他不怕死吗?"卢刺史嚷道,"他到底有几个脑袋?"

"听说卢大人今天要过来,我们正好要向您详细汇报此事,听听您的意见。"陈县令连忙凑近过来。

"汇报什么?有什么好汇报的?该坐牢坐牢,该杀头杀头,你说呢,团练使大人?"卢刺史红着脸,扭头瞅着黄晋。

黄团练连忙点头称是。

卢正道随后气呼呼地上了车子:"走,去死者家看看……"

昨天事发后,王贵被抬回黄土塬,当地有规矩,死在外头的人,尸首不能进祖堂,只能停放在临时搭建的草棚里。王贵躺在门板上,头枕木升,身穿寿衣,通身盖着黑布。妻子黄氏斜靠在椅凳上,歪着脑袋,肿着眼睛,蓬着头发,傻傻地望着村口的葫芦形水塘。儿子王佳跪在灵前,低头哭泣,两边肩膀不停地抽动,泪水打湿了手上的冥纸。慈芳法师刚刚做完法事,回寺里去了。近旁的泗洲禅寺,传来午时的钟声。张学士一直在现场帮忙张罗,头发凌乱,眼睛都红了,看样子一宿没睡。骆宾王仍坐在王佳的厢房里写着什么,早上进去后,一直就没出来。

卢正道下车后,一行人快步来到灵前,先给死者敬香,然后坐在条凳上,对着遗孀黄氏说了一番安抚话,随从人员连忙拿出一包银锭,替卢刺史交在黄氏手上。

"我不要钱,我不要钱,我要吴明年给我男人偿命!"黄氏将银钱立马塞回到对方手上,双手抹着眼睛,"年前,大冬天的晚上,他们将我男人打成残疾,这次竟然要了他的命!他们好狠毒啊,他们就是一帮豺狼!姓吴的一天不偿命,我男人就一天不入土,我要去州里告,州里告不通,我就去道上告,道上告不通,我就一直告到长安,告到皇上,我不信就告不倒他。"

"夫人请节哀。"卢正道瞅着黄氏,"王贵被害一案,州县两级定将严惩不贷,凶手已押往县里大牢,你放心。"

"我不仅要那个畜生偿命,"黄氏指着远方,"我还要吴明年偿命,真正的凶手是他,两次都是他指使的……"

卢正道正要走出灵堂,骆宾王从屋里出来了,手上捏着几张纸。他大喊一声:"卢大人且留步,我有话要说!"

"你是?"

"他就是骆宾王!"黄晋凑近刺史耳边,嘀咕了一声。

"请讲。"卢正道直盯着骆宾王,心里却想:眼前这个戴着僧帽、穿着僧服、眼睛有点浮肿的和尚,是骆宾王吗?联想起昨天黄团练拿来的画像,卢刺史陷入沉思和迷茫。从五官来看,似乎不像,画像上的那个人面部瘦削,面前的这个人却天庭饱满,地阔方圆,不过看那眉眼,倒与两幅画像有着神似之处。"请问师傅……"

"我乃泗洲禅寺正信,去年从兖州过来,目前在寺里学佛修禅。"骆宾王抱拳施礼,抬头看着卢正道,"去冬以来,永兴县持续大旱,特别是永福里、安乐里一带,旱情更是百年未有,连竹子都枯死了,老百姓苦不堪言,很快就要揭不开锅了……我因早年跟家乡人学过修筑堰塘,知道一点抗旱蓄水知识,同时对永福里、安乐里方圆二十里进行过多次考察,决定在修禅之余,协同本地乡民一起在王英河上修筑堰塘。我自己画了一幅草图,从车前村修起,一直修到黄土塬,一共有七道堰坝,待条件成熟,再在临近三溪口的车前村筑一道大坝,如果成功,永福里、安乐里从此就能告别旱涝两灾,同时还可以缓解下游的三溪河和富水河的防洪压力。按理说,这是一项功在当代、利在千秋的好事,周边绝大部分村民举手赞成,不仅愿意无偿提供田地,而且还愿意义务出动劳力,没想到工程刚刚启动,本里员外吴明年出面阻挠,还把我兄弟王贵给杀死了……"

说到这里,骆宾王顿时激动起来,他抖动着双手,血红的眼睛直瞪着刺史大人:"据县里调查,这些年,吴员外勾结郝正等一帮官员贪赃枉法、无恶不作,犯下了种种罪行,前不久,县里已经封存了他在城里的私宅,结果不知因何,竟然又退还了他。县衙作为地方管理机构,代表的是大唐律法,岂可因为一个暴徒而废了纲常? 贞观以来,大唐励精图治,一派繁荣,结果到了这几年,朝堂之上乌烟瘴气,草野之地更是乱象丛生,如此下去,大唐何以为继? 历代先帝好不容易建立的李唐基业,难道也不要了吗? ……"

"你别在这里妄议朝廷,有事说事。"团练使黄晋连忙打断他。

"怎么是妄议呢?"骆宾王瞟了对方一眼,"一个朝廷如果不敢接受批评和监督,那肯定就是一个有问题的朝廷、一个不自信的朝廷。"

"正信师傅,你敢于主持正义、扫除邪恶,我卢某打心眼里钦佩。"卢刺史开口说话了,"只是我不太明白,你一个外乡人为何对永兴县的事这么上心? 你既然知道永兴还有县衙,还有一批吃皇粮的公务人员,为何不通过正规渠道向他们报告? 你是在怀疑他们的办事能力吗?"

"是呀,你是怀疑明府大人的能力吗?"团练使黄晋指了指陈县令。

"你们这些官老爷们,果真是站着说话不腰疼。"王贵的遗孀黄氏说话了,"你们要是知道为老百姓做好事、办实事,王大哥这个外乡人还用得着这么操心伤神吗？你们不仅不感激他，反倒怀疑他，说他的不是，你们还是……"她还想再说，张学士连忙跑过来，摇了摇手，让她不要再说了。

"我不是不相信明府大人，明府大人是个好人，他来永兴不久，就发动百姓种橘子，做了不少实事、好事，我去年刚来永兴，就在船上听说他是个清官、好官。"骆宾王纠正道，随后扫了黄晋一眼，"可有些事，单凭明府大人可能也无能为力，最后还得靠刺史大人出面才能解决。"

"你的意思是？"卢刺史扭头瞧了陈县令一眼。

"好了好了，多说无益，咱们就事论事，别扯远了。"陈县令连忙站出来打圆场，"咱们今天就说吴员外指使家丁杀人这个事，其他事回头再说……"

"明府大人，这就是一回事，咋说是两回事呢？"骆宾王瞪了县令一眼，"这么多年，吴员外做的那些龌龊事，不把它们一把抖出来，不把那些和他勾结在一起的人抖出来，杀了一个吴员外，还会有张员外、王员外、赵员外……是不是这个理？"

黄晋瞥了瞥骆宾王，转身走出灵堂，随即把侍卫叫过来，悄声交代了几句。

王佳在灵堂里突然哭出声来。

黄氏立马吼道："哭有啥用？你就知道哭！你能不能像你王伯那样，好好读书、好好做人，这样将来才能不被人欺负，才能为穷苦人说话……懂了吗？"

王佳渐渐止住哭声。

这段时间，因为修筑堰塘的事，骆宾王放松了对王佳学业的指导，好在这孩子自我管理能力强，每天放学过后，就待在家里温习功课。今年的州试"秋闱",剩下不到半年时间,骆宾王给他的任务是争取考进前三甲,到时候,吴员外就是想说风凉话也没有机会了。

"我刚刚写了一篇文章,准备拿到县城里张贴,现在既然州县两级的大人来了,我就现场读给你们听听,正好让大伙来说说,像吴明年这种人,该不该杀。"说完,骆宾王来到灵前,对着王贵的遗体鞠了一躬,然后转过身来,面向大家,抖开白纸,大声地朗读起来:

"员外吴氏,永福里人,心非良善,性比豺狼。世代研制假药,名曰能治杂症……"

"够了! 骆宾王。"团练使黄晋指着骆宾王,大吼一声,"你就善于来这一套,你能不能来点新鲜的? 你以为这里是扬州吗? 你还在做你的美梦,以为凭你的几句狗屁文章,就能把大家鼓动起来吗? 你那一套早已经过时了……我告诉你,你就是再有才、文章写得再好,老子今天也得把你抓起来,来人!"

黄团练话音未落,只见两名侍卫一拥而上,将大刀架在骆宾王的脖子上。

张捕头正欲上前救护,被陈县令一把拉住。

"凭什么抓王大人?"现场的乡亲们直瞪着黄晋问道。

"正信师傅是个好人,你们不抓杀人的凶手,跑到这里来抓一个出家人? 滚出黄土塬,滚出永福里,滚出永兴县!"有人喊起来。

"因为他是骆宾王,是朝廷通缉的要犯。"黄团练指着天空吼道,随后转过身来,朝着卢刺史说道,"刺史大人别见怪,今儿我黄某没与您请示商量,擅自做了个主,这个骆宾王太嚣张狂妄,我必须把他抓起来,送往道府处置。"

"凭什么说他是骆宾王?"有人又问,"你说他是骆宾王,他就是骆宾王吗?"

"你们不信？我拿出个东西给你们看，我看你们还有什么话说！"黄团练从袖筒里抽出两张画像，一一抖开，一手拿着一张，转身面向大家，然后对着骆宾王，"乡亲们，你们好好看看，给我睁大眼睛看看，这是朝廷捉拿骆宾王的通缉令，武太后亲自下令颁发的通缉令。你们自己说，这个正信和尚是不是骆宾王？"

有人立马跑到黄团练面前，瞧了瞧画像，又扭头瞧了瞧骆宾王，嘀咕道："嗯，乍一看有点像，不过，也不是很像。这像里的人太瘦了，脸上一点肉都没有，不是他，正信师傅不是骆宾王！"

"正信师傅不是骆宾王！"乡亲们一齐喊道，"正信师傅是好人。"

"就算他是骆宾王又怎么啦？他以前做了什么，我们当老百姓的管不着，可他现在是个好人，是我们永福里的大救星！"黄氏突然站起来，指着骆宾王，眼睛直瞪着黄晋，"你们这些当官的，还是赶紧走人吧，别惊扰了我男人，他尸骨未寒、刀血未干，你们跑到他灵前来抓人闹事，你们也太不厚道了吧！你们就不能让他安静地躺一会吗？你们还像个当官的吗？"

"咱们本州的事，送到道府干吗？团练使大人是嫌我卢某人无能吗？"卢刺史这时又开口说话了，他瞪了黄晋一眼，又瞧了瞧陈县令，"明府大人，既然黄团练怀疑他是逆贼骆宾王，我就把他交给你了，永兴县出的事，首先就得由永兴县衙来处理，你给我好好收审，查个水落石出，假如真是骆宾王，立马向我报告，咱们一起将他送到江南道。不！干脆送到武太后手上，让她老人家也高兴高兴……"

卢正道说完，陈县令转头给张青使了眼色，张捕头连忙带上两名副手，从州府侍卫手上接过骆宾王。骆宾王还要再念，卢正道已经走出灵堂，指着葫芦形水塘说：

"天久不雨，必有妖孽，吴明年仗势欺人，致人殒命，永兴县衙要把它作为重点案件进行追查审判。我们这些吃公家饭的，既不能冤枉一个好人，更不能放过一个坏人！陈县令，这事也一并交给你了，接下来这些天，抗旱的事你干脆交给李县丞，你就集中精力好生处理这两件案子，不可再节外生枝。要尽快提审吴明年，我倒要看看这家伙到底有什么后台，竟敢如此嚣张蛮狠。时间要快！你可明白？"

陈县令连忙点头应诺。

刚才从三溪口一路走来，刺史大人对本县的旱情已经有了大致了解，没必要再看其他地方，干脆早点回州府。临别时，卢刺史站在路口，又跟陈县令作了口头交代，随后上了马车回了鄂州。可能是累了，加上没有午休，一上车，刺史大人就打起了呼噜。车子刚过鄂王城，后面的三名侍卫其中两人突然掉头而去，刺史大人一路呼噜，当然不知，前头的车夫却看在眼里。两名侍卫一掉头，眨眼间消失在密林里。

第十九章　地下密室

　　骆宾王被张捕头押往县城时是关在监狱里,还是转移他处? 张青、李县丞一齐来到县衙,与陈县令商量了半天,最后决定,还是让他暂住在永福里锅盔店。

　　店老板是永福里人,与张青又是老乡兼朋友,加上不是正规住店,相比客栈反而要安全得多。

　　"即日起,你在监狱里多安排几名护卫捕快,以防黄团练袭击大牢,劫走那个叫'红脸'的凶手。"陈县令吩咐县丞李实,随后交代张青道,"实在不行,那个姓高的小伙子,可以请他出来帮帮忙,我看他还有些功夫。"

　　"这两天,高相公在永兴城,就住在锅盔店隔壁的春兰客栈。"张捕头报告说,"昨天晚上,我们还一起出来吃了夜宵,听他说,他又做了一笔木材生意,货刚刚发往润州。"

　　"他为何老是住那家客栈?"陈县令记得射杀张天那回,问过高端的住处,他说住春兰客栈。

　　"离吴员外的大宅子近啊!"张捕头神秘地指了指外面,"他昨晚还跟我说,吴员外的那个小老婆每天傍晚要到东门广场看采茶戏,一场不落……我还寻思着,他不会对一个女人下手吧?"

　　"啥意思?"陈县令直盯着张捕头。他又想起了当年唱歌卖鸡的那个吉口里姑娘,想起她冻得皲裂的双手,还有她的丹凤眼长睫毛。

"我的意思是,他会不会拿那个女人作人质,要挟吴明年?……"

"只要吴员外不拿骆宾王说事,高相公就不会找他麻烦。"陈县令摆了摆手,"不过,吴明年的那个小老婆,必要的时候倒是可以利用……"

"我听说,上次县里封了吴员外的私宅,那女人跑掉过一回,后来吴明年又把她给抓回了。"李县丞连忙插话道,"我还听说,这女人也不知道啥原因,死活不想回,还想跑,吴明年就让家丁把她关起来打……"

"这个畜生!"县令大人咬牙切齿,当即吩咐张青道,"明天一大早,吴明年要是再不来县衙自首,你直接带人去他老家丫吉山抓人,到时候多带几个捕快……"

三人随后又进行了一番密谈,正要各自散去,衙内文书跑步来报,说吴员外在吴家湾的家里遭人劫持,都一个多时辰了,至今去向不明。目击者称,劫持者是两个男人,戴着面罩,看不清面目,进了院子后就好像没见他们出来,家丁们找了半天也没发现吴员外的人影。

"唉,是我糊涂,咱们晚了一步!"陈县令拍着脑门,懊悔不已,"这下可好,我该如何向卢大人交代?"

"除了黄团练,没人会这么做。"张捕头当即断言,"他们会不会是要杀人灭口?……"

"他们要杀吴明年?为什么要杀他?"陈县令满脸疑惑,直瞪着张青。

"这个不大可能,他们没有杀他的理由啊。"县丞李实摇头说。

"我听慈芳法师说,近段时间吴员外一直在州府活动,身边只带着家丁'红脸'一个人。"张青透露说,"刘越走了,郝正还在家里赋闲,他找谁活动?只有找黄团练!如果真是这样,黄团练会不会担心,吴明年一旦到了咱们手上,会供出对他不利的事情呢?"

"有道理!"陈县令拍了拍桌子,"我赶紧去一趟州府,亲自报告卢大人。"

"您找卢大人没用,再说也晚了。"张青摇着头说,"黄晋这家伙比刘越还狡猾,他要是死不承认派人劫持吴员外,您拿他一点办法都没有。"

"还有一种可能。"李县丞分析说,"如果吴明年还活着,没被他们杀掉,他们这么快下手,显然还是那个目的,逼迫我们交出王落先生,他们想要的是交换人质,肯定是这个目的!"

"可话说回来,这人质一旦交换过来,他黄团练不就露馅了吗?"陈县令皱着眉头说。

"到了那时候,他就撕破脸无所谓了,只要能把王落弄到手,他不会在乎那些面子上的东西。"李实进一步分析说,"这样说来,黄团练确有后台呀,绝不只是道府上的黜陟史曹大人,很有可能就是太后的人……"

"她都垂帘听政好多年了,她还想怎么样?"陈县令红着脸,盯着北边嚷道,"我年前就听说,她已把骆宾王的家乡骆宾塘烧成一片焦土,一家老小都被她杀光了,她还想怎么样?! 她的那颗心难道不是肉长的吗?"

"一个连亲姐姐都敢杀的人,一个连自己的亲生女儿都敢掐死的人,她什么事做不出来?"李实哼了一声,"她就是靠着铁石心肠和心狠手辣上台的。"

"闲话少讲,防止衙内有细作听见。"陈县令悄声提醒大家,"眼下,咱们唯一能做的就是保护好王落先生,不能让他有任何闪失! 至于吴明年,咱们再好好琢磨琢磨……"

当天晚上,张青只身一人来到锅盔店,陪着骆宾王就着几只锅盔喝了两盅烧谷酒。喝过酒后,骆宾王再次提出要去城门张贴檄文,结果让张青挡住了。

"都什么时候了,您王大人还想出去?! 您绝对不能出去,老老实实待在这里,这是明府大人的吩咐。"

"为什么不能出去?"骆宾王扬了扬手喊道,"你跑到这里来守着我,干吗呀? 我又不会跑掉,你们现在要做的,是去抓吴明年,他才是凶手!"

"抓不到他了,他不见了……"张捕头摊了摊手,顺便把吴员外遭人劫持的事告诉了骆宾王。

"赶紧去监狱,去找那个叫'红脸'的家丁!"骆宾王当即站起来,"你这个捕头,还坐在这里干吗,赶紧去啊!"

永兴监狱就在富水河岸边,距离富川码头不到两百步。据说,当时建在这里,就是为防止少数犯人越狱逃跑。监狱的外墙全部用石头垒砌而成,差不多有三丈高,墙外就是滔滔富水河,牢房的窗子又小,犯人就没法逃出去。有一年,一个杀人犯竟然从墙根拆下一块石头,一点一点地将窗子錾开了,虽然跳了出去,结果还是淹死在河里。

到达监狱后,张捕头当即提审"红脸":吴员外已经让人劫持,劫匪最有可能去了哪里? 张青要求他老老实实提供线索。

"我又不在现场,我咋知道?""红脸"翻着眼珠子,"你们去他家问问不就知道了吗?"

"我听说,吴明年家的一些重要机密只有个别人知道,你是其中一个。"张青瞪着"红脸","最近他去州府活动打点,你去了吧?"

"那也要看是什么机密。""红脸"忍不住一脸邪笑,"他找小老婆的事我是知道的,其他的,我不晓得。"

"你今天要是不说,别怪我不客气。"张捕头握了握身上的大刀,

"家丁们说了,两位劫匪进去后,就没出来……"

"什么意思?"

"什么意思,还用我说吗?"张捕头怒吼道,"说不说?不说是吧?你那天拿刀捅死王贵的,是哪只手?伸出来!"

"你这又是什么意思?"

"说!到底哪只手?"张捕头用力一吼。

"左手……""红脸"伸出左手,又伸出右手,"是右手……怎么?"

"来人,给我拿烙铁伺候。"张捕头话音未落,看守人员拿铁钳夹着一块烧红的烙铁进来了,烙铁上冒着火苗"噗噗"地响,晶亮的火星子滴滴答答掉落到地上。

"我说!我说……"

接下来,张捕头和副手赵仁带着一帮捕快,快马直奔永福里丫吉山,来到吴家老宅。当时,天还没亮,张青与赵仁兵分两路,一路直接进入吴宅,另一路埋伏在丫吉山背后的洞口丛林里。

家丁们都没醒来,吴朋刚刚入睡。父亲让人劫持,他气得暴跳如雷,要去黄土塬找王佳算账,后来听了管家老林一席话,小伙子才平静下来。管家老林说:"劫持吴员外的人肯定不是王家人,王家老小都是乡里村民,就是想要报仇,他们只会当面冲突,不可能想出劫持人质这一曲。再说了,州府的卢大人今天已经交代过了,本案交由陈县令负责处理,王家从上到下正在守灵治丧,哪有心思跑来抢人呢?"

张青的副手赵仁进入吴宅时,吴家老小大多都没醒,一只黑狗从门内蹿出来,咧嘴要咬赵仁,赵仁提刀砍去,黑狗当场毙命。管家老林听到动静,连忙将账本塞进被褥里,一骨碌爬起来。他瞧见一伙衙役捕快举着火把进来了,转身要去拿家伙,结果让捕快们按倒在地。吴朋的母亲赵氏早年信佛,家里出事后,她每天坐在卧室里念经,饭也不吃,只喝一点米汤,除了如厕更衣,从早到晚不出房门半步。听到大门外进来一帮人,她拿眼角睨了一眼,念经的节奏顿时加快了。

吴朋还在睡觉,看那样子一时三刻醒不过来。按照赵仁的指令,管家老林被捕快们捆了双手。他领着大伙,来到后堂的密室。这密室平时主要用来存放窖藏的烧酒,有些酒据说已放了二十来年,吴员外每次外出打点,除了银子,还要带上这些酒。酒缸用红绸布系着,装在篾篓里,特别受人欢迎。密室的大门是镶在墙壁上的一道隐门,乍一瞅以为是墙面,按下机关才发现是一扇可以控制开关的门。一行人进入室内,只见里面排放着各式各样的陶罐和大缸,密密麻麻,一个挨着一个,闪烁着迷人的釉光,酒缸的圆口上统一盖着沙袋,沙袋让绸布包着,据说这样封盖酒缸,密封效果会特别好。来到屋里,大家闻到了一股酒香。

"就是个酒窖嘛。"管家老林举起被捆住的双手,"我一年也来不了几次,每次拿酒,都是'红脸'和员外大人亲自进来……"

赵捕快睃了一眼屋子,来到一个大缸跟前,放低火把照了照地面,果然有挪动过的痕迹。他连忙指挥捕快们将大缸挪开,墙壁上果然又出现一道机关。按动机关后,一道圆门呈扇形缓缓打开,露出漆黑的通道。

管家老林惊得目瞪口呆,他在吴家当了二十年管家,居然不知道地窖里藏着机关,吴员外把他当外人了。

"回头拿些柴火和稻草过来,浇上水,再洒上菜籽油……"赵捕快吩咐管家,然后亲自解开他手上的绳索,"记得多拿几捆,越多越好,我就不信,这帮劫匪不出来!"

不到半个时辰,随着一股股浓烟从后山洞口涌出来,一直埋伏在洞口周边的张捕头终于瞅见三个人影一边咳嗽,一边搀扶着出来了。

　　这时,天已经蒙蒙亮,鸡都啼叫三次了。张捕头挥了挥手,大家一齐冲向洞口,迅速控制了两名侍卫。吴员外脸上都熏黑了,只有眼睛露在外面,他瞪着张捕头,阴阳怪气地说:

　　"张捕头啊,咱们乡里乡亲的,你们跑来捉我干吗呀? 你们要捉的人是骆宾王,是逆贼骆宾王!"

　　张青一行带着吴员外和两名侍卫刚刚赶到县城,文书已早早地等候在县衙门口:"王落先生让人抓走了,明府大人都气出病来了……"

　　"我反复跟他交代过,让他别出去,别出去,他还是出去了!"张捕头黑着脸,叹着气,"王……王先生你都这么大年纪了,怎么就这么任性呢? 难怪人家要抓你!"

第二十章　孝衣血字

鄂州刺史卢正道从永兴返回的第二天,就接到县令陈湛签署的书面公函:团练使黄晋指使手下两名侍卫劫持员外郎吴明年,现已被永兴县张捕头等缉拿归案,两名劫持人员如何处置,请刺史大人拿主意。

卢正道拿着报告气得七窍生烟:他娘的!刚刚送走了刘越,现在又来个黄晋,没想到一个比一个诡计多端。上次刘越去永兴抓人,好歹是开了会研究过的;他黄晋倒好,昨天从永兴返回时,竟然趁着老夫睡着了,让两名侍卫折返永兴,劫持人质。这小子完全是跟我卢某人唱对台戏呀!他哪里把我当刺史了?他在玩我啊!刚刚决定吴明年指使杀人一案由永兴县令陈湛全权负责,他却背后给我来这一手,他不是打我脸吗?

卢正道瞧着报告,心里翻江倒海。泗洲禅寺的正信和尚是不是骆宾王,除了个别人,谁说得清楚呢?你黄晋既然背着我要抓他,你就去抓他好了,有本事你别闹出乱子来呀!算了,老子一把年纪了,干不了几年了,干脆睁一只眼闭一只眼,既然你黄某不把老子当回事,我卢某也懒得管你了。想到这里,卢正道提起笔来,正准备在报告上写下"全权交由陈湛大人处置",又觉得不对头,放下笔来,心里想道:当初刘越去永兴抓陈县令,目的是逼迫对方交出骆宾王,这回,黄晋抓的是吴员外,目的无非还是为了那个骆宾王。树欲静而风不止,眼下这形势,要想完全回避骆宾王的事,看来不是那么容易,一个朝廷通缉要犯,谁不想抓他立功呢? 难怪全国各地错杀了那么多无辜的人。

正当卢正道左右为难之际,团练使黄晋急匆匆地跑来了。

"你背着我干的好事,还好意思来找我?"卢正道将书面报告丢在黄团练面前,"你自己拉的屎,自己揩屁股去。"

"卢大人,背着你去抓吴员外,是我不对,但话说回来,"黄晋拿着报告,看都没看,"我这么做,还不是为了你刺史大人吗? 你可是鄂州的当家人啊,要是本州出现骆宾王,你不但不抓他,还让他在眼皮子底下活得好好的,你这个当家人难辞其咎啊。"

"我不是没管啊,我让陈湛去处理了呀! 你一个团练使,凭什么横插一杠?"卢正道吼道,"你才来几天? 你既然这么不相信老夫,这个刺史你来当好了。"说完,卢正道把头上的乌纱帽取下来,递向黄团练。

"您这么说,就冤枉我黄某人了。"团练使连忙接过帽子,重新戴在刺史头上,"我不是不相信您,我是信不过陈县令……您想啊,骆宾王来永兴差不多半年了吧,前后写了两篇檄文,那文字那笔法,跟他写的《讨武曌檄》一个样,不信您自己看! 陈县令作为永兴的当家人,睁一只眼闭一只眼,这里头显然有猫腻……"

"能有什么猫腻?"

"我怀疑明府大人背后有人。没有上头幕后指使,他一个七品县官敢窝藏逆贼,跟武太后对着干吗?"

"你说话能不能过过脑子? 他陈明府就是再有后台,敢跟当朝的皇太后对着来吗? 你就是借他十个胆子,他陈湛也不敢啊。是你黄大人太敏感了。"卢正道狠狠地剜了他一眼，"你老是说正信师傅是骆宾王，可你也拿不出像样的证据来呀，永福里的那些老百姓，都说你在说鬼话冤枉好人，你让我这个当刺史的怎么说啊？我信口开河，说他正信就是骆宾王，这话我能说吗？假如人家不是骆宾王呢，我卢正道不就成了指鹿为马的赵高了吗？"

"宁可错杀一千，不可漏网一人。"黄晋阴着脸狡辩道，"武太后可是说过这种话的，您作为当朝臣子，怎么能不执行到位呢？"

"皇太后说没说，我卢正道没亲耳听见，但我卢某肯定不会这么做。"卢正道厌恶地瞅了瞅黄晋，俗话说"脸上无肉，做事寡毒"，这话真是不假，这个面瘦如猴的家伙，老夫还以为，他今天过来是请求谅解的，没想到他一点悔改之心都没有，反而把责任推到老夫身上，"我告诉你，团练使大人，你拉的屎你自己去把屁股揩干净，别指望人家。你黄大人给我听好了，在鄂州地界我才是刺史，你黄晋要是再做出什么过分的事，别怪我卢某不讲情面。罢免你的权力我没有，但请你走人的权力我卢某还是有的……"

说完，他拿起笔来在报告上画了几下，扔到黄晋手上，扭头就走。

次日一大早，团练使黄晋来到永兴，到了县衙大堂，才知骆宾王也被劫持了。

"我不知道啊，我真的不知道。"黄团练直摇头，"刺史大人也不知道。在永兴，有谁还想要骆宾王呢？你是明府大人，该比我们这些州府上的人清楚吧……"

"我还以为又是你黄大人把他抓走了！"陈县令似笑非笑地盯了对方一眼，"你今天过来，是为了你那两名侍卫吧？"

"是呀，昨天他们两个背着我和刺史大人去抓吴员外，本来我也不想管他们，可是毕竟是自己的手下，手心手背都是肉，我不管谁管啊?"团练使抖动着双手,皮笑肉不笑,"您就高抬贵手,放他们一马吧。"

"按照唐律,劫持人质是要坐大牢的,情节严重者得杀头,团练使大人应该清楚吧?"陈县令正色道,"你是州里的领导,是我上级,出了这等事情,让我这个县令左右为难啊。我不处理他们,就违反了律法;我要是处理他们,又觉得对不起您黄大人,您说这事怎么办?"

"这样,我也不为难你陈大人了,你把他们交给我,回到州府后,我黄某一定按照相关律法,从重从快处罚!"黄晋果然老奸巨猾,主动给了陈县令一个台阶。

离开县衙时,陈县令将黄晋送到门口,临上车了,黄团练突然悄声问道:"明府大人,你们把吴员外关在哪里呀? 老兄可要提醒你一句,问题没搞清楚之前,千万不要轻易……"

"团练使大人说出此话,又是在给我陈某出难题呀。"陈湛摇头笑道,"不过,你既然这么关心吴员外,我也就不瞒你了,我们暂时没有为难他,先让他住在自家私宅里,除了不能出门,其他一如往常,这该可以了吧?"

黄团练指着陈县令哈哈一笑,带着两名侍卫,上车驶出县城。

返回堂内,陈县令立马叫来李县丞、张主簿和张捕头,一起商量下一步对策:"那天在永福里调查旱情,刺史卢大人就已郑重交代,吴明年指使杀人案必须从快处置,多拖一天,就可能又生枝节;还有,王贵的遗孀黄氏也说了,不杀吴员外,王贵一天不下葬……大家说说怎么办?"

"凡事夜长梦多,吴明年恶贯满盈,不如快刀斩乱麻,一刀杀了干净!"张主簿挥了挥手,率先说出自己的观点。

"我不同意主簿大人的意见。"李县丞摇了摇头,"卢大人所说的从快处置,我理解是尽早提审吴明年,不要让他待在丫吉山的家里,以保证他的安全。依我说,暂时还是不要杀掉吴明年,理由有二:其一,我原本正要检查他在吴家湾的账目,如果不是他的管家老林死活不交出账本,加上黄晋大人横插一杠,我可能已经查得差不多了,我预感到那里头可能牵涉一大堆人;其二,眼下,县里的旱情越来越严重,已有老百姓出门乞讨,这两天,一些人开始到县衙上访闹事,找我们要粮食,我们还指望吴明年能开仓济粮呢。"

"杀了吴明年,同样可以开仓济粮,咱们可是大唐的一级县衙呀,还怕他一个卖狗皮膏药的吗?"张主簿红着脸嚷道。

"张大人,州里的救济款何时才能拨下来呀?再不拨下来,老百姓可要造反了。"陈县令温和地瞅着张主簿。面对这位老同事,县令大人总会想起一段特别的记忆,那是前年夏天,富水河沿岸发生洪涝灾害,永兴县成了一片泽国,县令和主簿坐着一种叫火烧簰的平底船检查灾情,结果浪头打翻了木船,两人一齐掉进河里。他们都是旱鸭子,不会游泳,危急之中,张主簿将陈县令推向船边,陈湛连忙抓住侧翻的船只,总算捡回一命,张主簿却被大水冲了半里路,幸亏被下游的渔民发现,才没被淹死。

"这些时日,我天天往州府跑,马腿都要跑断了……"张主簿指了指自己的腿脚,"不出意外,这两天就有拨款下来,每个人口二十文铜钱,折合半担稻谷,估计可以撑个十天半月。不过,看这旱情,这可不是长久之计,最后还得找吴明年开仓放粮。我仔细查过,吴明年的两大粮库存粮起码有三十万担,足够永兴全县的百姓吃上两个月。按我说,他要是不同意放粮,立马杀了他,不必含糊……"

"我不同意立马杀掉吴员外。"张捕头插话道,"县丞大人说得很对,吴明年的案件可能牵涉州县两级很多人,如果轻易将其杀掉,线索可能会中断,到时候查起案来就更难了……"

"我不想立马杀了他,虽说是他指使'红脸'杀的人,可他想杀的是王先生,不是王贵,他死咬着说是误杀。"陈湛说道,"只是王贵的遗孀黄氏说了狠话,如果尸首长期不入土,不是个事呀!还有,这老天爷久不下雨,气温一天比一天高,王贵的尸首不能久放……"

"要不,我回去问问我爹,找个人做做黄氏的思想工作,争取让王贵早点入土为安。"张捕头建议说,"唉,王落先生也不知跑到哪儿去了,若是有他在就好了,黄氏最是听他的话……"

"对呀,王落找到没有?"陈湛连忙问道。

"找了,全城都找了几遍,没见他影子。"张捕头指着门外,"从昨天到现在,我们一直都在找,锅盔店、春兰客栈,还有码头、大垓村树林里……都找过。"

"我听报告说,昨天劫持的人不仅自己戴了面罩,还给王先生也罩住了,这家伙到底是谁呢?"陈县令低头思忖道,"那个姓高的小伙子还住在春兰客栈吗?"

"这两天还真没见到他。"张捕头一拍大腿,直瞪着眼睛,"会不会是高端啊?……"

"赶紧去永福里,对,去永福里!"陈湛"呼"的一声站起来,指着张青,"快,越快越好,多带几个人,快!"

半个时辰过后,当张青和赵仁带着一帮捕快赶到黄土塬时,黄晋的两名侍卫已经控制了骆宾王。他们到底还是晚来了一步。

昨天,劫持骆宾王的人果然是高端。得知骆宾王暂住在锅盔店,高端寸步不离,密切关注着锅盔店的一切动向。卢刺史已经跟他交代过,团练使黄晋就是武则天集团派来的鹰犬,他下来任职的目的不仅是缉拿骆宾王,更重要的任务是监督和削弱他这个刺史的权力。

鉴于当前的形势,他作为地方刺史,如果明目张胆保护朝廷通缉要犯,显然难度太大,只能暗中委派高端进行跟踪护卫,不到迫不得已,高端绝不能公开身份。

张青刚走不久,骆宾王就从锅盔店里溜了出来,准备到四个城门张贴檄文,要求当局立即斩杀吴员外。他首先来到东门外,匆匆贴过檄文后,他又站在高处开始大声宣讲,揭露吴明年的种种罪行。东门广场顿时变得热闹非凡,人们纷纷聚拢过来,一边读着檄文,一边听着骆宾王的宣讲。因为前不久听过他的演讲,一些人很快认出了骆宾王,上次在这里张贴檄文驱走郝县尉的那个人不就是他吗?正是他!骆宾王又回来了!大家叽叽喳喳,奔走相告。这时,一个戴着黑色面罩的人骑着快马直奔而来。他先跳下马来,从袖筒里掏出一只面罩蒙住骆宾王的头脸,拽着他的胳膊跳上马去,眨眼间冲出城门,消失在北边的官道上。

"贤侄呀,你准备带我去哪里呀?"骆宾王一上马就知道劫持者是高端。

"我要带您离开永兴,这里太危险了,您不能再待在这里了……"

"不行,你带我回永福里吧,王贵兄弟还没入棺呢!"

高端没办法,只好将骆宾王送到永福里,然后自己返回了县城。

现在,黄晋的两名侍卫一人一把短刀,再次架在骆宾王的脖子上。当时,骆宾王正守在王贵灵前,孝子王佳连续守了几天几夜,都快不行了,骆宾王劝他回屋休息,他来顶替一会儿,刚刚坐下,黄晋的两名侍卫就过来了。

他们拖着骆宾王来到武圣宫后堂,打算从屋后的小路逃跑。小路连接着山顶,翻过山后可直通鄂王城,只要到了鄂王城,就离州府不远了,黄团练的手下自然会过来接应。

一帮武僧拿着棍棒,已经与他们对峙半天,但没一个敢上前,担心不慎失手,伤到正信师傅。

黄氏和王佳穿着孝服也跟着赶来了。

张捕头一见这架势,只好站在殿外,仰头喊话道:"只要把王落先生交出来,我张捕头保证放你们一条生路,过去的事情,包括你们前两天劫持吴员外的事我们一笔勾销、既往不咎……"

"什么王落,他就是骆宾王!"其中一名侍卫回应说,"你们一次又一次窝藏逆贼,就不怕被治个死罪吗?"

"就算他是骆宾王,也应该交给我们永兴来处理,这也是刺史卢大人的意思。"张捕头接过话道,"你们都是州府里的人,算是卢大人手下,你们背着他这么搞,就不怕他日后怪罪你们吗?"

"我们只听黄大人的。"另一名护卫说,"你们要是敢进来,我们立马杀了他。"

"你们大胆进来吧,我死不足惜!"骆宾王在里面喊道,"吴明年恶贯满盈,不能轻饶,不杀不足以平民愤。"

"两位勇士,你们仔细想过没有,"张青一边喊话,一边示意大家在门口闪开一条道来,"如果你们把王落先生带走,刺史卢大人很快就会知道,他会怎么想? 接下来你们的黄团练会有好日子过吗? 你们记住,在鄂州,卢大人才是刺史,不是你们黄大人说了算。还有啊,要是你们带走的人不是骆宾王,你们,还有黄晋大人,以后又该如何交代? 这些后果,你们想过没有?"

屋里顿时没了声音。

"我们放他可以,但有个条件。"一名护卫突然换了口气。

"什么条件?"

"你们不能杀吴员外,赶紧把他给放了,不要再查他了……"

"我们本来就没想杀他,他就在……"张青低下头来,思忖着如何回答,黄氏突然出现在门口:

"我答应你们,我不要求杀吴明年了,你们把王大哥还给我!"

"你一个妇道人家,又不是官府上的人,说话不算数。"两名侍卫同声应道。

"谁能算数?"

"陈县令。"

"陈县令在县城里,怎么算数?"黄氏吼道,"我的话不算数? 我比吴明年还不算数吗? 他制假卖假、坑害百姓,这辈子没说过一句人话,你们都跟他搞在一起,可你们却不相信我,你们说的是人话吗?"

"口说无凭,我们凭什么相信你?"一名护卫又说。

"那好!"话音未落,黄氏已脱下白色孝衣,拦中用力一扯,撕下一大块来,随后低头咬破手指,当即在白布上写下四句血书:

　　不杀吴员外,还我王大哥,如果不算数,你们来杀我。

黄氏将写满血字的白布扔进堂内,一头栽倒下去,张捕头和王佳连忙将其扶住,搀着她靠墙坐在凳子上。

两名护卫拿着血染的孝布,丢下骆宾王,一溜烟跑回了鄂州。

第二十一章　骆氏牌位

王贵的安葬仪式在黄土塬葫芦塘前举行。张学士早年跟着县里的祭酒学过葬仪，主持了葬礼活动，骆宾王在讲话中称颂王贵忠厚、善良的品质，详细讲述了死者挺身而出、舍身救人的感人事迹。讲话时，他几度哽咽，几乎讲不下去。张学士连忙走过来，拍了拍他的臂膀，他才慢慢平静下来。讲完后，他饱含热泪，从袖筒里掏出《杀吴员外檄》，准备宣读，黄氏见了，一把扯过去，丢进火盆里烧掉了。

"君子报仇，十年不晚，那个叫'红脸'的凶手不是还关在大牢里吗……再说了，我说出去的话，泼出去的水，咱得说话算数才是。"

抬棺登山时，慈芳法师走在队伍前头，手拿铜钹，摇着上身，一路唱着鼓丧歌。这歌是他这几天现学的，他将僧帽换了，戴着一顶灰色毡帽，每每唱起便开始摇头晃脑，眼睛瞅着路边的草木和头顶的天空。骆宾王听着听着，突然蹲在路边，号哭起来：

风之来兮，风其微微，飘风不尽，驰荡来回，人之死兮，可怜无归；花其开兮，秋菊其烂，花其谢兮，明岁再妍，人之死兮，可怜无还；雪其降兮，遍山皆白，日出泮兮，归天大泽，人之死兮，可怜无还；浩浩长天，皎皎明月，天有晦晴，月有盈缺，人之死兮，永归寂灭。

当年,父亲骆履元在博昌去世,当地道士好像唱过丧歌,后来母亲刘氏在老家病逝,道士也唱过丧歌。相比起来,不管是兖州博昌,还是老家义乌,那丧歌的曲调都远不及永兴的丧歌好听。永兴丧歌顿挫、哀伤、咏叹的旋律里透着一股深沉、无奈、苍凉和绝望。不过也难怪,永兴乃楚鄂腹地,巫丧文化自古不同凡响,听了这鼓丧歌,等于重温屈大夫的《楚辞》《哀郢》。花谢尚能再开,人死不能复生,说得多好啊!

"让王先生哭吧,让他哭出来吧!"张学士流着泪摇着头,示意旁人不要去劝骆宾王,让他蹲在路边哭个够。果然,骆宾王哭了一阵,自己抹干眼泪,连忙扶膝起身,去追赶送葬的队伍。

张捕头代表县衙全程参与了葬礼。仪式结束后,大家返回黄土塬吃丧饭,张青将骆宾王拉到僻静处,简要通报了案件的进展情况:陈县令已提审吴员外,同时给州府卢刺史再次送去了书面报告,痛陈团练使黄晋两面三刀、先后两次指使劫持人质的丑陋行径;卢大人接到报告后,气愤至极,公开表明从此与黄晋不共戴天,并向江南道府和京都吏部分别递交了辞呈,声称鄂州官场,卢正道与黄晋已经水火不容,谁去谁留,由上级定夺。

"武曌长期把持朝政,现在只想着废唐新立,只怕卢大人凶多吉少……"骆宾王望着门外的山包叹道。王贵刚刚入土,对面山坡上的新坟煞是醒目。

"眼下,摆在陈县令面前最要紧的事还不是审讯吴员外,这几日,他和李县丞还有张主簿都在考虑如何做吴员外的工作,要求他开仓济粮。老百姓都没饭吃了,一天到晚到县衙上访堵门。"张捕头一脸无奈地说。

"吴明年的态度呢?"

"具体情况我不甚清楚,陈县令正在考虑怎么给他说。"张捕头说,"我在提审'红脸'时听他说过,吴员外前不久到州府活动打点,至少提了五千两银子过去,看样子送给了黄大人……"

"就凭这一条,黄晋就得杀头。"骆宾王扬了扬手说,"他比郝正还黑!"

"好戏还在后头。"张青悄声说,"卢大人呈给吏部和道府的报告里,自然会提及黄团练贪污受贿的情况,我估计上头不会轻饶他。接下来,他肯定会狗急跳墙,拿骆宾王的事反咬一口,他现在只有你这根救命稻草了,如果成功,他就能将功补过,求得一条生路。"

"那个'红脸'呢? 还在牢里?"

"明日午时在大墒村柿林里行刑,"张捕头压住声音说,"执行人是我的副手赵仁,我跟他交代过,行刑前明确告诉'红脸',杀他是为王贵献祭,为永兴数十万百姓献祭,为骆宾王献祭。"

"骆宾王?"骆宾王瞟了一眼张青。

"没事,不管王先生是不是骆宾王,这话也没说错,因为他要杀的就是骆宾王。"张捕头连忙捂着嘴,"再说了,刑场上也没外人……"

"明府大人处事还真是神速。"骆宾王顿时有了笑脸,王贵死后,这是他第一次露出笑脸,"至于那个黄团练,我才不怕他。反正我是死过多次的人了,再死个几回,也没啥了不起的。我现在最担心的还是眼下的旱情,这老天要是再不下雨,怎么得了啊!"

送别张捕头时,骆宾王还带他参观了葫芦塘和下游的河道。塘里已经干涸多日,塘底的淤泥都裂开了口子,白马山一带的村民只能到泗州禅寺排队挑水。因为天干,寺门口的泉水越来越弱小,一个时辰才能接到一桶水,眼看这几日就要干了。好在乡亲们愿意出力,饭都没的吃了,还每日到工地上做义工。葫芦塘至下游河道,堰坝已筑起三道,不出意外,今年年底前,沿河七道堰坝就能全部完工,永福里的乡亲们从此不会遭受旱涝之苦了。

"王先生多多保重!"张捕头看了堰坝,几度眼眶发热,上马前,他再次交代,"您一定要多加小心,平时不要独自外出,就待在庙里,夜间注意及时关门,这也是明府大人的意思。"

两天过后,州府的救济粮总算发了下来,永福里的老百姓像过节一样,有的挑着箩筐,有的坐着驴车,一起去三溪口运粮。考虑到王家的情况,骆宾王吩咐寺里的一个和尚去了一趟三溪口,替黄氏挑回了粮食。黄氏盯着手中捧着的黄灿灿的稻米,当场哭出声来。

次日一早,骆宾王拎着供品,陪同黄氏和王佳去给王贵上坟,这天是"头七",三人在坟前烧了一包袱冥钱,然后一同返回。一路上,黄氏走得慢,双手扶着腰部落在后头,骆宾王站在路边,等着她走过来,抬手要搀她,黄氏摇了摇头,让他和王佳先走。

进屋后,骆宾王吩咐王佳找出菜籽油,倒在酒盅里,再次为黄氏按摩推拿。

"弟妹这次腰痛,比上次严重,"骆宾王说,"接下来这些时日,你得好好歇息才是。"

王佳抽动着鼻子,皱着眉头,直瞅着骆宾王。骆宾王一边推拿,一边对他笑了笑:"怎么,你是闻不得这生油味吗?"

王佳点了点头。

"你回房里看书去。"母亲扭头吩咐儿子。

"那天,你撕破的孝衣还在不在?"骆宾王问道。

"在呢。"黄氏歪了歪头,"王大哥突然问这个干吗?"

"我怕你把它给丢弃了,想留着做个纪念。"骆宾王笑着说,"你们两口子救了我几回命,此生无以为报,只能留个念想……"

"大哥这话就见外了。"黄氏说道,"自从去年你把佳儿送回的那天起,咱们就是一家人了,既然是一家人,咱就不说两家话。你来了我们王家,这才半年时间,好多事情都跟原来不一样了,佳儿的学习有了长进,还跟着你学了武艺,王贵也开朗了许多,只可惜他命不好……唉,不说他了。"

"他是为我死的。"骆宾王瞥了门外一眼,眼睛又红了。

"不说他了,不说他了,好歹他也算入土为安了。"黄氏抬起头来,"大哥,有句话,我一直就想问你,不知当不当问?"

"刚刚还说一家人呢……"

"州府的那些人老是想捉你,这样下去,也不是个事呀。"黄氏抬了抬身子,扭过头来,直盯着骆宾王的眼睛,"你以后是怎么打算的?你就这样一直待在寺里吗?他们还会不会来抓你?"

"他们要抓人,我拦不住,不过,我倒是不怕,俗话说,'兵来将挡,水来土掩'。"骆宾王故作轻松地耸动着肩膀,"我就担心因为我,搞得你们母子两个提心吊胆,不得安宁……"

"大哥你又在说两家话!"黄氏嗔怪地瞪了他一眼,"你都不怕,我们怕什么呀?我们都是普通老百姓,他们还敢把我们娘儿俩咋样?"

骆宾王将黄氏扶起来,让她在床上躺平,然后拎着酒盅里的菜籽油,准备出去。

"大哥你别走,陪我说会话。"黄氏瞅着骆宾王,指着凳子让他坐下来,"你就没打算回老家看看吗?你不想你的亲人吗?"

"我老家没人了,这里就是我的家。"骆宾王一直站着,捏着酒盅,指了指房子,笑看着床上的妇人,"近些日子,寺里的和尚又陆续来了几个,我和慈芳法师不用轮流值班了,除了上一堂晚课,白天我就教教和尚们舞舞棍棒大刀,真正忙的,还是修堰塘的事⋯⋯"

"这些日子,我只顾着忙丧事,也没去现场看,堰塘的事如何了?"

"葫芦塘都干了,"骆宾王指了指外面,"你养的那几只鹅,都没地方下水了,整天到处溜达,也不叫嚷了⋯⋯真是怪事,这鹅只有到了水里才叫得欢呢。"

"你没读过骆宾王的《咏鹅》吗?鹅、鹅、鹅,曲项向天歌。白毛浮绿水,红掌拨清波。这诗里说得清清楚楚,鹅这东西,只有在水里,才叫得欢呢!"

骆宾王指着她,露出一个怪笑,转身从屋里出去了。

来到王佳房间,他先检查了近期的作业,根据骆宾王的安排,乡试之前,王佳的重点在策论上。骆宾王一边阅读他的论文,一边说,写策论不必贪大求全,就围绕着一件小事展开议论,做到有理有据、言之有物即可,比如新近发生的几件事,心里怎么想,把它完整地写出来,就是一篇好的策论。

接下来,骆宾王陡然问起吴朋的情况,得知自从那次寻衅滋事过后,吴朋这小子收敛多了,没再骚扰过王佳,骆宾王这才放下心来。

临走时,王佳突然拉着骆宾王的衣角,不让他回寺里。他说他好害怕,担心晚上又有坏人来抓他们。

骆宾王瞅着王佳,不知如何是好,这孩子越来越像卢照邻了。自从龙门山一别,都几年了,他再也没见过卢照邻,当时卢照邻躺在病榻上,全靠他的情人郭氏照顾。卢照邻是个心灰意冷的悲观之人,多次自杀未遂,但愿王佳长大后,这一点别像他。

这时,黄氏从对面厢房里送出话来:"他大伯,你就别回寺里了,这几天,他爹刚走,他本来胆子就小,从小连鹅都不敢靠近⋯⋯你就陪他几天吧。"

"要不我晚上过来?"

"也好,晚上你可一定要过来哟。"黄氏立马接过话道,"这两天,我这右眼皮老是跳个不停,不会又要出啥事吧?"

接连三个晚上,骆宾王陪着王佳睡在一张床上,还给黄氏做了推拿按摩,她的腰疾有了明显好转,都能自己背着手拎起后面的衣服了。到了第四天早上,骆宾王问王佳还怕不怕,王佳点了点头,黄氏又说:"我这右眼皮还在跳呢,王大哥你就再陪他一宿吧,明天保证让你回庙里睡觉。"

"今天寺里有堂晚课,我怕来晚了,惊扰你们母子休息。"骆宾王解释说。

"不要紧不要紧,我等大伯来了再睡觉。"王佳连忙说。

上完晚课,已是深夜,骆宾王和慈芳法师一齐回到后院,自从王贵死后,慈芳法师变得少言寡语,他开始反思自己,觉得正信的那些话还真是说对了,这世道并不安宁,你在寺庙潜心修佛,人家在世间照样作恶,而且受苦受难的,恰恰是那些信佛向善之人。正信和尚半路出家,一边修佛,一边主持、参与人间正道,确实令人钦佩。

"州府那边不会再来人了吧?"慈芳法师突然问道,"难得安宁几天……"

"这个……我还真不知情。"骆宾王摇了摇头,"你只记得晚上睡觉时,把门闩紧,窗户关好,柴草别放在外面,反正小心一点,总是好事。"

"你今天还是过去睡吗?"慈芳法师一脸怪笑,"不如随缘,干脆住进去得了。"

"你这个和尚,才正经两天,又拿你老乡开玩笑。"骆宾王指着法师的脑门,"别忘了,我房间包袱里还放着银票,你盯着点,别让人偷了。"说完,一手提着灯,一手拎着刀剑,去了黄土塬。

半夜时分,突然响起狗吠声,再一听,还有人的叫喊声,骆宾王一个翻滚爬起来,提起刀剑去窗边观望,泗州禅寺一片火海,将对面的山头都照亮了。王佳还在睡熟中,骆宾王连忙拍门叫醒黄氏,提醒她将大门闩紧,然后一头冲出门去。

和尚们都跑了出来,一个个袒胸露脖、衣冠不整。幸亏院子里存了几缸水,原是用来给菜地浇灌的,现在正好派上了用场。大家拿桶的,拿盆的,拿碗的,一个个舀了水,朝着着火的房子跑,有人身上着了火,顾不得了,干脆跳进水缸里扑腾。

看到骆宾王跑过来,和尚们张嘴叫道:"正信师傅,原来你不在里面啊,我们还以为你被烧——"

骆宾王扔掉刀剑,一头冲进卧房。

"正信,别进去,小心啊!"慈芳法师大声提醒说。

寺内除了大雄宝殿和旁边的武圣宫,就这一个后院,院里共有六间房屋,一间厨房兼吃饭用的斋堂,四间卧房,还有最外面一间柴房。卧房中两间大的,砌了通铺,供和尚们夜间休息;另外两间小点的,一间是慈芳法师的,另一间则是正信的。骆宾王后来才知道,今夜着火的,正是柴房和他的房间。

卧房里大火熊熊,浓烟从屋里涌出来,像怪兽一般"呼呼"地响着。骆宾王一头钻进去,扑到床上,他一手捂着鼻子,一手在床上翻找;不一会,身上着火了,僧帽也烧着了,他从床尾摸到床头,终于摸到一个鼓鼓的包袱,抱着它掉头就跑;结果刚到门口,前脚让门槛绊了一下,一头栽倒下去,怀里的包袱全都散开了,滑出几块小竹片,骆宾王连忙双手捂住,将竹片塞进包袱里。慈芳法师一直站在门口,他

赶紧跑过去,打算扶起跌倒的正信,结果借着火光,猛然瞥见一块竹片上竖排着一行黑字:

"先考骆公履元大人之灵位"。

慈芳法师吃了一惊,回头瞧了一眼,连忙抓起竹片,塞进包袱里。

骆宾王抱着包袱,转身冲出后院,径直朝着黄土塬跑了过去。

"帽子——正信师傅,你的帽子烧着了。"后面的小和尚喊道。

"他怀里抱着啥金贵东西,竟然连命都不要了?"另外一个和尚问了一声。

"除了银钱还能有啥呀? 这个守财奴!"慈芳法师连忙应道。

第二十二章　账　本

　　鄂州刺史卢正道的报告呈送出去半个多月，京都吏部委托江南道下达了回复，总的意思是：鉴于鄂州当前的情况，拟继续维持现状为妥，以保社会稳定；另外，考虑到刚刚更换过团练使，人事方面暂时不作调整。

　　卢正道收到回复后，心里可谓五味杂陈，难过的是黄晋两面三刀，幕后指使他人行凶致人死亡，上头竟然不予追究，这种人还能留在官场，说明官道之黑到了无可救药的地步；欣慰的是朝廷上仍然认他卢正道是州郡一把手，说明李唐宗室并非一败涂地，尚有一股力量与武太后抗衡。

　　接下来，卢正道又把陈县令叫到州府，一起商量对策。卢正道首先询问了一番灾情，包括州府拨下来的救济款粮发放到位没有，陈县令一一作了回复，接着说："现在，发给乡亲们的救济粮也已经吃完了，县衙清静了没几天，老百姓又开始跑来闹事了。"

　　"团练使黄晋因为有过两次劫持人质行为，加上又是王贵死亡案的幕后主使，还有火烧泗洲禅寺的嫌疑，预计短期内不会再有动作。"卢正道分析说，"你们永兴县衙正好可以利用这段时间集中精力做通吴明年的思想工作，促其尽快开仓放粮。"

　　回到永兴后，陈县令再次交代张青火速提审吴明年。抓捕一个多月来，前后已提审过三次，每次审问的主题都是挖掘王贵被害案的幕后主使，吴明年死咬不放，说幕后主使就是他本人，并无他人操弄；他要杀的是骆宾王，王贵之死，纯属误杀。

说白了，他就是不供出黄团练。

前三次提审都在县衙大堂，这次，明府大人决定，干脆在吴明年的私宅里，他想看看员外郎的那个小老婆。

进入吴家私宅，明府大人坐了半天，却没瞧见那女子。他捻着胡须，主动开起了玩笑："吴员外，听说你在这里金屋藏娇，怎么不来个明媒正娶，给陈某人送几粒喜糖尝尝？"

"明府大人真是消息灵通，府内确有一个侍奉我的丫头，今日不巧，她身子有点不舒服，躺床上休息呢。"

陈县令听了一笑，连忙岔开话题："现在，王贵埋了，'红脸'杀了，骆宾王的事情也基本弄清楚了，人家王落先生就是一个半路出家的和尚，跟骆宾王八杆子打不着，今日特来贵府找你，是为了另外一件事。"

"明府大人请讲。"吴明年揪着耳朵说。

"永兴从去年冬天到现在，没有下过一滴雨，老百姓都没得饭吃了，乐岁里、永城里一些地区的乡民，都开始吃草根和观音土了……这些天，不少老百姓到县衙里来闹事，找我们要饭吃，县里的粮仓过完年就放空了，哪还有粮食呀，现在就指望着你这个大地主来帮忙救急了。"

"我是有些存粮，不过也不多，"吴明年忍着喜悦之情，他早就料到陈湛会找他借粮，现在终于开口了，"去年旱灾，租子不但没收起来，还因为你亲自出面，免了不少粮租……"

"据我所知，你吴员外在县城和永福里的两座粮库，里头的粮食至少还有这个数，"陈县令张开五个指头，"起码够永兴全县三个月的口粮。"

"哪有啊明府大人，你也太夸张了吧？"吴明年跺了跺脚，"你这是从哪弄来的消息？完全是讹人嘛！"

"今儿我也不跟你绕弯子了，"县令大人突然加重语气，"如果你愿意开仓放粮，在王贵死亡案的处理上，我们可以考虑给你记上一功，你看如何？"

"那我有个条件……"吴员外又揪了揪耳朵。

"什么条件？"

"如果我开仓放粮，王贵死亡的事就必须结案，你们也该放我出去了。"吴明年阴着脸说，"关了我一个多月，再不出去，我都快疯了！"

"能不能放你出去，我还得征求州府卢大人的意见，我一个人说了不算。"陈湛摇了摇手，"再说了，这里是你的家，又不是坐大牢，哪有那么难受？"

"连王贵的遗孀黄氏都能原谅我，明府大人还有什么不能通融的呢？"吴明年突然红着脸，叫嚷起来，"你们要是这么搞，我没粮食给你们！"

"粮食不是给我们，是给永兴三十万忍饥挨饿的乡亲们！"陈湛拍了拍椅子，"大灾之年，我不追究你吴明年囤积居奇就已经够意思了！你一个戴罪之人，居然跟我讲条件，你懂不懂法呀？"

"你刚才也说，'红脸'杀了，王家的仇按说也算是报了，我要是现在把粮食贡献出来，你们还不放过我，我吴明年不如死了算了。"吴员外忍不住站起来，嘴上嘟囔着，"你去州府跟卢大人请示，麻烦你顺便说一声，如果还不放我出去，我就吊死在这里！"吴明年又指了指房顶。

"你要明白,我这是给你立功赎罪的机会。"陈湛指了指吴员外,"你现在居然还来威胁我,你凭什么呀吴明年?就因为你有钱吗?再说了,你真想死,我陈某人也拦不住!"

"明府大人,我吴明年就实话实说吧。"吴员外重新坐下来,口气也软了,"我当然知道,眼下这情况,让我开仓放粮,是没得商量的事,民以食为天嘛,老百姓都没饭吃了,我还想发财?做梦吧!我就是不同意开仓,你们官府也可以强制执行,是不是这个理?刚才,我提出要结案,放我出去,就是不想你们再三番五次提审我了,我怕到时候顺藤摸瓜,又牵扯出别的什么事情来……要是那样,我就没法活了,我还不到五十岁,以后还得在永兴混下去,我还有老婆孩子要养,我说明白了吧?"

"你吴明年终于说了几句实在话!"陈湛笑了笑,"前几次提审你,你把责任都揽在自己身上,死活不承认有幕后主使,既然这样,我们也不逼你了,咱们现在合起伙来做一件事——开仓放粮,不让永兴的老百姓饿肚子,行不行?"

"行!"

"粮食毕竟是你的,咱们有言在先,算我陈某这次借你的,等来年丰收了,再还给你。"陈县令承诺说。

"还不还无所谓。"吴员外摇了摇头,"我只要你们把案子结了就成。"

"案子暂时做个阶段性了结,我可以答应你。不过,你还是不能离开这幢房子。"陈县令说。

"为什么?"

"为什么?"陈湛一笑,"我担心又会有人把你抢跑了!要是再发生这种事,你这脑袋保不保得住,都不好说……"

"什么意思?"吴明年揪着耳朵,都要揪出血来了。

"我的意思已经说得再明白不过了,让你待在这里,纯属是为了你的安全考虑。"陈湛说完,当即岔开话题回到开仓放粮的主题上,重点就放粮的一些细节问题与吴明年进行了磋商。二人商定,放粮时间定在三天以后,位于县城和永福里的两大粮库同时开仓,由各乡里组织乡民就近取粮。陈县令说完后站起来,瞧了瞧房子四周,走到客堂门口:"就这么定了,我还得赶紧回去安排放粮的事。"

吴员外将县令送到院子里,正要走出大门,突然听见背后一声叫喊:"明府大人请留步,民女有话要说……"

陈县令转过身来,瞧见一年轻女子披头散发,手里拿着一个本子,微微低着头,径直朝他跑来。

"这是管家老林昨天送来的账本。"年轻女子将本子双手递过来,头一直低着,不敢抬头看县令,"大人看过本子,就啥都知道了……"

"滚回去! 你这个臭婊子,哪来的什么账本……我怎么不知道?"吴明年伸手要抢,陈县令转手扔给张捕头,张青抬手接住本子塞入袖筒里。

陈县令直盯着面前的女子,她还在低着头,头发遮住了脸蛋,但那长长的睫毛一直在扑闪。"我没记错的话,你可是吉口里人氏吧?你弟弟后来继续读书了吗?"县令瞅着她说。

年轻女子"哇"的一声哭出声来,捂着嘴掉头就跑,顷刻间消失在后院的角落里。

回到县衙,陈县令没等坐定,连水都没喝,就迫不及待地翻开了账本。账本厚厚的,像一本书,可能是平时翻动得过于频繁,两个边角都卷了起来。账本里记录着吴家近两年的各项开支,开支有大有小,大的上千两银子,小的只有一二两,每项开支都注明了用途,绝大部分都是送礼,送给谁、为什么送,多有记载。陈县令刚刚看了两页就开始心惊肉跳,他看到了一大串名字,这些名字里有他不熟悉的,更多的却是熟悉的。熟悉的名字里,他先看到了郝正,涉及他的有好几笔,每笔都是百两银子以上,其中最大的一笔是五百两;接下来,他又看见团练使刘越、祭酒贾文斗、典史石应才、东源学馆馆长张红等人的名字。刘越收贿二百两现银,由头是他作为中间人,于去年秋天介绍吴明年将一万担大米高价卖给了受灾严重的豫州;祭酒贾文斗收贿二十两,是在去年元宵节那天,他主持了县里的一场庆祝活动,吴明年为啥给他送礼? 再看本子里的备注,才知那天凡是参加活动的人,都拿了几盒药膳汤圆,这正是吴明年刚刚研制出来的节日礼品,官员们收了礼品,就是活广告,不愁后续没有销路。

"你爹叫张红吧? 他竟然收过吴明年的银子。"陈县令一边翻着账本,一边假装平静地问着张青,"你知道这事吗?"

"前两年,吴明年为了他儿子能参加乡试,确实给家父送过一些礼物,不过,家父都分给先生和孩子们享受了。"为了避嫌,张捕头站得远远的,故意不看账本,"吴员外还给学馆投资修建了食堂和活动场所,去年,他儿子吴朋因为被取消乡试资格,他让家丁们将食堂和操场给砸了……"

"这个我知道。"陈湛话没说完,猛然瞧见账本里写着"陈湛"二字,他吓了一跳,瞪着眼,心脏都跳到了嗓子眼,紧跟的是县丞李实、主簿张愿、原捕头曹光胜……,每人收贿都是一两现银。陈湛连忙看了时间,又看了备注,终于想起刚来永兴那年春节,吴员外曾委托县衙的文书给县里的官员和衙役送过一次牛羊肉,主要对象是八品以上的官员,每人五十斤。当时,陈湛坚决拒收,后来一想,大家都收了,自己一个人不收,显得太另类,于是将肉悄悄拎到北门的菜市里,卖了钱后给节日加班的同事们发了补助。幸亏数额不大,只有一两银子,否则,他陈湛就是跳进黄河也洗不清了。

账本的后面记载着最近一两个月的开支明细,陈县令很快看到了"黄晋"二字,他娘的,果然是二千两!张捕头猜得没错,前不久吴明年到州府活动打点,原来是找团练使黄晋去了,这个贪得无厌的家伙,居然收贿二千两!唐代初年,一两银子可以买二十担大米,他黄晋收贿二千两,相当于两千人将近一年的口粮,难怪这家伙最近整日牵挂着吴明年,原来是有勾当的。

后面的账目陈县令懒得细看,简单翻了一下,然后合上账本,准备封装好后放进保险柜锁好。这时,忽然从账本中掉下一张字条落在凳子上,陈湛捡起来一瞧,立马愣住了,鼓瞪着眼睛,嘴上反复嘟囔着:

"这……这……怎么可能……不可能!"

他一边嘟囔着,一边将字条塞入账本,随即重重地合上本子,朝着张捕头挥挥手,像吼一样嚷道:"你先出去,出去……这账本的事,任何人都不能说,你听到了吗?"

张捕头刚一出门,县令又把他喊了回来:"你火速去一趟吴明年家,把账本亲手交给他,不要让外人看见……你可记清楚了?"

张捕头接过账本,点了点头。

陈县令背着手,在大堂内走来走去,继续吩咐道:"你告诉你的副手赵仁,让他好生守住吴明年,不许他伤害那个女人。吴明年心狠手辣,随时可能会对她下手……你可记清楚了?"

张捕头又点了点头。

"办完事后,你回头带上几名捕快,火速赶往丫吉山吴家湾找到吴明年的管家,你要亲自把他带回来,活要见人,死要见尸!"

因为说得太快,县令大人呛住了。他一边咳嗽,一边对着张捕头挥了挥手,让他赶紧去办。吩咐完毕,他像泄了气的皮球,一屁股坐在椅子上。

第二十三章　管家之死

这些天来，吴员外的管家老林一直在偷偷地哭，哭过后，他就开始骂人，先是小声骂，然后骂声越来越大，满屋子人都能听见。

他骂的不是别人，正是他的主子，也是他的连襟：吴明年。

一个月前，当赵捕快打开密室的机关，找到那条暗藏的隧道时，他愣了半天。他在吴家待了二十多年，一直当着管家，是员外最信任的人。平常，吴员外就连拉屎撒尿都要告诉他，可房子后面连着一条深山隧道这样的事，他居然被蒙在鼓里。

高宗乾封元年，吴明年两口子将妹妹赵氏许配给了他，管家与老板就这样成了连襟，可谓亲上加亲。当年的管家小林是本县东乡里的一个穷小子，在三溪口靠搬运木材为生，吴明年觉得这家伙聪明勤快，就把他请来当了管家。林管家果然不负厚望，不仅账目明细做得严谨仔细，平时管理事务更是一丝不苟、有条不紊。后来，老板把小姨妹都嫁给了他，林管家更是感激涕零，像宝贝一样疼着媳妇，并拿出积攒多年的银钱，专门跑到永兴县城，给她买了一副银镯。新媳妇赵氏喜欢听采茶戏，林管家就尝试着唱给她听，他就是那时候学会唱采茶戏的。老林记得清楚，结婚那年，高宗皇帝到泰山封禅，一时震动大唐朝野。到了年底，新婚不久的妻子突然失踪，小林到处寻找，在丫吉山上跑了三遍，然后顺着三溪口一直往下找，直找到永兴县城,甚至到了富池口,结果还是活不见人,死不见尸。直到有一天,老板娘赵氏对他说:"妹夫你别找了,吴明年跟我说,我妹妹跟一个做木材生意的下江汉子跑了,他说他不忍心告诉你……"管家小林这才死了心。

这二十多年,老林没有再婚,全副身心扑在吴家的日常管理上,深得员外两口子器重。不管什么事,只要涉及用钱开支,吴员外总是找管家商量,没有他同意,从不乱撒银子。吴家能够成为富甲一方的大户,林管家有一半功劳。

那天,员外大人让张捕头抓走后,老林就一直寻思,吴老板躲着我藏在溶洞里,是不是有什么见不得人的事呢?正好他不在家,不如进去看个究竟。

结果进去一看,老林彻底崩溃了。

深山隧道其实就是一个山脚溶洞,溶洞长年没什么积水,基本上是干的,只是到处坑坑洼洼,不好行走。溶洞里的路线也是曲曲弯弯,前后有好几里路。老林举着火把进去,还没走到一半,眼看火把就要熄了,他正要掉头折回来,一眼瞥见洞道上沿有一个小洞,洞口不大,只能容得下一个人,周围竟然长着一蓬绿草。老林觉得奇怪,溶洞里没阳光,竟然长着草,好不容易来一趟,干脆进去看看,于是举着火把,爬了上去。洞口从里往外冒着一股热气,闻起来有股怪味,老林拨开草丛,拿着火把往里照了照,结果吓了一跳,洞口不远处竟然摊着一堆人骨头,头骨朝外,里面是四肢。老林从头到脚直冒冷汗,他拍着胸口,喘着粗气,又举起火把往里照了照,天哪,上肢的手骨上竟套着一对银制手镯。

老林立马跪下去,磕了三个响头,然后举着火把,像疯了一样往外跑。他一边跑,一边哭,嘴上骂着吴明年。

他已经骂了好几天了,骂一阵,哭一阵。家丁们觉得奇怪,就凑近去瞅他,老林就站起来骂家丁,大家只好离他远远的。

昨天晌午,得知陈县令又要提审吴明年,老林拿着账本去了县城。他本想直接把账本交到县衙,来到县衙门口,那里已是人山人海,水泄不通,全是些上访堵门的老百姓,刚刚吃完了救济粮,老百姓又跑来找县令要饭吃了。老林只好退回来,正犹豫着回不回丫吉山,猛地想起了小白菜,这阵子,她应该在县城的宅子里陪着吴明年。

老林见过几回小白菜,觉得这孩子嫁给吴老板有点吃亏,不只是因为年纪小,关键是吴员外这个人心眼小、疑心重,只怕这姑娘受苦还在后头。果然,自从做了老板的小姿,小白菜没少受罪,三天两头就要挨上一顿打,老板总是怀疑她在外面有男人,否则不会老是去东门广场看采茶戏,而且总是在晚上。小白菜矢口否认,吴明年就把"红脸"叫过来,把她往死里打,小白菜受不了,几次跑掉了,结果又给捉了回来。老林去过几回城里的大宅子,有一次老板不在,小白菜跟他聊了起来,还翻开衣服,露出满身的伤痕给他看。老林不敢多瞧,只是瞟了一眼,眼泪就出来了。他想到自己二十年前失踪的妻子赵氏,当年他没动她半个指头,这女人竟然跟一个下江人跑了,与小白菜比起来,她真是身在福中不知福。小白菜又问老林会不会唱采茶戏,他点了点头,又想起了赵氏,然后就唱给她听。小白菜听得着迷,尤其喜欢那首《采茶歌》,缠着要他多唱几遍。唱完后,她拉着管家的胳膊说:"以后林叔再来城里,就唱《采茶歌》给我听。"

管家老林揣着账本就这样到了吴家大宅,吴员外尚在关押期间,门口有衙役把守,除了办案人员,不让外人进出,管家老林只好围着吴家大宅的外院转圈子,唱起了采茶戏:

满山哎满岭哎……是满坡绿，
采茶哎妹子哎……采茶忙，
茶树哎棵棵壮哎……壮啊，
妹妹哎巧手，巧哇……巧哇，
片片茶叶哎胸中装，啊胸中装。

老林唱着唱着眼泪就出来了，有了眼泪，他就唱不下去了，于是干脆蹲在墙根哭。哭过后，他又开始围着院子转，还是一边转，一边唱。守门的衙役过来询问他，他说："永兴大旱，庄稼都荒了，老百姓都饿着肚子，我唱了歌，心里就会舒服些，肚子就不那么饿了，不行吗？"于是他继续唱，刚刚唱完三遍，老林就听到院子里头有轻轻的喊声："林叔——林叔！"他知道是小白菜，挥手将账本扔了进去。

现在，捕头张青已将账本亲手交给了吴员外，然后骑着快马，带着一帮衙役，转头直奔丫吉山。晌午时分，他们来到吴家老宅，家丁们一起跑出来："张捕头，你来得正好，管家老林不见了……"

"什么时候的事？"

"早上就发现他不见了，"家丁甲说，"大家满院子找他，还是没找到……"

"林管家肯定去了药房，他身上也有钥匙的。"管药房的老刘跑过来，"他一定动过生附子的瓶子，那可是毒药……"

张捕头转身就往密室跑，果然，那口装酒的大缸又被挪开了，打开机关，张青和捕快们举着火把一头钻进洞里，没走多远，就瞧见一具尸体趴在边上，是那种爬行的姿势。张捕头凑近过去瞧了瞧，老林居然睁着双眼，头部略微昂了起来，一副翘首以待的样子，再看那面色，满脸乌紫，他嘴角上沾着血，人已咽气多时，身子都硬了。

吴员外的发妻赵氏始终没出来,她整天坐在卧房里念经。儿子吴朋这几天就没回来过,父亲关押在城里,这家伙就放鸭子了,到处游荡。

大伙一起将尸体抬出洞来,打算运到县城进行尸检。

"别查了,有啥好查的?是吴明年一手害的。"女主人突然停止念经,在房里嚷道,"那个畜生,这一切都是他亲手造成的。善有善报,恶有恶报,他都抓去一个多月了,你们官府怎么还不杀了他?"

回到县衙已经天黑,张捕头第一时间给明府大人汇报了情况,随后将尸体拉到医馆停尸间,等候医学检查和处理。次日一大早,陈县令再次来到吴家私宅,捕快赵仁一直待在那里守着吴员外,见明府大人过来,吴明年当即跑上前来说:"谢谢明府大人!"

县令大人当然知道,吴明年谢他,是因为账本还给了他。

"你家林管家死了。"陈县令一进门就告诉他说。

"怎么死的?"吴明年瞪着眼睛,"在哪死的?"

"在你家山洞里。"陈县令正色道,"初步判断是服药自杀,尸体已拉回医馆检查。"

"他死了活该!"吴明年大声嚷道,"他想害我,结果把自己害死了,活该!"

"他为啥要死?"

"我咋知道?"吴明年揪着耳朵,"我还要问他呢,我哪里对不住他了,这个家让他管了二十多年,回头他还要害我!"

"原打算放你出去的,结果又多出一条人命来,只有委屈员外大人在里头再待段时间。"陈县令瞧了瞧院子,压低声音说,"否则,你这条老命保不保得住,我还真没把握……"

"明府大人此话何意?"

"你跟我说实话吧,是这里安全,还是丫吉山的隧道安全?"陈湛突然问道。

吴明年抬头瞅了瞅外面,又低头想了想,突然伸出双手:"你们还是把我绑了吧,然后将我押到大牢里去,还是那里靠得住……不过,我得回头把账本带上。"

押走吴员外,陈县令来到里屋,叫来了小白菜。她的头发梳过了,衣服也穿着齐整,头却一直低着,还是不敢面对明府大人。

"你还没回答我呢,你弟弟后来上学了吗?"陈县令瞧着她的长睫毛问道。

"他死了。"小白菜嘤嘤地哭起来,像猫一样,"他感染了富河里的小水虫,那虫子吸他的肝血,人越来越瘦……我没办法,就去码头上卖唱,我要救我弟弟,后来吴明年看上我了,给了我一点钱,结果还是没治好我弟……"

"吴家账本的事,你不要说出去,把它烂到肚子里。"陈县令交代说,"你还有什么话要说吗?"

"杨新让人抓了,你们知道吗?"小白菜突然抬起头来,指着街对面的春兰客栈。

"杨新是谁?"陈县令转头瞧着张青。

"就是高端。"张捕头贴着县令的耳朵说道,"我昨天去过客栈,还真没看见他。"

"你咋知道他让人抓了?"张捕头连忙问道。

"吴明年没抓之前,我每天要去东门看戏,他也来看,就熟了。"小白菜再次抬起头来,"昨天,你们前脚刚离开这里,我就看见几个人用黑布捂着半边脸皮,一起进了春兰客栈,杨新从窗子里面翻了出来,刚一逃到街上,就让他们抓住了。"

从吴宅出来,县令陈湛当即吩咐张青迅速带人赶往泗洲禅寺。张捕头会意,连忙出发,人还没到寺里,就听见父亲张学士和王落先生在里面说话。

"刚刚有个人骑着一匹马跑到学馆来报信,"张馆长说,"说是一个叫杨新的人让人抓到县城南边的大垴树林里,一个时辰后准备杀掉他,他让我赶紧告诉你,不知何意?……"

"那个报信的人呢?"骆宾王连忙问道。

"他说完就走了,也没说姓甚名谁……"

骆宾王低着头,嘴里反复嘀咕:"这次又是谁呢?"

"除了团练使黄晋,还能有谁?"张捕头突然出现在寺内,"此人有段时间没动静了,卢刺史将他的情况反映到了上面,他现在只有在您王先生身上做文章,他已经穷途末路、狗急跳墙了。"

第二十四章　雨中放粮

张捕头和骆宾王赶到县城南郊的大坳时,三名脸上捂着黑布的人已将高端吊在樟树上。此时,天刚刚黑下来,其中一人举着火把,旁边停着两匹马。

"你来得正好,"三人中,那个领头的盯着骆宾王,"我们等了你整整一个时辰。"

"尔等何人?"张捕头指着他们三人,"何故在永兴抓人?"

"我们是谁? 你得先问问他是谁?"领头的指着高端。

"我是做生意的。"高端扭动着身子,"你们为啥要抓我?"

"做生意的? 说得多轻巧!"领头的笑了起来,"你一个生意人,先是在县城杀死了张天,接着又在船上射杀了两名州府的护卫,这是一个生意人该做的事吗?"

"我是本县的捕头,你有什么线索,可以去县衙报案,不可绕开当地衙门随意抓人。"张青握着刀走过来,"张天之死,我在场,一个流寇杀人犯本就该死! 他作为一个有武功的生意人,见义勇为,帮助地方斩奸除恶,是壮士之举;至于死在船上的那两个人,你咋知道又是这位壮士所为? 你们是谁? 又是谁派你们来抓他的呢?"

"张捕头,你难道不知道吗? 他是从山东莱州跑过来专门保护他的。"领头的指了指骆宾王,随后转身指着高端,"他姓高,叫高端,他根本不叫杨新！那是他的化名……你张捕头明明什么都知道，却在这里揣着明白装糊涂，难道需要我们把话说穿吗？"

"什么意思？"张捕头反问一声。

"他来保护我，不行吗？"骆宾王当即翻身下马，指着高端，"你们不就是想要我的人头吗？拿去吧！你们要是有这个本事，今天你们就拿去，我保证不还手。"

"拿下！"领头的指着骆宾王大吼一声，另外两人一齐举刀砍来。张青上前一步，以身挡住骆宾王，同来的两名捕快从背后包抄过去，将领头的团团围住。领头的掉转身子，拿刀直刺其中一名捕快。这时，"嗖、嗖"两声，两支飞镖从密林中一起飞来，一支割断悬挂高端的绳索，一支打中领头的手腕。高端掉落在地，他绞动着双手，试图解开绳子，结果折腾半天，还是没法解开，于是他大吼一声，挥动双手，舞起绳索，朝着对方领头的冲去。那领头的扭头瞧了一眼，只见面前"呼、呼"地旋转着一个圆圈，圆圈越来越近，领头的眼睛都看花了，还没等他回过神来，两名捕快一起上前，将他按倒在地。

他的两名同伙跳上马背，扭头就跑。

接下来，骆宾王和高端一同回客栈歇息。一路上，骆宾王问过高端，上次一别后是否回过莱州。高端说回去了几天，遗憾没有找到范潭，不过倒是找人打听到了，范潭也在寻找姑夫骆宾王。扬州兵败后，寻找骆宾王下落的亲友主要有两拨：一拨沿着海岸线去了北方，另一拨则在江南义乌一带。

"我家人的情况，有没有什么消息？"骆宾王问道。

"没有什么新消息，还是过去那些说法……"高端低下头来，没再往下说了。

过去的说法有两种：一种是骆家三代以内全部遭斩；另一种是

骆家至亲已隐姓埋名,迁徙至全国各地,音讯杳无。

张捕头将那领头的直接送到大牢,完事后,顺路去了隔壁的牢房见了吴明年。吴员外一头乱发,坐在草堆里,怀里抱着账本。见张捕头进来,他立马爬起来,瞧着门口悄声说:"捕头救我,有人要杀我……"

"谁要杀你?"

"我刚刚眯了一会,梦见一伙歹徒闯入我家里,将我的喉咙割了,还把我的眼睛也剜了……捕头救我!"

"你别发神经了,这里是永兴监狱,不是你家里,没人敢来杀你。"

"有!好多人要杀我……"吴员外揪着耳朵,一本正经地说。他又凑到张捕头身边,贴着他的耳朵说了一通。

张青听了,直瞅着吴员外的红耳朵,愣了半晌。

回到县衙,明府大人还没睡,正和县丞李实一起商量事情,一见捕头回来,连忙将他拉过去,三人密谈起来。

"吴明年的账本牵涉许多人。"陈湛盯着张捕头说,"甚至有你们捕快班里的人……"

张青一脸懵懂地瞧着两位大人,不知如何应答。他从小就是嘴严之人,这两天,自始至终没看过账本,只知牵涉父亲张学士,其他一概不知。

"现在想要吴明年人头的,一个个都在蠢蠢欲动,大牢那边必须加强防范。"陈县令盯着李县丞,"吴明年虽然死有余辜,但他同意把自己的粮食贡献出来,好歹还有点良心,暂时还不能让他死!"

"那个想要王落先生的人,显然是为了转移视线。"李县丞瞅着张捕头,"杨新被抓到大坳树林,肯定是他在背后指使!"李县丞转头瞧着县令。

陈县令点了点头。

"到底是谁呀?"张青忍不住插嘴问道。

"到时候,你自然会知道。"县令大人先是摇了摇头,随后意味深长地瞅了一眼张捕头,"怎么样,人抓到了吗? 抓到就好! 明天一大早我亲自去牢里提审,县丞大人到粮库那边负责督办放粮,那可是大事……"

"林管家死亡案,我已安排新来的邹县尉去丫吉山调查,待放粮完毕后再提审吴明年。"李县丞接过话说,"明府大人还有何吩咐?"

"王落大人现在何处?"

"与高端一起住在春兰客栈。"

"马上转移到吴明年的私宅,别再住客栈了,那里不安全。"陈县令立马吩咐张青说,"你赶紧去通知他俩离开客栈,同时告诉姓高的小伙子最近别做什么生意了,明天一早陪王落先生回泗洲禅寺,就说是我陈湛说的,快去!"

"在咱们鄂州永兴地界,这事从头到尾,除了那个叫张天的外地人,真正想要王落先生人头的,只有刘越、黄晋和郝正三个。其他人想要的,不是吴明年的钱,就是他的人头。"县丞李实接着分析说,"现在,刘越调走了,郝正成了闲人,只剩下这个黄团练了。黄晋这些天好像变得老实起来了,我分析,他应该不会就这么算了……"

"他还会怎样?"县令大人警觉地问了一句。

"黄团练可能会联合那个人一起……"

"怎么个联合法?"

"怎么联合,我不是神仙,没法知道。"李县丞笑了一笑,随即敛住,"但有一点我倒是想到了,他们不会再简单地搞劫持人质那一套了,接下来要搞就会搞大的,要么直接拿掉人头,要么就制造出一件轰轰烈烈的大事来,其最终结果就是搞垮卢刺史和明府大人,逼你们走人。"

"县丞大人言之有理。"陈县令点头沉吟,"我看这事呀,还得找王先生商量一下……"

一会儿,两位大人连夜来到吴家私宅,张青刚刚带着骆宾王和高端过来。骆宾王满脸怨气,嘴上嘟囔不止:"又让我王某住在一个恶棍家里,心里别扭!"

陈县令单刀直入,毫无避讳,当着骆宾王的面说了新的情况,并转述了县丞李大人的担心和预想。骆宾王听了沉思半晌,抬头问道:"主簿张大人现在何处?"

"应该在粮库……这两天他一直在那里。"县丞李实说。

"咱们过去看看。"骆宾王当即起身,拉着陈县令直往外走。

"粮库在北门外白杨那一块,这深夜里出去,我怕你不安全……"陈县令停下来,瞥了瞥张捕头和李县丞,转头瞅着骆宾王,"你有什么想法,不能在这里说吗?"

"刚才从大垴树林里逃跑的那两个爪牙,肯定已报告他们的主子,"骆宾王分析说,"今晚必须在粮库周围加强守卫,不到现场看看,怎么晓得应对方案?"

随后,县令、县丞、骆宾王等一行六人坐着两辆马车直奔北门外白杨处。这时,突然起了东南风,风不大,但透着一股凉凉的湿腥气,从富水河的东边吹过来,在县城里回旋兜转,然后朝着鄂州的方向跑去了。骆宾王盯着簌簌响动的白杨树叶,眼睛顿时一亮,然后仰头瞅着天空,脑袋转了一圈。

大家下车后,果然瞧见主簿张愿站在粮库门口交代守卫人员,提醒他们不要睡着了,明天县里在这里开仓放粮,不许有任何闪失。

见明府大人过来了,张主簿连忙迎上去,结果一眼瞧见了骆宾王。他脸色一沉,拉着县令的手说:"目前,粮库四周都布防了守卫,尤其是三道门口都安排了足够衙役,明天开仓放粮,绝对不会发生抢粮偷粮事件。两位大人大可放心,赶紧回去睡个好觉。"

"王先生见多识广,看看还有什么漏洞,以便我们立即整改……"陈湛指着粮库请教骆宾王。

"你们永兴的风向是否常年以东南风为主?"骆宾王问了一声,见县令点头,他又仰头瞥了一眼夜空,乌蒙蒙的,跟近几日的情况没什么不同,"我看了一下粮库的方位,正好坐东朝西,刚好起的是东南风,刚才我人还没进来,就闻到一股霉味,我建议今晚将粮库的所有窗户打开,如果让风好好吹一吹,只需两个时辰就能去除这种霉味,明天老百姓过来拉粮食,就不会说埋怨的话了……"

"开一个晚上的窗户,也起不到什么大作用,我看还是算了吧,"张主簿摇头哼笑一声,"要是突然下起雨来,将粮食打湿了咋办?外行!"

"哪有什么雨啊?雨个屁!"陈县令立马嚷道,"我陈湛搞那么大的阵势,在伏虎山设坛求雨,老天爷到现在都不开眼,我还巴不得下场雨呢!"

"主簿大人是担心会下雨?"骆宾王又仰头瞧了瞧天色,走近前来,"据我所知,永兴县都快四个月没下雨了吧? 四个月没下雨,今天会突然下雨吗? 你要是不放心,咱们现在打个赌,今晚绝对不会下雨,你信不信?"

"到底你是主簿还是我是主簿?"张愿冲着骆宾王喊了一声,随后睃了睃县令和县丞两位大人,"你在永福里修堰坝的事,我还没来得及找你算账呢! 你随便改变河道、阻塞河水,经过县里同意了吗? 大半夜的,又跑到这里来指手画脚,你以为你是谁呀?"

"是我和县丞大人请他过来的,怎么了,不行吗?"陈湛转头瞧着张主簿,"刚才有人在大垴的树林里要杀王先生,幸亏张捕头去得及时,要不然,还不知道结果会怎样……王落先生在永福里发动当地百姓修筑堰坝,一劳永逸,有啥不对? 我告诉你主簿大人,王先生是在替咱们永兴县衙做事,你作为分管农业和水利工作的主簿,不仅不感谢他,还当面批评他、质疑他,你还像个大唐的官员吗? 实话告诉你,如果不是看在你前年夏天救过我的分上,我现在就处理你!"

张主簿立马没再吱声,随后喊来粮库四周的衙役,命令大家马上打开窗户。

接下来,陈县令走到张主簿面前,认真做了一番交代,随后六人坐上马车,返回城区。一路上,大家又仔细讨论了一番,到了衙门,县令、县丞、骆宾王各自回住地歇息,张捕头和高端又马不停蹄去了县衙后面的捕快班。

丑时刚过,几辆手推车突然出现在北门两边,车上堆着干草。这时,风大了一些,那种湿腥气越来越重,白杨树叶的簌簌声变成了哗哗声,晾在屋外的衣服都能飘动起来。张捕头带着一班衙役从东门那边过来了,为确保放粮安全,从子时开始,他们从捕快班临时抽调人员组成专班,每半个时辰巡查一次,以防人为破坏。

主簿张愿走到城墙下四处瞅了瞅,随后掉头回到了粮库。正要进去,背后突然冒出一人,一把箍住他的脖子,将其拖入谷堆旁边的小屋里。主簿大人扭头歪脖,直瞅着对方,脸色涨得通红,嘴里却说不出话来。

"是你安排人员将我劫持到大垴去的吧?"高端加大力量,勒紧张愿的脖颈,"到底为啥? 说! 不说,老子勒死你!"

"咳……咳……"张愿呼吸困难,忍不住咳嗽起来,"你咋知道是我所为？有何证据？咳……咳……"

"不说是吧?"高端一手箍住对方脖子,一手抽出短刀,放在他的脖子上抹了两下。

"是……是我干的!咳!咳!"张愿一边咳嗽,一边终于低头承认,他直瞪着发红的眼睛,"你等伙同陈湛窝藏逆贼骆宾王,我作为一县主簿,为国除奸,不行吗?"

"你可知道,你如此丧心病狂,你的死期就不远了!"高端指着粮库外面北门两侧的小推车。

这时,风陡然大了起来,晾在屋外的衣服都被吹翻了。骆宾王听到风啸声,干脆从床上坐起来,心里想:几个月前的下阿之战,大概就是这种风力吧。只可惜徐大都督不懂气象,当时要是他骆宾王在场,结局会不会不一样呢?三个时辰之前,当他陪同县令、县丞一起赶往粮库发现起风时,骆宾王一阵惊喜,这老天爷终于开眼,要下雨了。骆宾王的家乡距离海边不远,从南海那边过来的热带气旋一旦登陆,多半会在东南风的推动下,沿着长江向西北方向缓缓前移。当时他与张主簿打赌,纯粹是闹着玩的,没想到那家伙竟被唬住了,以为真的不会下雨;其实,骆宾王借风力暗中测算过,当时暴雨夹着海风应该到了黟山脚下的黟县,按每个时辰一百二十里的速度,热带气旋会先后经过浮梁、江州、富池,到达永兴的时间应该是寅时。现在,刚刚进入寅时,热带风暴果然准时到达永兴。

"你现在就是杀了我也没用,我们早已经安排好了。"张主簿扭头瞧着高端,脸上露出一副幸灾乐祸的神色。他又仰头瞧了瞧打开的粮库窗户,以那种不屑一顾的口气说:"你们那个骆宾王真是草包一个,居然还说晚上不会下雨,你看看,你听听,都闪电打雷了……"

话音刚落,一道闪电划过夜空,随后就是一声炸雷滚过,狂风发出呼啸声,粮库的门窗噼啪直响。紧接着,又是一道闪电和一声炸雷,豆大的雨滴终于在飓风的裹挟中猛砸下来,许是太久没有下雨了,那雨滴砸在地面上,居然像豆子一样蹦跳起来,发出脆生生、硬邦邦的声响。城区里那些晾晒在屋外的衣物早已被大风刮得漫天翻飞,混着树叶、垃圾、干草,最后飘落到富水河里。

密集的闪电照亮了永兴县城,雷声滚滚,像是县城里发生了爆炸,震醒了刚刚入睡的老百姓。想到天亮过后就能去粮库拉粮,他们兴奋得半天睡不着觉。现在看到外面下雨了,老老少少大呼小叫,立马披衣起床跑到屋外,在闪电和雷声中迎风赏雨,雨水打湿了衣服、头发和身体,他们却不愿返回屋里,仰头伸手让雨水淋个够,嘴里直喊道:

"老天爷呀,你终于开眼了……"

这时,几名推车手拿出火种准备点燃车上的干草,张捕头带着他的队伍突然冒了出来:"尔等何人,深更半夜在粮库周边点燃干草,不怕杀头吗?"

对方一共五六个人,听到喊声,立马扔下火种,掉头就跑。也有一个胆大的,竟冒死点燃了干草,推着车子朝着粮库方向冲去。张捕头飞身追赶,跳上手推车,一把推倒对方,车子"哐当"一声侧翻倒地,燃烧的干草跟着熄灭了。旁边的捕快快速冲上前来,将推车手死死按住。

"带回捕快班,立即查问……"张捕头刚一说完,正要去粮库巡查,捕快赵仁骑着快马赶了过来:"捕头不好了,南城那边的大牢起火了!"

张捕头转身离开北门,与赵仁一起快马朝着河边的监狱奔去。

此时,密集的闪电越来越亮,雷声越来越大,一直守卫在粮库的衙役一见这架势,干脆在谷堆里点燃了提前备好的干草。谷物顿时烧着了,滚滚浓烟中,散发出爆米花的香味。有嘴馋的衙役正要去谷堆里抢食爆米花,瓢泼大雨从窗外灌进来,瞬间又将粮库里的火苗浇灭了。

张捕头和赵捕快一路狂奔,双双来到城南监狱。大牢里火光冲天,喊声一片,两人始终不敢近前。这时,县丞李实跑了过来,他指着冲天的火焰大喊:"吴明年还在里面,他手上的账本还没交出来呢……"

就像北门的粮库一样,大火最终被暴雨浇灭。经过侦察,肇事者借助缆索爬上临河的石头墙,然后将火种从窗孔扔进了牢房。牢房里铺着干草,囚犯们烧死了三人,其余的全部烧伤,大门和墙壁熏得一片漆黑,连里面的大树都被熏黑了颜色。吴明年的牢房是重灾区,他被烧得只剩下一堆黑色的骨头,李县丞和张捕头来到现场,只见他怀抱双臂,很显然,他到死还在保护怀里的账本,可账本早已化成灰烬,找不到一丝痕迹。

得知粮库和监狱同时着火的消息,陈县令没有任何犹豫,冒雨赶到了粮库。此时大火刚刚熄灭,高端拖着张主簿正从粮库里出来,陈县令大步走上前去,对着他的脸狠狠地抽了两个巴掌。

"身为一县主簿,竟然纵火焚烧粮库,该当何罪?"陈湛吼道,"说!谁指使你这么干的?"

"这还需要他人指使吗?县令大人。"张愿挺直身子,哼了一声,"我好汉做事好汉当,全是我张某人一人策划,没有任何外人参与。"

"到底为何?"

"为何?"张主簿大笑起来,蔑视着县令,"你作为永兴县令,竟然窝藏逆贼骆宾王达数月之久,明目张胆与武太后对着干,让你这样的人留在官场上,对永兴老百姓有什么好处?你明明知道现在是武太后的天下,你却不自量力,站在李氏宗室那一边,我们作为你的同僚,最终的结果必然是城门失火殃及池鱼,不可能有什么好下场。"

"你作为李唐臣子,说出这种没良心的话,我都替你害臊脸红。"陈湛吼道,"你别忘了,这个天下是谁打下来的,是谁给了你饭碗!"

"识时务者为俊杰,谁能保住我的饭碗,我就听谁的!"张愿高声回应,"我辛辛苦苦读书入仕,好不容易有了个饭碗,如果跟着你陈某人糊糊涂涂地干下去,我连饭碗都保不住,我为啥还要听你的? 我这样做,有错吗?"

"为了赶我走,你竟然纵火焚烧用来救命的粮食!"陈县令上前又要掌脸,"如果不是王落先生有先见之明,及时打开粮库窗户,现在这里已经是一片火海了⋯⋯"

"你别提那个王落,"张愿瞪了瞪眼睛,"他明明是骆宾王,你明明知道他就是骆宾王,你们都是一伙的⋯⋯你们没有好下场的!"

"你这个混蛋,你收受吴明年三千两银子,因为收据在他手上,你竟敢杀人灭口,毁尸灭迹⋯⋯你就等着把牢底坐穿吧!"

陈县令说完一挥手,命令高端将张主簿带离现场。

没过多久,天色渐渐亮了起来,雨也变得小些了,住在城关和附近乡里的老百姓朝着北门拥来,他们或挑着箩筐,或驾着驴车,一时挤满了粮库的三道大门。刚刚发生在粮库的纵火事故,因为雨水冲刷,加上及时清理了现场,竟看不出一点痕迹;爆米花的香味已渐渐消散,仓库里的谷子淋湿了一大半,一缕缕热气从谷堆里涌冒出来。

谷子淋湿了,老百姓竟然没有半句怨言,拿到谷子后,他们将双手插进谷堆里,淋湿过后的谷子是热的,他们半天不愿抽出手来,觉得好暖和、好惬意,有的人甚至将脸皮贴着谷子,然后将脑袋瓜子拱进谷堆,半天才露出头脸来。

"好香啊!"他们咀嚼着谷子,流着眼泪,嘴里发出唏嘘之声。

第二十五章　橘子与布贴帽

一个多月后，永兴粮库及监狱纵火案终于告一段落，纵火犯张愿及若干爪牙凌迟受斩，卢正道、陈湛作为事发地州、县一把手，负有领导责任，分别遭到贬谪和撤职处理，其中，卢正道调往锦州任员外司马，陈湛遭送回燕州原籍终老。鉴于新的县令人选尚未到位，暂由县丞李实主持永兴县全面工作。鄂州团练使黄晋虽与主犯张愿存在勾结嫌疑，但证据不足，且其在案件处理过程中积极主动、协调有力，暂保留团练使一职。

至于案件中提到的骆宾王，江南道府的批示着墨不多，大意是：由当地加强防范，精准捉拿，坚决避免因其原因造成他人伤亡。

卢正道先离开鄂州。那天，州城的老百姓到城门送行。他老家在幽州范阳，母亲刚刚去世，他得回去"丁忧"，至少一年后再去锦州赴任。出城的时候，他从车上下来，给大家鞠躬致意，然后大声说道：

"鄂州的父老乡亲们，感谢你们这些年对我卢某的照顾和关照，我在鄂州没做出什么大事来，但有一点，我一直在坚持：李唐江山打下来不容易，前后死了多少人！我们作为臣子，责任就是把李唐江山守住，把李唐的律法守住，把李唐的根本守住。这个根本是啥？是人心啊！守住了人心，就守住了江山。前不久，永兴那边出了一些事，我当然有责任，事情的起因，大家可能都知道，就因为一个真真假假的骆宾王！其实，骆宾王来没来永兴，那个叫正信的和尚是不是骆宾王，谁也说不清楚，没有一个人说得清楚！这事呀，将来可能就是一个笑话，肯定会成为一个笑话！我今天要离开这里了，本不该多说，一切都应该留给历史和后人去说……我为啥要说这些？我虽然遭贬谪降职了，但我的心是热的，我还是希望鄂州的官员们今后不要瞎折腾了，不要再搞那些莫须有的事情了，还不如把心思和精力花在为老百姓办点实事上，花在那些看得见摸得着的事情上，花在那些守住人心的根本上！"

陈湛离开永兴那天，整个县城万人空巷，特别是北门内外，简直人山人海。永福里锅盔店的老板一大早就起来了，他亲自押着两辆驴车，天一放亮就赶到北门。驴车上装满了锅盔，堆得像山似的，锅盔上覆盖着一层布巾，因为刚刚出炉，锅盔还是热的，每只的正面印着三个字——"陈明府"，背面印着三个字——"大好人"。掌柜的站在驴车上大声宣布，今天凡来现场为明府大人送行的人，免费赠送锅盔一只。老百姓拿着锅盔喜形于色，他们舍不得吃掉，一齐等候着陈县令出现。

得知明府大人被撤职的消息后，永兴上下骂声不迭，咒骂当今官场黑暗，无可救药。接下来，大家又为陈县令扼腕叹息，他来永兴三年，短短时间，不仅发展了柑橘经济，而且强力惩治腐败、弘扬正气，这么一个难得的好官清官，到头来却遭受撤职，铩羽而归，叫人情何以堪。县里从上到下，排队为他饯行者不计其数，粗略一算，至少要排到百日之后。按照规定，接到上级人事任免通知后，明府大人三日内必须离开永兴，考虑到为其饯行的人太多，有些确实推辞不得，经请示州府，只好又延宕了十天时间。这十天里，陈明府没少喝酒，他本来就瘦，加上去冬以来，接二连三发生各种凶险之事，咳嗽的老毛病又加重了,近期一日三醉,明府大人的身体明显垮了下来,面容憔悴,手脚整天都是冰冷的。县丞李实和张捕头反复提醒他,这样喝下去怎么得了? 不如趁早离开永兴,否则这条老命都要丢在这里了。

明府大人苦笑着摇头道:"你们放心,我陈某一时死不了,我在等一个人,他还没来看我呢!"

辰时刚过,陈湛坐着马车出来了,同车坐着的还有县丞李实,后面的马车坐着家眷,张捕头骑在马上,自然走在前头。一行人来到北门,李县丞率先从车上下来,随后牵着陈县令的手将他请了下来。看到众亲们站满了北门内外,陈湛顿时热泪盈眶,他转过身去,像孩子一样趴在马车上,颤抖着双手,强忍住哽咽,不停地抹着眼泪。县丞李实赶紧走上前去,一边用言语抚慰,一边拍着他瘦削的肩膀。

陈湛缓缓转过身子,对着众亲,转了两圈,双手打躬作揖,嘴上却说不出话来。

"明府大人走好!"乡亲们手上拿着锅盔喊道。

"明府大人常回家看看,永兴永远是您的家。"有人一边咬着锅盔,一边含泪喊道。

"明府大人是好人,好人一生平安,明府大人,我们永兴永远记得您……"

……

陈湛一边打躬作揖,一边老泪纵横,嘴里喃喃自语。这时,锅盔店的老板从驴车跳下来,朝着县令走近过去,双手捧着一件包裹,那包裹足有一床棉絮大,将掌柜的头脸完全挡住了,包裹还在冒着热气,里面全是憨态可掬的锅盔。掌柜的来到县令大人面前,单膝跪下,举起包裹,嘴上喊道:"明府大人,您来永兴三年,我的锅盔店面扩大了整整一倍,养活的店员也增加了整整一倍。没有明府大人,就没有我们永福里锅盔店的今天。俗话说,喝水不忘挖井人,您的大恩大德,我们锅盔店从上到下、从老到少,全都永记在心,永世不忘。这是全体店员一大早起来赶制的锅盔,还是滚烫的……请明府大人收下吧!"

陈湛双手颤抖,接过包裹,转身递给随从,随后再次打躬作揖,满脸的泪水滴落到胡子上,然后掉落下来,打湿了衣衫。他努力克制住自己,扫视着四周,看到乡亲们越来越多,人人拿着锅盔。他猛然想起去年驱除郝正时,利用的正是这店里的锅盔。小小锅盔,却藏着一腔正气;小小锅盔,定将与永兴一起,永载史册。他仰天叹了口气,脸上露出欣慰的神色,正要转身回到车里,忽然瞥见一男一女从东门那边跑过来,再一瞧,女孩子怀里抱着一对母鸡,旁边跟随着高端,手上提着篮子。这小子怎么与小白菜搞到一起去了?

"明府大人请留步,民女小白菜有礼相送……"说完,小白菜径直来到县令跟前,双膝跪下,双手举起一对咕咕叫着的母鸡,"这是我昨天专程回到吉口里老家里捉来的。三年前,你留下一百文铜钱,没要我的两只母鸡,这份恩情我小白菜一直牢记在心,从没忘掉。今天我要把它们送还给您,感谢明府大人这三年为永兴一方百姓操碎了心,累坏了身子……感谢您身为县令,却能牵挂我这样一个普普通通的民女,请大人受我一拜!"

陈湛俯身瞧着对方,不知如何是好。这时,他已经停止了流泪,脸上全是笑容。小白菜先是低头,随后抬起头来,一双丹凤眼定定地瞅着县令,密密长长的睫毛一齐翘了起来,跟三年前他见到的那个唱歌卖鸡的丫头一模一样。他连忙接过两只母鸡,还有高端递来的一篮鸡蛋,伸出双手拉起小白菜,转身将她的手交到高端手中说:

"高壮士,要像保护王落先生一样,好好保护她!"

这时,天色慢慢暗了下来,似乎又要下雨。自从开仓放粮过后,每天都要下一场雨,有时是上午,有时是下午或者晚上。这老天爷真是神奇得很,先是接连数月不下雨,现在却天天下雨,似乎要把旧年的雨水补回来。县丞李实仰头瞧了瞧天色,说:"明府大人还是早点上路吧。"

明府大人点了点头,然后再次举着双拳,对着大家打躬作揖。完后,他转过身子瞧了瞧四周,正要上车,只见南门那边从容地走来三个人,男的戴着僧帽、穿着僧服,空手走在前面;后面是一个少年,双手托着一个大盘子,上面堆满了黄灿灿的橘子;再后面是一个妇人,双手托着一个小盘子,盘子上面好像放着一顶幞头。

"王落先生!"明府大人转身跑过去,一把将他搂住,随后双手握住对方的肩膀,"我就知道你要来,我一直在等你呀……先生!"

"对不起,明府大人,我们来晚了一步。"骆宾王弯下身子,对着县令鞠了一躬,然后掉头瞧着少年王佳。王佳将托盘举过头顶,像诵读一样大声说道:"感谢明府大人为永兴种下的大片柑橘,感谢明府大人让永兴成千上万的老百姓过上了好日子,感谢明府大人主持正义,让我王佳增补至今年秋闱的名单……"

"后皇嘉树,橘徕服兮。受命不迁,生南国兮。深固难徙,更壹志兮……秉德无私,参天地兮。愿岁并谢,与长友兮。淑离不淫,梗其有理兮。年岁虽少,可师长兮。行比伯夷,置以为像兮。"骆宾王突然大声地朗诵起来。他一边仰头诵读,一边挥动着双手,那样子就像课堂里领读的先生,读到最后一句时,他突然高举起双手,连连颤抖三下,最后像雕塑一般,僵止不动。

北门内外立即响起一片喝彩声。

"他不是骆宾王吗?"有人说,"他还在永兴啊?"

"是他,正是他!"有人跟着叫喊道,"他怎么穿成这样?……他真的当和尚了吗?"

"和尚?骆宾王当和尚了?不会吧?你是不是看错了?"

骆宾王刚刚诵读完毕,王佳的母亲黄氏走上前来,她将手中的托盘举过头顶,微微曲下身子,嘴上说道:"奴家黄氏,乃永福里王贵遗孀,奴家不才,听闻明府大人离开永兴,甚为不舍,近日特意缝制了一顶布贴幞头,如若不弃,请大人取下头上乌纱,我黄氏要亲自为您戴上这顶幞头,如何?"

陈湛再次热泪奔涌,双手颤抖不止,一双眼睛茫然地环顾着四周的乡亲。接着,他瞧了瞧放在盘上的幞头:一块黑布做底子,底端抹额是一圈红布,从额头到帽顶平行粘贴了黄、白、红三种颜色的小布条,顶部高高隆起,两边各有一只护耳的帽翅,形状与骆宾王戴过的缁布帽有些相似,相比戴了多年的乌纱,可是好看多了。陈县令连忙取下头上乌纱,随手交给县丞李大人,然后朝着面前的黄氏缓缓低下头来。黄氏连忙放下托盘,双手捧起布贴幞头,轻轻地戴在陈明府的头上,末了还笑着说:

"明府大人,戴了这布贴幞头,瞧上去精神多了……"

在唐朝,官员撤职或离任后,头上的乌纱可以留作纪念,陈湛原想把它留下来,没想到黄氏竟然替他缝制了一顶。他当即小声吩咐县丞李大人:"那顶乌纱我不要了,送给你作个纪念吧。"

现场的老百姓再一次欢呼起来:"明府大人好!"

上车之前,明府大人拉着骆宾王的双手,询问修筑堰塘的进度,随后叮嘱王佳一定要考好秋闱,给全县广大学童作出榜样。接下来,陈县令按了按头上的帽子,盯着黄氏连声说了一番感谢话,最后直瞅着骆宾王,大声说:

"先生才高八斗，皓气长天，我陈某人有幸与您在永兴相识相知，死而无憾！先生您把永兴视为故乡，这是永兴的福气。永兴是块福地，但愿它也能给您带来福气。先生、夫人保重，乡亲们保重！"

话毕，骆宾王双手扶着陈县令将其送上马车，并亲自关上车门，陈县令当即揭开车窗，再次泪流不止，拱手与大家告别。

一阵炸雷响过，天又下起雨来，结果雨这一下，半个月没有停下来。

第二十六章 落虹山

接下来的几个月,永兴的百姓度过了一段平静安定的时光。这段时间里,骆宾王设计施工的堰坝顺利建起了五道,还剩下最后两道。沿着王英河,越往下走堤坝就越宽,工程量越来越大,施工难度自然也就更大。考虑到没有米浆浇灌石头,骆宾王干脆采用了孟嘉当年修筑堰坝的做法,就近拉来三合土,混上石灰,搅拌成泥状,用于砌建石头基脚,主体部分则用石块、青砖和黏土夯实而成。修筑堤坝不仅是用来拦水,还要考虑到泄洪,参照当年在武功、明堂县的经验,骆宾王还在堤坝的不同高度设计了涵洞,一旦发生山洪,便于及时排洪。

一晃到了夏天,永兴、武昌两县连降暴雨,富水河全淹了,跟两年前一样,永兴又成了一片泽国。新来的李刺史到永兴视察过一回,叮嘱县丞李实加紧防汛值守,确保城关无虞。随后,刺史大人又现场查看了永福里新修的堰坝,高度赞扬王落的善举与德行,还说:"一个外地和尚居然能做出这等善事,我们这些拿铁饭碗吃皇粮的,还好意思坐在官府里心怀鬼胎、明争暗斗吗? 从今往后,谁要是再拿骆宾王说事,我让他滚蛋!"

因为连续下过几天暴雨,骆宾王对河里的堰坝总是放心不下,每天亲自巡查三次,发现堵塞和漏洞就及时处理。那天晌午,他戴着斗笠、披着蓑衣，又准备走出寺门，慈芳法师瞧了瞧外面说："这雨还没停下来，你等会儿再出去不行吗?"骆宾王摇头道："不行啊，这场雨下得我心里发慌，晚上睡不着觉，我不出去瞅瞅，心里不踏实……"

"王佳他娘黄氏可是跟我交代过的，让你别在打雷下雨时出门，你这个假和尚就是不听话!"

"她又不是我的……"骆宾王自觉失言，连忙捂着嘴巴，冲着法师做出一个鬼脸来。

"你就别跟我假正经了，我早就说过，你六根未净，还有桃花劫，你还不服。"慈芳法师瞪了他一眼，随即抿嘴一笑，"再过些时日，我得把你的法号收回来，送给新来的比丘。"

"你敢!"骆宾王指着法师，怒目圆睁，"去年你建这庙宇，我王落可是出了银钱的……"

"别老是王落来王落去的!"慈芳法师捻着佛珠，脸上故意露出不屑，"我还不知道你的底细? 小心老僧哪天心血来潮，把你的老底给揭穿了……"

"你还有这个胆子?"骆宾王扬了扬手，身子凑近过来，悄声道，"你可知道，你要是把它捅出去，你慈芳就是窝藏逆贼的罪人，长安的那个女人能轻易放过你吗?"

"别跟我耍贫嘴!"法师指着骆宾王，忍不住笑了，随即又吩咐道，"外面雨大，带上几个武僧吧，好歹有个帮手!"

"算了吧，有事我回头喊他们。"骆宾王瞧了瞧屋外的闪电，在雷声中跨出寺门。

他首先来到葫芦塘巡查。这也是第一道堤坝，从白马山下来的洪水会先在塘里汇合。塘水果然都满了，四周的柳条泡在黄水里，六只白鹅在塘里边游边叫嚷着，却始终不敢靠近边沿的堰坝。骆宾王会心一笑,别看它们是动物,其实不比人笨,晓得哪里能去,哪里不能去。

骆宾王站在堤坝上,仔细看了下方坝体,当时施工时正是旱季,没什么积水,石头砌得严实,黏土也夯得扎实,这么大的洪水,居然找不到一处渗漏。顶层的涵洞已被打开,正往坝外吐水,骆宾王将手伸进水里,抽掉下一层涵洞的砖块和木板,塘水立马从涵洞里喷出来,落在下游的河道里,砸出一片白雪般的水花。雨越来越大,落在斗笠上,发出"砰砰"的响声,骆宾王抬手扶了扶斗笠,正要去下一道堤坝视察,却见黄氏戴着斗笠,背对着他,正蹲在屋子侧面的菜地里。骆宾王远远招呼一声,连忙绕过葫芦塘,小步跑了过去。

"这大雨天的,你跑出来干吗呀?"骆宾王跨过篱笆,来到菜地里,直盯着黄氏的后背。地里种满了茄子、黄瓜、豇豆等时令蔬菜。黄氏爱种菜,平时只要有空,她就喜欢在菜地里倒腾,为了方便豇豆、黄瓜生长,她不仅插了竹竿作支撑,还把家里的碎布条连缀成绳子,拦中缠在竹竿上,既稳固了竹竿,也便于蔬菜的藤蔓向上爬行,将一片菜畦装点得姹紫嫣红、五颜六色。每当瞧见这菜地,再想想那些晒在筐里的布贴画,骆宾王就会感叹王贵命苦,无福消受这等美好的女人。

"你不是也出来了吗?"黄氏低头应道。她回头瞥了瞥骆宾王,两只眼角里蕴满了笑。黄氏穿的是一件夏天的长布裙,鞋上套着雨布,裙摆被她塞入怀里,从斗笠边沿滴落下来的雨水打湿了她的后背,衣裙紧贴着她的身子,将她的曲线衬托得格外鲜明。骆宾王瞧了一眼,只觉得心里头"咯噔"地猛跳了两下,他又想起了妻子范氏,妻子跟他共同生活了三十多年,也曾无数次地这样蹲过,只是不在雨天,多半是在家里。年轻的时候,有一次,好像是在老家乌伤溪的河滩上,妻子蹲在河边摘着野花,骆宾王从背后将她抱住不放,妻子摆动着身子,想甩脱他的环抱,后来不甩了,任他抱着……

"这雨水也太大了,我担心茄子会倒伏,还真是被我猜中了,你看!"黄氏的双手沾满了泥巴。她指了指面前的一畦茄子,茄子多半伏在泥地上,露出浅黄色的菜根,四边散落着紫色的花朵。"我得把它们扶起来,不然影响结果呢。"

"你赶紧回屋里,你全身都湿透了,记得回家里喝碗姜汤,这茄子,回头我来弄。"骆宾王又瞧了瞧她的后背,"你腰痛刚刚有了好转,不能淋雨受凉,听话,赶紧回去!"

黄氏顿时乖乖地站了起来,像孩子一样,调皮地举着手上的泥巴,眼角里的笑渗漫出来,像水波一样全都漾开了:"你去干吗呀?又去视察堤坝呀,你一个人行吗?你可得小心哟!"

看着黄氏回了屋里,骆宾王连忙替她将倒伏的茄子扶起来,随后在塘里洗了双手,沿着河道向下走去。刚一走出葫芦塘,突然听见前方有轰隆的水声,他跑近过去仔细一瞧,原来是下游的第二道堤坝出现溃口,洪水漫过口子,像瀑布一样发出震耳的响声。

骆宾王像疯了一样,一边叫嚷着,一边往堤坝方向跑。来到堤坝现场,他发现溃口并非施工造成,而是连续多日的暴雨将两岸山坡上的树枝和杂草冲刷了下来,堵塞了涵洞,导致洪水排不出去,最终发生溃口。好在溃口是在顶部,要是在底部,堤坝就废了。现在,要想堵住溃口,首先得把那些树枝和杂草清理干净。骆宾王瞧了瞧泗洲禅寺,寺庙的斗拱屋角在闪电中隐隐地显露出来,他连喊了几声,没人回应,于是他干脆扔掉头上的斗笠,趴在堤坝上伸手去拉扯漂在水面的树枝,那树枝在水里打着旋,只往溃口处跑,加上树枝光滑,骆宾王一时没抓牢,反倒因为惯性,让树枝扯进了水里。

"黄——"他对着黄土塬的方向喊了一声,一头栽进水里。

　　说起来,骆宾王也算得是文武全才,文能赋诗作文,武能舞刀甩剑,可就是不会游水。小时候,他曾请求祖父教他游泳,老人没答应他,还说,一个男人只要有刀剑防身,不去害人就够了。虽然与家乡的小朋友一起在葫芦形的绣湖里学过几次狗刨式,但因为平时游得少,几十年过去,那点水上本事早丢了个干净,何况这大年纪的人,猛然间落进水里,一下失去了控制力,任凭水浪将他推送得七仰八翻,所幸头部没碰到硬石。他连喝了好几口水,肚子都灌饱了,头部刚一冒出水面,又让后面的洪水给吞没了。从第二道堤坝到第三道堤坝,至少有两里路程,中间隔着三座小山头,要是一直冲到第三道堤坝,骆宾王就算不被淹死,也是半个废人了。浑浊的洪水裹挟着他的身体,一会儿将他冲到深水区,一会儿将他冲到岸边,一会儿头朝下,一会儿脚朝下,他完全没了意识,只凭着本能双手胡乱狂抓,好不容易抓到了一束芭茅,又让一股洪水冲脱了手。眼看着离第三道堤坝越来越近,一个浪头猛然冲来,将他一把推向岸边,连身子都露了出来。骆宾王一声呻吟,双手胡乱一挥,终于又抓住一束芭茅,这次没有脱手,他双手紧抓着芭茅,咬着牙,沿着岸坡拼命地爬了上来。

　　慈芳法师见他半天没有回来,连忙指派两名武僧沿河寻找,结果在一处山包底下找到了骆宾王。

　　爬上岸坡后,骆宾王趴在地上,伸着脑袋瓜子使劲地往外吐水。他一边吐,一边呻吟,当然还一边骂着老天爷。然后,他翻过身子,仰躺在土坡上,眼睛半闭着,任凭泪水汹涌流淌。此时,他很自然地想到了王勃和卢照邻,王、卢二人与他和杨炯一起,并称"初唐四杰",其中王勃年纪最小,名气也最盛,六岁能文,十六岁时因为撰写《乾元殿颂》,被高宗皇帝称为"大唐奇才",二十六岁挥笔成篇《滕王阁序》,一时震惊大唐文坛,只可惜不到一年就溺死在南海;卢照邻的情况,骆宾王最为熟悉,他自从中风后,一直在洛阳龙门山疗养,因无法忍受病痛折磨,只想跳颍水了却此生。想到这里,骆宾王捂着眼睛,号啕大哭起来,什么狗屁"四杰",什么神童天才,没有一个活得自在,不是死于水,就是差点死于水。其实,此时的骆宾王怎么也不会想到,没过两年,卢照邻果真跳了颍水,结束了短暂而痛苦的一生;还有那个杨炯,也因为扬州起事受到牵连责罚,后因一心闭门思过,得到武太后原谅,曾任盈川县令,后因盈川大旱,他作为县令竟然无计可施,干脆投井而亡,死于任上。

没过一会,雨终于停了下来,露出金灿灿的太阳。骆宾王直瞧着雨后的天空,彩霞与云朵缀满了天空,整个天地焕然一新。迷迷糊糊中,他竟然睡着了,甚至还做了一个梦。梦中黄氏身穿一件白色长裙,拉着他的手,欢笑着往山上跑,两人正要相拥亲昵,突然听见有人在喊他:

"正信师傅!"

骆宾王被叫声惊醒,睁眼一瞧,身边竟站着两名武僧,他们找了他半天,也喊了他半天。骆宾王一脸苦笑,抹着眼睛,艰难地坐起身子。两名武僧瞧着正信师傅,发现他的僧帽掉了,身上沾着杂草,湿乎乎的,连忙将他扶起来。骆宾王又是一阵头晕眼花,弯身吐出几口水来,两个武僧干脆一人抱头一人捉脚,准备将他抬回寺里。

骆宾王一边呻吟,一边指着黄土塬说:"我这副落水狗的样子,哪里还像个和尚?我没脸去寺里了,你们干脆把我送到王佳家里去吧。"

三人来到屋里,黄氏见了,顿时脸色煞白,连忙将骆宾王放倒在竹榻上。她一边询问情况,一边拿来王贵穿过的衣服,替骆宾王换上。末了,她又打来一盆热水,抱着他的双脚,轻轻地放入水里。

两名武僧一见此景,连忙回到寺里,将情况禀告了慈芳法师。

"我差点见不到你和佳儿了,"骆宾王一边说,一边像孩子一样忍不住流下泪来,"谢谢老天开眼,没把我收去……"

"我早就跟慈芳法师说过的,叫你不要在下雨天出门,你这是何苦呢?你实在要出门也行,你就不能多带上几个人去吗?都这么大年纪的人,还这么不听话!"黄氏一把抱住骆宾王,"你要是有个三长两短,我也不活了……"

"你还有佳儿,你怎么能不活呢?你得好好活着!"骆宾王笑着说,"佳儿今年秋闱,以后还等着他考状元呢!"

"我不管,反正你得给我活得好好的!"黄氏擦干泪水,"我现在给你煮姜汤去。"

喝了姜汤,骆宾王顿时出了热汗,身子立马清爽轻松了许多,于是他仰头问黄氏:"刚才我从水里爬出来那地方的那座山叫啥啊?"

骆宾王一边询问,一边指着大门左侧的第三个山包,与周围的几个山包相比,那山包最高最圆,远远看去像一只白馍。"刚刚,我躺在那里还在想,等我百年过后,就埋在那里……"

黄氏拿过盛着姜汤的碗,直盯着他:"你在哪,我就在哪。"

"那山到底叫啥名字呀?"

"听祖辈们说,叫落虹山,也不知道是真是假。"黄氏笑着说,"名字倒是挺好听的。"

第二十七章　王佳乡试

转眼间到了秋天,永福里王英河沿线的橘子红成了一片,有的人家干脆就在路边摆摊设点,一边唱着歌,一边兜售又大又甜的橘子。泗洲禅寺每天都能收到一些香客送来的柑橘,寺庙里的和尚吃不完,就送给武圣宫的武僧们。骆宾王每吃一个橘子,就忍不住要吟哦几句屈大夫的《橘颂》。

过了中秋,就是州府的乡试时间。骆宾王特意叫上张学士,来到黄土塬与黄氏商量,孩子寒窗苦读,如今一朝见分晓,得做好各种准备。因为张学士在场,黄氏说:"一切都听王大哥的,你说咋办就咋办。"骆宾王说:"乡试三年一次,机不可失,时不再来。本次考试,只能成功,不能失败,更不能出现任何闪失。"他又说:"单凭王相公的成绩,乡试中举肯定不成问题,甚至考个头名解元,都很有可能。现在我担心的是,吴朋那小子因为旧年被取消了乡试资格,胸中积下的那口气还没出够,会不会暗中使坏? 还有那个郝正郝县尉,赋闲了半年多,听说新来的李刺史最近将他候补了一个右判司,虽是闲职,毕竟在州里工作,要是他与吴朋勾结起来,可能会对王相公的乡试不利,不如早几天去州府住下来,及时摸清情况,一旦遇到突发性问题,也有时间解决。"

张学士立马点头,表示赞同:"王先生言之有理,我赶紧去准备驴车,我要亲自陪公子去州城住下来。"

"这事儿呀,还是我陪同相公去州城为好。学馆里事务繁多,马上又是县考,张学士离开不得,你要是不在学馆里,那里就放鸭子了……"骆宾王笑着沉吟道,"现在,寺里有慈芳法师主持,武圣宫这边也有了主堂师傅,我在不在无关紧要。至于修堰坝的事,咱慢慢做,急不得。好在今年看不出有什么大旱,河里的蓄水也够了,就是再发生去年那样的旱情,咱也不怕了。"

"王先生能陪着相公去鄂州,那当然好!我只是担心,会不会又遇到什么麻烦,危及先生和相公安全?"张学士满脸忧虑,"好不容易安定了些时日,我怕您去了州府,又会生出什么幺蛾子来……"

"我一个妇道人家,既拿不了什么主意,也使不上什么力气,这事咋办呢?"黄氏焦急起来,直瞅着骆宾王,"如果你去了州城,果真遇到什么危险来,我看这乡试还不如不去考了。"

"怎么能不去呢?必须去,否则对不起陈县令!"骆宾王反驳说,"弟媳妇不必过于担心,那郝正和吴朋不过是两个跳梁小丑、丧家之犬,我看他们也难以搞出什么大的动静来……"

次日一大早,骆宾王和王佳一齐来到东源学馆。张学士已备好驴车,与一帮先生和学童在门口恭候。骆宾王没戴僧帽,换上了一顶幞头,是黄氏连夜替他缝制的,样子与送给陈县令的那顶差不多,只不过做工更加精细,模样也好看得多。出发之前,张学士发表了简短的送行讲话,他充分肯定了王佳的好学精神,高度赞扬了王落先生心系永福里贫寒学子、主动为王佳争取候补的壮举,最后代表学馆全体师生预祝王佳乡试成功,为学馆为家乡争光。

接下来,大家一齐将骆宾王和王佳送上驴车,然后目送着车驾朝着三溪口的方向驶去。骆宾王坐在车上频频回头,然后缓缓转过头

来,对王佳说:

"木有本,水有源,一个人无论将来如何发达富贵,都不能忘记家乡,这才是君子所为。"

驴车经过三溪口,穿过果城里,进入江夏县,下午就到了鄂州城。距离通知考试的时间,他们提前了整整七天。

州城还是那么热闹,到处张灯结彩、歌舞升平,因为中秋节刚过,城里到处张贴着桂花月饼和芝麻汤圆的广告。王佳是第一次来这里,坐在车上兴奋不已,透过车窗不停地东张西望。进入东门后,考虑到州城里可能贴有通缉令,骆宾王暗中提醒车夫,绕开主干道和热闹场合,选择那种人少的小巷进城。入住客栈后,车夫转身返回永福里,骆宾王当即对王佳定下规矩,考试之前,哪怕天塌下来,也不许私自出门半步,如果有事确需出门,必须向他请示。

次日早饭后,骆宾王安排王佳在客栈里温习功课,自己只带了一把短刀,出门去考场一带溜达,结果到了那里看到通告,才知考试时间提前了三天。骆宾王顿觉血往上涌,随后定心一想,所幸来得及时,并无大碍。按说,考试时间因故提前,州里肯定通知了县里,县里也一定通知了各学馆和各乡里,一般来讲,负责通知的都是县衙里的分管文书,张学士和王佳都没收到通知,显然是分管文书没把通知送到位。县里的分管文书是谁?为何没有通知到位?是故意的,还是中间出了什么差错?骆宾王越想越觉得这里头必有蹊跷。

考场外面是一处树林广场,林中摆放着一些条凳石桌,坐着的都是前来打探消息的考生亲属。骆宾王也凑了过去,一边与大家寒暄,一边侧耳细听他们的议论猜测。从他们的谈论中,骆宾王对今年的乡试有了一定了解,掌握了一些重要的信息和细节。比如,今年的乡试跟往年不同,增加了面试环节,考生参加面试时一定要注意仪容仪表;回答考官提问时不要慌张,要做到大方得体;使用方言时,语速尽量放缓,以免考官听不懂。笔试据说就是一篇策论,主题可能会涉及当下的一些热点问题。

离开广场时,骆宾王隐隐觉得有人在背后盯梢,回头一看,又没看到什么人。他连续回看了两次,后来就自嘲起来,自从扬州兵败过后,这大半年时间,他到处遭受追杀捉拿,可能是自己太过敏感,形成了条件反射。

回到客栈,骆宾王将考试时间提前的消息告知了王佳,吩咐他不要紧张,集中精力备考就行。王佳听了眉头紧锁,嘴里说道:"这事肯定是吴朋所为。"

"何以见得?"骆宾王连忙问他,"说来听听……"

"县里的分管文书一定是被他买通了,在送达通知时故意做了手脚。"王佳红着脸皮,两眼如炬,那样子跟卢照邻一个模样,"如今这世道,有钱能使鬼推磨,对他吴朋来说,摆平一个文书轻而易举。"

到了第三天,州城气温陡降,骆宾王决定去街市替王佳买件厚衣服,从家里出发之前,黄氏已准备了衣服,可骆宾王觉得那些衣服过于陈旧厚实,参加如此隆重的乡试,似乎稍显土气,该配上一件新衣才好。王佳第一次来州城,骆宾王正好想送他一件礼物,来永福里半年多时间了,骆宾王一直觉得王佳这孩子聪敏懂事,总想送给他一点什么,现在终于有了机会。

王佳在客栈的房间里练习书法,他早就想好了,这次乡试的答卷,就采用王羲之的楷书体,伯父王落说过,王氏楷书飘逸自然、简洁明快,而且不易混淆笔画,写在卷面上,整洁干净,让考官赏心悦目。王佳刚刚提笔,练习了不到半个时辰,突然发现纸张用完了,他顿时焦急起来,捏着毛笔在房里转来转去。伯父今天出门,不到中午不会回来,等他回来再去买纸,这一上午怎么过? 他跑到窗户前面往外看,街头上没什么人,对面就是一家文房四宝专卖店,王佳心中一喜,即刻下了楼梯,从客栈出来了。

王佳买了纸张和墨水,当即转身从店里出来,结果刚一来到街上,有人将他从背后抱住,随后捂着面部,将他一口气拖到百步之外的小街。王佳拼命挣扎叫喊,对方捂得越发严实,几乎让他窒息,他只好由着他们,后来终于在小街背后的一棵枫杨树下停了下来。

王佳睁眼一瞧,原来是吴朋和他的一个同伙。

"小子,真是冤家路窄呀,没想到在州城里碰见你!"吴朋满脸邪笑,手里转动着一把长约一尺的钢刀,"本来老子早把这事给忘了,哪想到你却故意撞到眼皮底下来了,我要是就这么放过你,对不住老天的安排呀!"

"你胡说八道!"王佳怒吼道,手里还捏着一卷宣纸,他的布鞋让他们拖掉了一只,一只脚光着,"乡试时间明明提前了三天,你买通县里的文书故意不通知我,你这是蓄谋已久,故意生事,简直卑鄙无耻!"

"算你聪明,还有点头脑哈!"吴朋哈哈一笑,随即阴着脸直瞪着王佳,"你小子心里可明白,今天到州城里来参加乡试的原本该是我吴朋,就因为你他娘的横插一杠,把我给挤了下来。此仇不报非君子,老子等了你都快一年了……"

"真是笑话,明明参加乡试的人该是我,是你父子二人横插一杠将我顶替。你也不撒泡尿照照自己,你那个成绩,有什么资格参加乡试? 做梦吧!"

"别跟他废话,上!"吴朋一挥手,那同伙就一头扑了过来。王佳之前在武圣宫跟着骆宾王学了一点武艺,掌握了一些擒拿格斗的技巧,他侧身闪过对方,随后对着他的屁股踢了一脚。吴朋见了,眼神变得凶狠起来,等那同伙爬起来,两人一齐发力,终于将王佳撞倒在地。那同伙搌着王佳的双腿,吴朋则抓住他的右手,使劲地往地上按压,随后举刀砍去,王佳的一根食指顿时被剁断。他大号一声,顷刻没了声息。

"你还想考试,考你个爷!"吴朋拍了拍手,从王佳身上站起来,抹了抹刀上的血迹,盯着王佳说,"我砍断你的右指头,我看你明天怎么考试,你就是有天大的本事、满腹的才华,也考不成了,哈哈哈……"

吴朋提着刀子,刚走两步,突然掉头回来:"娘的,老子一时忘了,你小子是左手写字……"

吴朋正要举刀再砍,只听见背后一声:"住手!"回头一瞧,骆宾王正飞奔过来。

吴朋和他的同伙掉头就跑。

这时候,王佳已经昏死过去,地上是一摊鲜血。骆宾王抱着他一路跑出小街,一边询问路人,一边安慰伤者,终于找到一家医馆。大夫看了伤势,当即给王佳做了接指手术,幸亏伤指筋络未断,否则那手指头就废了。做过手术后,大夫强调说,七天之内,这手指不能动弹,只能静养,每天换药一次,千万马虎不得。

骆宾王取了药剂,背着王佳返回客栈。待一切安顿好后,他独自去了州府衙门,找到负责考试的训导和教谕,将吴朋致人伤残的经过一五一十做了报告。早在去年,官方就听闻吴朋顶替王佳参加乡试一事,他们当即做了详细记录,随后问到骆宾王的身份。

骆宾王正色道:"我是王佳的继父,叫王落!"

第四天是考试时间,王佳如期出现在考场,右手上缠着绷带,只见他面色苍白、形容憔悴,像得了一场大病。考官早已听说了情况,让他先进了考场。没过一会，王佳就出来了，脸上有了红润之色，看来面试考得不错。下午是笔试，王佳刚一进入考场，吴朋和他的同伙突然出现在考场外面的树林广场，大声叫嚷：

"捉拿朝廷要犯骆宾王，骆宾王在此！"

当时，骆宾王正坐在条凳上，听到喊叫声，他立马跑过去，指着吴朋，对负责考试的教谕说道："就是他！吴朋，永兴人，就是他昨天用刀砍断考生王佳手指，不让他参加今天的考试，就是他，大家抓住他！"

"他就是骆宾王，他就是跟随徐敬业一起谋反的骆宾王！"吴朋指着骆宾王，"从去年冬月到现在，他一直躲在永兴的永福里，抓住他，抓住骆宾王！"

广场里站满了考生亲属，他们都是送孩子过来参加乡试的，马上就要发卷了，现在突然间闹这么一出，大家一个个指着吴朋，骂他混蛋，有人甚至冲过去要打他。也有人盯着骆宾王看，嘴上开始偷偷议论：去年就听说骆宾王在永兴，卢正道刺史就因为他的事情被处理，此人真的是骆宾王吗？不会吧？

那教谕昨天就得了消息，有人伤害考生王佳，今天很有可能再滋事，扰乱考场秩序，于是在昨晚就提前作了准备，增加了防卫人力。听了骆宾王的辩论和解释，他当即叫上几个衙役团团围住吴朋和他的同伙，然后一齐拥上前去，将他们按倒在地，准备扭送到州府处理。

这时，吴朋突然对骆宾王说："你让他自己说，他是不是骆宾王……"

骆宾王动了动了嘴巴，正要开口，王佳突然从考场跑出来，当着大家的面说："他不是骆宾王，他是我父亲，我们是永兴永福里人氏，他叫王落，我叫王佳……"

接下来，王佳举着受伤的指头，对着大家，指着吴朋说："就是他吴朋,去年顶替我进入乡试名单,后来陈县令主持公道取消了他的考试资格,他因此怀恨在心,昨天公然在大街上对我行凶,砍断了我的手指头……各位伯父、叔叔、婶娘,你们说,这种禽兽不如的东西,要是让他进了考场,我大唐的科举考场不就成了狗窝狼穴了吗?"

说完,他转身回到考场。

考生家属们一齐为王佳竖起拇指叫好。

次日上午,骆宾王以王佳继父的名义向鄂州官府递交了书面报告,陈述吴朋此次滋事的细节及背景,提出必须严查重处,揪出幕后黑手;随后,他携王佳一起回到永福里。

吴员外烧死后,吴家迅速败落,乡下的万亩田地早在春节之前就低价贱卖给原主,城里的药店也转让给了他人。吴朋靠着家里的老本,整天吃喝嫖赌,无恶不作;母亲赵氏在一月前服药自杀,据说,家丁们找了半天,最后才在丫吉山的溶洞里发现她的尸体。

一月后,鄂州乡试成绩放榜,王佳果然不负众望,凭借一篇《民论》的文章,一举考得头名解元。放榜当日,州府教谕还把他的文章张贴在榜单旁边,作为范文供观者学习赏读。《民论》一文围绕什么是民、民在历史发展中的重大作用、如何处理好官民关系等方面进行了论述,文章旁征博引、文采飞扬,考官们一致认为,这是本州近几届乡试以来难得一见的好文章。

没过两日,州、县两级敲锣打鼓赶到东源学馆报喜。此时,王佳的手指头已基本康复,能捏着筷子吃饭了。县丞李实已被提升为县令,他亲自为王佳颁发了奖金和奖品。随后,馆长张学士安排便宴,款待州、县两级官员嘉宾。席间,明府大人李实悄悄告诉骆宾王,果然是县衙里的分管文书收了吴朋一两银子,故意扣压乡试更改时间的通知。此人为本县福庆里人氏,是个临时工,因担心事情败露,早在乡试前就卷铺盖走人了;吴朋和他的同伙,因为是未成年人,被拘留两个月,另外处罚一千两罚金。至于此案是不是有幕后黑手,看那样子,州府好像也不会再深查了。

宴会上,大家提议新科解元王佳发表感言,王佳羞红着脸低头笑了笑,待他再抬起头来,脸上竟然挂满了泪水。他站起来,来到宴会中央,先是说了一番感谢大家的话,然后突然走过来,一手拉着骆宾王,一手拉着母亲黄氏,扑通一声跪下去,一边磕着响头,一边大声地喊道:

"爹! 娘! ……"

第二十八章 《咏鹅》歌

因为王佳乡试考得头名,泗洲禅寺的香火也变得旺了起来,就连邻县武昌、蒲圻、江夏那边的香客都翻过山来拜佛求签。武圣宫的武僧比过去多了一倍,骆宾王与慈芳法师商量,又在后院扩建了一排三间大卧房,将原先的一间通铺卧房改建成斋堂兼讲堂。在和尚们的请求下,刚刚担任永兴县祭酒的王佳还特意来到讲堂,给他们讲了一堂儒学课,传播孔孟之道。

那天傍晚,骆宾王在大殿里坐完班后,正打算回房休息,遇到慈芳法师如厕回房,于是主动跑过去说道:"跟师兄说个事,以后我就不再值班坐堂了……"

"这么快就'招夫养子'了?"慈芳法师瞪眼一笑,"跟你开玩笑的!你今儿就是不说,我也不会再安排你坐堂了。"

"明天就是王贵兄弟一周年忌日。"骆宾王仰头瞧了瞧对面的山包,王贵的坟头上都长满了荒草,隐隐还能瞧见几块大一点的石头,"我跟王佳他娘商量好了,大后天就把那事给办了,反正总是要办的,不能再拖了……"

"恭喜你们,"法师又是一笑,手上捻起佛珠,"正信这法号,现在可以收回了吧?"

"那是你的事。"骆宾王扬了扬手,"大后天的婚礼,我们也没通知什么人,就连张学士都没说。考虑到黄氏年轻我二十多岁,我决定搞个仪式,请你主持一下,你看如何?"

"我?"慈芳法师指着自己的鼻子。

"嗯。"骆宾王解释说,"不是有个'二拜高堂'的环节吗?总得有个人喊一声吧。还有啊,这事儿吧,本来就不能让外人知道……你懂的!"

"我看这形势,上头不会再拿你咋样了吧?"慈芳法师掉头瞧了瞧北边,又瞧了瞧东边,悄声说,"我上次去了永兴城,好像没看到贴通缉令了……"

"我倒是无所谓哟。"骆宾王摇头说,"现在,身边多了王佳母子,还是小心为好啊。"

经过一年多的捕拿和镇压,扬州起事的残余力量基本得到了清洗,与此同时,从京都中央到地方道州,实权人物几乎全是武太后的人,李唐宗室那条线的官员能撤的都撤了,不能撤的,要么换到虚职,要么身边安插一个黜陟史,权力都极大削弱了。

这时候,朝廷有人向太后提出建议,如今表面上是李唐江山,实际上已经姓武了;鉴于武氏势力如此巩固,下一步的工作重点是提拔人才、发展国力,加快改唐为周的进程。武则天果然非等闲之辈,开始起用一批人才,任命狄仁杰为冬官侍郎,为下一步拜相做准备,同时改革科举选人措施,注重实践能力,发现、培养治国理政之才。有一天,太后坐在睿宗皇帝后面垂帘,可能是累了,也有可能是那些提交审定的议题太无聊了,老人家突然摸着脑门感叹一声:"都一年多了,骆宾王也没什么消息,估计是死在荒郊野外了……唉,其实,你们当初要是有本事把他给抓回来,我武曌未必会杀他,人才难得,人才难得呀!"

三天过后,慈芳法师如约来到黄土塬,路过葫芦塘时,瞧见骆宾王正踮着脚尖朝东北方向张望。

"等谁呀? 你不是没请客吗?"慈芳法师问他。

"还不是那个姓高的相公。"骆宾王答道,"上次来寺庙里你见过的……"

王佳乡试放榜后,高端带着小白菜来过一次永福里,当时他们在寺里见的面。那次过来,高端正式禀告骆宾王,他准备带着小白菜回莱州成婚,特意过来问问骆宾王有何交代。骆宾王说:"我准备与黄氏在一起生活,你回去帮我打听清楚,我夫人范允明是否还活在世上,不管结果如何,回头你告诉我一声。"都四五个月过去了,高端那小子至今没有音信。

"要是夫人还健在,你就不要王佳他娘了吗?"慈芳法师嗤笑道,"完全是多此一举。"

"不是不要她。"骆宾王摇头苦笑,"如果允明还活着,我就是要娶黄氏,也得想办法告诉她一声吧。"

"一切都是造化弄人。"慈芳法师捻着佛珠,掉头瞧了瞧寺庙,这时,寺庙里传出钟声,看来又来了求佛的香客,"我早就说过,你六根未净,火气又盛……加上一肚子墨水,就是不娶黄氏,也会娶李氏、王氏,你就别再庸人自扰了,一切随缘吧!"

慈芳法师话音刚落,塘里的白鹅又叫了起来。

……

二人还没进屋,一眼瞧见王佳正站在条凳上贴窗花。这趟回来,他特意向明府大人请了几天假,事由是生父王贵一周年忌日,他得上坟祭祀,其实还有一个理由,他没说,就是出席母亲和继父的婚礼。乡试放榜没过几日,明府大人李实征求王佳意见,想请他担任永兴祭酒一职。王佳说:"县里不是有祭酒吗?"李县令说:"那个叫贾文斗的祭酒是个贪官,竟然借着主持一场元宵节文化活动的机会,收了吴员外的贿赂,早在半年前,我就把他给免了。"王佳赴任后,一边尽心履职,一边准备参加明年的会试。

见慈芳法师过来,王佳连忙将其引入屋内,倒上一盏热茶。法师仰头环顾着装扮一新的屋子,摇头惊叹,唏嘘不已,结果连杯中茶水都荡了出来。三间泥巴土坯房,经黄氏一番精心打扮,竟然变得富丽堂皇、流光溢彩,不仅墙面粉了白灰,楼板也贴了彩纸,给人一种浓郁的喜庆气氛。慈芳法师干脆站起来,准备好好参观一番,他先看堂屋,接着去了王佳的厢房,最后才来到洞房。黄氏正坐在椅子上,低头绣着一只胸兜,嘴里还咬着线头,旁边的五屉桌面上放着新娘子的大红幞头。一见法师进来,她连忙站起来,将胸兜放在床上,转身拿起桌上的幞头,慌慌张张地往头上戴。

骆宾王指着那些花花绿绿的装饰说:"你看你看,都被她装扮成宫殿了……"

刚进洞房,慈芳法师顿时觉得神情恍惚,这哪里是洞房,分明是个布贴博物馆。屋里从上到下,到处都是,蚊帐的帐沿、挂钩,床架四周的围布、挂布,虎头枕,针线包,手套,铜镜的包布,椅凳的坐垫,全是五颜六色的布贴,就连墙壁上贴着的"麒麟送子"和"二龙戏珠",也是用各种布块粘成的装饰品。

"难怪这白马山一带的人都说你是永福里的布贴女,果然名不虚传。"慈芳法师捻动着佛珠,笑瞧着黄氏,"新娘子今日大婚,在忙什么呢?"

黄氏刚刚抹了淡妆,眉毛也修剪过了,嘴唇上抿过红纸,看上去像个大姑娘,哪里像个三十七八的妇人。她指了指床上的胸兜:"上次在永兴城被坏人刺破了,我给他补补,他说今天想穿在身上……"说完,她深情地瞥了骆宾王一眼。

慈芳法师仰头一笑,指了指骆宾王,连忙从洞房里出来。

晚饭过后,骆宾王与黄氏换了新装,头戴大红幞头,双双走出儿子的厢房,一齐来到堂屋。屋内灯火通明,案几上点了香烛,摆了供品,后面并立着四张灵牌,统一插在白萝卜上,萝卜涂了红色颜料,看上去不像萝卜了。

慈芳法师停下捻动手中的佛珠,开始主持婚礼。他先说了几句祝福的话,王佳一直站在门外,及时点燃了爆竹。爆竹响过后,首先是拜天地,两位新人面朝大门,跟随着主持人的吆喝叫喊,连续鞠躬三次,分别感谢上天、月老和大地的恩赐,让两位新人喜结良缘。接着是拜高堂。骆宾王和黄氏双双转过身子,面向案几上的灵位,一齐俯下身子,又连续鞠了三躬。鞠躬完后,骆宾王直盯着父母亲的灵位,突然间泪水汹涌,喉咙里发出强烈的吞咽声。黄氏连忙掏出巾帕,替丈夫擦干泪水,然后含情脉脉、心痛不已地瞅着他。骆宾王抹了抹眼睛,冲她一笑,终于平静下来。

夫妻对拜后,骆宾王突然盯着黄氏的眼睛问道:

"娘子,我已安排高端回义乌打探,假如允明还活着,你将如何?"

"我愿意尽心尽意服侍你和大姐,哪怕此生没名没分。"黄氏定睛答道,"只要能跟你在一起,哪怕上刀山下火海,我黄氏绝无半点反悔之心。"

这时,屋子外面响起了"砰砰砰"的焰火声,这是王佳特意从县城里买回的,花了他整整两个月的银饷。他仰头瞧着冲天的焰火,泪水流了出来,接着,他突然大声地冲着屋里的父母亲喊道:

"爹,娘,你们出来吧,你们快快出来看啊!"

听见儿子呼喊,新郎新娘连忙收起案几上的灵位藏入柜里,随即打开大门。王佳的旁边站满了人,有附近的乡亲,也有寺庙里的僧尼,他们都准备了礼物,有橘子,有花生,有鸡蛋,有红枣。这时,张学士走上前来,后面紧跟着一群学馆里的蒙孩,他们大约七八岁的样子,一共七人,六男一女,站在一排,各人的眉心处统一印了圆圆的红点,那是用筷子头蘸了红色颜料点上的。孩子们的手里各捏着一根鹅毛,鹅毛的尖端也染了红色,随着张学士的一个手势,大家一齐用永兴采花歌的腔调,大声唱起了《咏鹅》:

> 鹅呀鹅呀鹅哟……哎哟哈呵,
> 曲项啊……向呀嘛向天歌,
> 白毛哇浮绿水,浮呀嘛浮绿水,
> 红掌啊,拨呀嘛拨清波……哎!

空气里弥漫着焰火放过的火药香味,刚刚收笼回来的六只白鹅听到了歌声,也跟着一起叫了起来。

第二十九章　远方来客

　　光阴荏苒，一晃又是几年过去，历史进入公元 690 年，即大周天授元年。

　　这年九月，正是菊黄飘香之时，武则天在长安称帝，正式改唐为周，成为中国历史上第一位女皇。武氏登基后，大赦天下，不再轻易提及扬州起兵之事，徐敬业及其余党基本已清除干净。此时，武则天悄悄颁布了一条密令，凡涉及扬州起事的人员，该杀头的不杀了，也不再捉拿追究，正在坐牢的狱犯赶紧放出来。至于骆宾王，她还是那句话："如果有线索，千万不能弄死他，把他给我活捉回来，我得好好问问他，我武曌当年到底哪里得罪了他？"

　　这四年里，杀害徐敬业的副将王那相在原籍沧州遭人暗杀。当时，他是沧州的果毅都尉，封五品官爵，据说遭杀时，被对方剜了眼睛，割了舌头和人根，景象凄惨，生不如死。骆宾王的生前好友高四、郗庆等先后离世，其原配发妻范氏因思夫心切，积郁成疾，于武氏登基的前一年，在老家义乌的武岩山去世。

　　而这一切，远在鄂州永兴的骆宾王自然无法知晓。

　　这四年里，骆宾王和妻子黄氏生育了一个女儿，孩子已经两岁。她出生时，妻子让丈夫取名，丈夫说："你也是个读过书的人，还是你来取吧。"妻子问："你的家乡给孩子取名字，有何讲究没有？比方说，名字不能与祖人重名,得有所回避。"骆宾王笑着摇头说:"我这个人不讲究这一套,叫啥都行,只要你喜欢就好。"

"那好!"妻子当即在两只手掌上各写了一个字,然后合上双掌,让骆宾王闭着眼睛,等他睁眼一瞧,原来一只掌上写着"王"字,另一只掌上写着"允"字。

"你呀你!"骆宾王哈哈大笑,一把将妻子搂在怀里。

"这允字是大姐的名字,我借用给闺女,这样你以后看见闺女,就等于看见大姐了……"黄氏一本正经地说,"待时局安定下来,再把王字给改掉,改成骆字!"她扭过身子,又贴着丈夫的耳朵悄悄说道。

女儿王允活泼可爱,就是淘气,胸口上系着布贴胸兜,不到半个时辰,那胸兜就流满了白花花的涎水。可能是身边没玩伴,这孩子平时喜欢跟几只白鹅玩在一起,白鹅们也渐渐喜欢上了她,整天围着她在门口的土场转动,难得去一趟葫芦塘里。那天天热,白鹅们钻进柳树底下,然后跳到塘里,王允就跟着它们一起跑,差点掉进水塘,幸亏父亲及时发现,才没淹死。从那以后,母亲黄氏整天守着女儿,禁止她跟鹅一起玩。有一次,孩子指着塘里的白鹅,踢脚哭闹,黄氏没办法,只好给她唱诵儿歌《咏鹅》,女儿当即安静下来,竟然跟着母亲,咧着小嘴,牙牙学语地唱和:

"鹅……鹅……鹅,曲……项向……向天歌……"

哥哥王佳考取了进士,受封四品官位,任汴州司马。到位不久,他就与当地一陈姓女子成婚,婚后不久回到永兴,欲接父母和妹妹到开封共同生活。黄氏摇头婉拒,她指着坐在一旁的骆宾王说:"你爹身体不好,老是咳嗽,不能远行,谢谢你们的一片孝心,你回去好好做官,多为老百姓做点好事实事,我就留在永福里陪着他。"

一天,骆宾王拿出一张图纸,要求妻子对照做成布贴画,做好后再挂在堂屋的墙上。

黄氏打开图纸，瞧了一眼，是一张毛笔草图，有晒筐大小。为了画好这张图，骆宾王整整忙乎了两年。儿子去了外地任职，王英河上的堤坝也差不多修完了，加上不住寺庙了，骆宾王就闲了下来。他是个坐不住的人，怎么办？于是就去搞田野调查，他不仅跑遍了永福里的每一座山包、每一条河流，他还沿着幕阜山脉和富水河一直往北走，甚至过了长江，到达黄州和圻州的三角山。通过现场考察，骆宾王越来越明显地意识到，永兴县这地方西高东低，山多水多，到了夏天就成了水袋子；到了冬天，河里的水又蓄不住，全都流进了长江，所以不是旱灾就是洪涝，老百姓难得有个好收成，这也是永兴县的经济在鄂州四县中始终排名靠后的原因所在。要彻底解决这个问题，只有一个办法，就是借鉴他在武功、明堂县的做法，在河道上多筑堰坝，将防汛与抗旱结合起来。这几年，就因为他带领大家修了几道堰坝，永福里才免遭旱涝之灾。在他描绘的草图中，位于三溪口车前村的牛头山和富水河上游阳辛村两处，他分别设计了两道大坝，坝高十五丈，一旦建成，可保永兴县数十万百姓衣食无忧，从此告别旱涝之苦。

黄氏拿着草图看了又看，心里既是惊喜又是伤感。这两年，丈夫到处东奔西跑，不是去游山玩水，而是心中装着一方百姓，做正经事去了。现在，要把这草图做成布贴，底子得用浅色布料，山包山峰用深色布代替。黄氏在家里翻找了半天，最后直盯着床上的垫单，这是夏天用的床单，家里只有一张，黄氏走上前去，双手摩挲着床单，脸上露出不舍。骆宾王盯着她说，只要能够做成布贴就行了，不在乎大小和用料。

"那可不行，要做就得做好，不然，对不住你这两年的脚板功！"黄氏当即拿来剪刀，将床单拦中裁成两半，然后洗净晒干，用了一大盆面汤,终于将其黏合起来。黄氏一边忙乎,一边细想,这张永兴水坝图,是丈夫在永福里的心血,得好好保留下来,只有把底布做牢实了,保存的时间才能久长。

此后半年时间,黄氏一边带着女儿王允,一边缝制粘贴那张水坝图,当然,嘴上还会时不时地哼一哼当地的采茶歌。女儿也跟着学会了不少,那首儿歌《咏鹅》,已被她背得滚瓜烂熟了。

"这个高相公都去了几年了,怎么一点音信没有呢?"有一天,骆宾王坐在妻子身边,突然唠叨起来,"他不会出了什么事吧?"

"从莱州到永兴,山高路远的,来一趟不方便,高相公不会有事的。"妻子不止一次这样安慰他,"会有消息来的,你就把心放在肚子里吧。"

"是呀,他一身武功,三人都敌他不过,应该不会……"

正说着,张学士突然气喘吁吁地跑过来:"王兄,慈芳法师像是要圆寂了……"

骆宾王两口子连忙抱起女儿,一齐往泗洲禅寺跑。

慈芳法师生病已有月余,三天前就倒床了,水米不进。这几天,骆宾王每日至少去寺里探望一次,坐在床上,陪着法师说说话,唠唠过去的那些事,对于法师的病情,骆宾王虽心有准备,但没想到这一天来得这么快。

得知法师身体有恙,这些天来,来寺里看望慰问的香客络绎不绝,泗洲禅寺和武圣宫堆满了糕点水果,僧尼们像过节一样,每天享用不尽。此时,慈芳法师正躺在床榻上,屋子外面的院子里挤满了人。见骆宾王跑过来,大家一边喊他正信师傅,一边让出道来。骆宾王放下女儿王允,交给寺里的比丘尼抱着,与黄氏一起轻步来到法师床前,一把抓住法师冰凉的双手。

"当年,因受僧伽大师点化,我就当了和尚,我不后悔。"慈芳法师瞅着骆宾王说,"我要是不当和尚,我就不会来到永兴,来到白马山,也就不会遇到你……"

骆宾王的眼泪流了出来。

"那年在泗水老家,梦中的白衣仙人对我说,要逢虎立基,我就到处漂泊,来到了白马山,结果在门外的那块石头上果真梦见了老虎……"法师抬起手来,指了指门外的马鞍形高山,"你可知道,这老虎去了哪?"

骆宾王摇了摇头。

"当时,我梦见那只老虎半天不走,就这么一直瞅着我。"慈芳法师的脸皮上挤出一抹笑容,随即像水波一样消失了,"后来,它陡然钻进林里不见了……你们猜,它到哪儿去了?"

大家都盯着法师,不知如何应答。

"它其实没走远,它就在咱白马山!"慈芳法师嘟囔道,"没过几日,你王落就来了白马山,对不对?"

"……"骆宾王回头瞧着妻子和张学士,不知法师所言是何意思。

"你就是那只老虎啊!"慈芳法师慢慢抽出一只手来,指着骆宾王,"你就是那只造福乡里的老虎,是你呀,不是我慈芳!是你的造化、你的胸襟、你的公正、你的侠义,给咱永福里的百姓带来了勇敢、无畏、平安和吉祥!是你呀!"

说完他双眼一闭,圆寂了。

慈芳法师的尸身在寺里火化后,留下舍利,存于寺前小塔。骆宾王亲临现场,将其供奉到位,随后携着妻女返回黄土塬家中。一连几天,他始终不说话,饭也吃得少,晚上躺在床上翻来覆去,咳嗽也比过去严重了。

"法师圆寂,是享福去了,你也不必太过伤心,保重身体才是要紧的。"妻子黄氏劝慰说,"不为别的,就为了我们娘儿俩,你也要好好吃饭睡觉,可不能糟践自己。"

进入冬月,骤然降温,没过两日,竟然下起了大雪。泗洲禅寺的瓦面上堆满了雪粉,远远瞧去,就像一只大白馍。那天,吃过晚饭后,妻子黄氏将女儿王允安顿睡下,两口子就在堂屋里,用松树蔸烧起了火塘。结果刚刚点着火,忽然听见敲门声,先是"咚"的一声,轻轻的,然后是两声,"咚咚"两下,加重了力量。

当时,北风呼啸,天色已暗,外面的雪野变成乌蒙蒙的一片,寺里传来三声钟响,一听就知道,不是来了香客,而是例行的时辰敲钟,听起来都觉得冷飕飕的。刚才两口子还说,今年比往年冷多了,也冷得早。

听到敲门声,黄氏转头问了一声是谁,随后起身要去开门。骆宾王连忙伸手扯住,瞅着门,悄声对妻子道:"你也不先问问他是谁!"

黄氏蹑手蹑脚地走到门边,脸皮贴着门板,隔着门缝往外面瞧,隐隐瞧见门外有一人影,挑着担子,穿着斗篷,始终纹丝不动。于是她悄声问道:"请问客官,你是何人,来我家找谁呀?"

"我找我父亲,"门外人当即应道,"请婶娘开门!"

"你父亲?你父亲是……"黄氏掉头瞧着丈夫,眼睛瞪得大大的,正要拨开门闩,骆宾王连忙瞪着眼睛,做出制止的手势。

"我是义乌人氏,从婺州那边过来……我来找我父亲。"门外人声音沉静,语气坚定,一听这声音,就知道是读书知礼之人。

"请问客官尊姓大名?"黄氏的双手一直放在门闩上,眼睛却瞪着丈夫,半边脸皮贴着门闩。

"我姓骆,叫骆锡……"

黄氏立马抽掉门闩，"吱呀"一声，拉开大门，门外的寒风像等了许久似的，"呼"的一声涌进屋里，火塘里的火焰顿时熄掉了，冒着滚滚浓烟。自称"骆锡"的来客站在门外，直盯着火塘边的骆宾王，半天没有动弹。骆宾王抬头瞧了他一眼，随即低下头去，然后倾着身子，歪着脑袋，拿起火钳，眯着眼睛，拨动着火塘里的松树苑。又一股浓烟涌了出来，骆宾王咳嗽一声，反复对着火塘吹火，腾起的烟雾顿时罩住了他的脸孔。

"父亲，我是锡儿啊！"来人一手扶着货郎挑担，突然大喊一声，眼泪哗哗地顺着脸颊流淌到衣襟上，"父亲！"

"你是喊我吗？"骆宾王仍歪斜着身子，对着火塘吹火，新的火苗终于冒上来，烟雾也淡些了，骆宾王的半边脸皮被照亮了，"你是不是认错人了？"

"父亲！"来人扶着挑担，向前迈了一步，一只脚踏在门槛上。

"我的儿子叫王佳，我的女儿叫王允，她刚刚睡着了，你不要吵醒她。"骆宾王指了指旁边的厢房，"你可能认错人了，你走吧！"

"父亲，您为何这样？过去您可不是这样对我们的啊！"自称骆锡的来人嘶哑着嗓子说，"我记得小时候，您总是一手牵着我，一手牵着我哥骆铨，带着我们到外面去玩，一玩就是一整天……父亲，您不要儿子了吗？您真的不要我们了吗？我，还有我表弟范潭，整整找了您六年！六年啊，父亲！"

骆宾王还在低头吹火，过了一会，他放下火钳，缓缓抬起头来，瞧了一眼妻子："请客人走吧，他找错人了……"

"请你进来说话。"黄氏早已泪流满面，手足无措，她直瞪着这个陌生的来客，从他的眉眼到他的双脚，她反复仔细地盯看，生怕漏过一个细节，"外面风大，冷得很，请进来说话……"

来客没有进来,仍然站在门口,直盯着骆宾王:"您知道吗? 我娘去年临死前还在喊您的名字,她是喊着您的名字咽气的……她死之前,老是梦见您,梦见您骑着一匹白马,在前方等着她。父亲,她是想您想死的,我娘好苦啊!"

骆宾王的脸上毫无表情,低着头,闭着眼睛,双手放在火焰上烤着。突然,他咳嗽起来,身子剧烈地抖动着,满脸涨得通红。他瞅了瞅火塘,再次抬起头来,直盯着来人,一字一句地说:

"相公,你真的认错人了,你赶紧走吧!"

"父亲!"

"你不走是吗? 你不走我走!"骆宾王一边咳嗽,一边站起来往外走。黄氏一把将他拉住,指着外面,哭着说:"这大冷天的,你到哪儿去啊? 你还要不要命啊? 你不知道你是病人吗? 有话不能坐下来好好说吗?"

黄氏强行将丈夫拉回到火塘边坐下来,正要回头去请客人进来,来客已转过身子,一边擦着泪水,一边对着茫茫的雪野哽咽道:"高端兄弟是今年春天找到我的,他跟我说,你们成婚那天,他正好赶回永福里,他没有进你们的家门,他不想惊扰到你们……后来,他和小白菜返回了山东,他的父亲高四老先生也已经去世半年多了。"说到这里,来人慢慢转回身子,盯着骆宾王:"算了,我不多说了,我找到您就够了,只要您老人家还活在世上,我们就放心了!"

说完,他扶了扶肩膀上的货担,转身走了出去。

"你别走!"黄氏追出门来,一把拉住他,"赶紧进屋去,我求你……求你进屋去,这里就是你的家,进来暖和暖和……你别走! 好不好?"

来人摇了摇头,抚着挑担,对着黄氏深深地鞠了一躬,然后又掉转头来,对着骆宾王鞠了一躬,转身消失在风雪中。

"锡儿!锡儿!"骆宾王一头扑向大门,结果在门口重重地摔了一跤,"我的儿子呀……"

第三十章　水底的墓碑

　　儿子骆锡的出现让骆宾王倍觉伤感,同时也多了一份欣慰。扬州起事失败后,骆宾王所掌握的消息,都是骆家三代以内遭斩,故乡骆家庄被中央军李孝逸部烧成一片焦土。这些年,尽管大家讳莫如深,不敢告诉他实情,可只要一想到徐敬业血淋淋的人头,骆宾王就知道,武则天不会放过他骆家,从夫人允明到满堂儿孙,可能无一幸免。高端每次从莱州返回永兴,捎回的也是类似不幸的信息。现在,儿子骆锡陡然出现在永兴,除了夫人允明已去世,其他人竟然都活着,这是不幸中之万幸啊。

　　儿子前脚刚走,骆宾王掉头跑回堂屋里头,从案几下方的柜子里找出那只包袱,然后抱着包袱回到火塘。黄氏半天没关门,一直望着茫茫雪夜,眼睛里噙着泪花,嘴上嘟囔不止。冷风呼呼地灌进屋来,将灯苗和火塘里的火焰吹得呼呼直响,烟雾笼罩着整个屋子。黄氏掉头瞧了瞧丈夫,只见他蹲在地上,将包袱解开,翻找出两块灵牌,直接扔在火塘里。塘里"砰"的一响,立马冲出一缕浓烟和一片火星子。不一会,燃烧的竹片发出炸裂的声响,骆宾王拿起火钳,拨动着两块竹片,眼睛炯炯有神,燃烧的火焰在竹片上渐渐扩散,骆铨、骆锡的名字,终于在火焰的舔噬中,慢慢地隐去了。

　　黄氏叹息一声,关上门,来到火塘边坐着,一只手搭在丈夫的膝盖上,轻轻地揉搓,嘴上说道:"你怎么能赶他走呢? 他毕竟是你儿子呀⋯⋯"

说完,黄氏又流出泪来:"没想到,你其实也是个狠心的人!"

"我能怎么样? 我能叫他一声儿子吗?"骆宾王直盯着火塘里的火苗,这时,松树苑已烧了大半,露出鲜红的木炭,两片灵牌被烧得只剩下一点竹尾了,"你要知道,现在从上到下,到处都有眼睛盯着我⋯⋯吴明年虽说死了,刘越、郝正也走了,可黄晋还在鄂州呢! 咱们刚刚平静了几年,不能因小失大,我一个要死的人了倒无所谓,你和闺女怎么办? 你想过没有?"还没说完,他又猛然咳嗽起来。

"话虽这么说,可人心是肉长的。"黄氏瞧着丈夫,抬手拍着他的后背,"人都到了门口,却半天不让他进来,他这心里不晓得有多难受⋯⋯回去还不知道怎么说你呢!"

"只要他们能好好活着,怎么说我都无所谓的。"骆宾王扬了扬手,终于露出笑脸来,"你那张布贴做得怎么样了? 得加紧啊! 咳⋯⋯咳⋯⋯咳!"

大约过了两个月,刚刚过完春节,乍暖还寒之时,黄土塬又来了一个陌生人。那是个阴天,来人站在门口的土场上,眼睛直瞅着搁在竹竿旁的晒筐,筐里摊放着黄氏刚刚缝制完毕的永兴县永福里水坝图。塘里的白鹅已增加到七只,"鹅、鹅、鹅"地叫着。那人看完晒筐里的布贴后,径直来到门口,低头问王允说:

"小妹妹,你爹呢?"

"爹,爹爹!"王允手捧母亲的手抄本《骆宾王诗文集》,正坐在矮凳上,模仿着鹅叫的神态,伸着脖颈,红着脸背诵着,"鹅、鹅、鹅,曲项向天歌⋯⋯"

这时,一个老人拄着拐杖从屋里出来了。他头上戴着幞巾,白发垂满了脑袋四周,胡须也白了,眼中先是一阵警觉,然后直瞅着面前的年轻人。

"你是?"

"我是徐绚啊,骆公!"年轻人冲上前去,张开双臂抱住骆宾王,伏在对方怀里号啕大哭。

"进屋说话!"骆宾王瞅了瞅外面,将徐绚拉进屋里,黄氏从厨房那边过来了,手里端着一碗药汤,正冒着热气。见来了客人,她连忙放下碗,倒来一盅热茶。又见丈夫与客人在低声说话,她立即关上大门,来到屋外。

"听说王那相那小子在沧州让人剜了眼睛……"骆宾王问徐绚,"你知道吗?"

"不是我杀的。"徐绚抹着眼泪答道,"那是他罪有应得,只可惜没要他的狗命……"

"将来有何打算?"骆宾王直瞅着徐绚。数年未见,小伙子还是老样子,看不出吃过多少苦头。徐绚长着一双单眼皮,说话过后,眼皮上头就会泛起一层淡红色,显露出单纯坚定的气质。当年,徐绚他爹徐敬业将骆宾王请到扬州,在城东的一座旧宅院里商议起兵之事,骆宾王就是被这种气质所感染,一晃七年过去,简直就是一场梦。

"我想杀武则天。"徐绚紧握拳头,"朝廷那边,我已经有了细作和引线,今日特意赶来,就是来讨教骆公,恳求指引。"

"你杀不了她,她已经是皇帝了。"骆宾王哼了一声,"你是怎么知道我在这里的?"

"那年子胥城一别,我除了去了两次长安,多半都在鄂州、江州、豫章一带做做生意。有一次在富池口,看见高端也在那里放排发货,我没喊他……"

"这么说,永兴这些年发生的那些事,你都知道?"

"多少听闻过一点,也没细问。"徐绹岔开话题,"骆公,我徐家满门遭斩,此仇不报,我徐绹枉为男人,如此苟活于世,有啥意思?"

"扬州起事失败后,我们就再无翻身可能,那是千载难逢的机会。"骆宾王沉吟道,"依我看,你好好活着,就是对两代英国公最大的安慰,懂了吗?"

"自古以来都是男人坐皇位,她武则天一个女流之辈,凭什么僭越祖制、君临天下?"徐绹站起来,指着外面,单眼皮又红了起来,"别说她杀了我全家,就算她没杀,我也不会饶过她。"

"现在对我而言,谁当皇帝都一样,我一个要死的人,不想管这些事了。"骆宾王扬了扬手,"徐公子,我跟你说实话吧,只要能把国家管理好,老百姓有饭吃有衣穿,管他是男是女当皇帝,都一样……"

"您……您咋这么说话?"徐绹坐下来,扭头瞅着骆宾王,像不认识他似的,"这可不像骆伯您的为人啊,想想你在《檄文》中说的那番豪言壮语,那才是'初唐四杰'骆宾王啊!"

"别说了,那都是过去的事了!"

没过一会,徐绹从屋里出来了,脸色颇为难看。黄氏瞅了他一眼,他点了点头,也没吱声,径直往外走。

"好好活着……记住我说的话!"骆宾王一直站在屋里,倚着门框朝他挥手。徐绹头都没回,大步离开了黄土塬。

过了几日,天气转晴,也暖和起来,骆宾王挂着拐棍,牵着女儿王允,缓步来到北山岘下的落虹山。满山的松树、竹子和芭茅,到处一片翠绿,山脚下的橘子树开满了白花。骆宾王抬手搭在额头上,瞄了瞄王英畈,满畈的紫云英,简直就是一块五颜六色的布贴画。畈里有人在播种,有人在犁田,白鹭在头顶上飞来飞去,最后降落在耕牛背上。有女人正从河里提水,往菜地的方向走,地里的白菜和菜薹长势喜人,挤满了地垄。回头再看王英畈两边的河道,不管是南岸白马山下东源这边,还是北山岘脚下,全都修了堰坝,跟他草绘的图纸一模一样。从黄土塬葫芦塘以下的河道属于南线,骆宾王主持修建的七道堤坝早在三年前就已竣工,坝体的石头都长满了青苔,南北两道溪流在车前与株林之间的峡口汇合,按照他的草图,这里是一条高达十丈的坝体,可惜县里连年受灾,没钱添资,最终只砌了一丈多高,只能抵御一般的洪水。

骆宾王牵着女儿回头往家里走。途经第二道堤坝,一眼瞥见坝体的石头上刻着几个字,于是他停了下来。那年,他就是在这里被洪水卷走,差点丢了性命。后来,他改进了方案,在坝体的前面建了栅栏,以阻挡从山里冲刷下来的树木和杂草,这样就不会堵塞涵洞。骆宾王蹲下来,瞧了瞧那石头上的字,问女儿王允:

"闺女,你知道这几个是什么字吗?"

"鹅鹅鹅!"女儿指了指上游的葫芦塘。

父亲笑了起来,摇了摇头,指着石头上的三个大字说:"王——落——塘!"

说完,他回头瞧了瞧落虹山,又摸了摸女儿的头,一股热泪涌了出来。女儿王允愣愣地瞧着父亲,然后拉着他的手,返回家里。

当天晚上,骆宾王的老毛病又犯了,半夜开始咳嗽,不到一个时辰,呼吸都困难了,随后他就发起烧来。次日一大早,妻子黄氏一口气跑到东源学馆,找到张学士,请他给儿子王佳写一封加急信函,告诉他"父亲病危,速速回家"。

骆宾王摆了摆手,而且连续摆了两次。王佳刚刚履新,离开汴州到了豫州,也是司马一职,虽是平调,豫州毕竟在京洛一带,位置非同一般。他想,就让孩子安心工作吧。

七日后,骆宾王已不太能开口说话,只能躺在床上,连米汤都无法进食。黄土塬村口的土场上,还有葫芦塘的四周,从早到晚站满了人,全是永福里一带的乡亲。

到了午间,明府大人李实带着捕头张青一齐赶来了,李大人已干满五年县令,即将离任。一进堂屋,他就瞧见正面墙壁上挂着一幅布贴画,那是永兴县永福里水坝图,布贴图的四周缀着一圈红丝线,垂挂在案几的正上方,图上青山秀水,一目了然,整个王英河和富水河上游的一道道堰坝,更是一清二楚;图上还用彩色小布块绣了两只小鸟,翱翔于碧水蓝天之中;从堰坝上滚落的瀑布,白花花的,像真的一样,似乎听得见水声。明府大人站在门内,盯着眼前的布贴画,眼泪夺眶而出。随后,他连忙揩干眼泪,径直来到床前,握着骆宾王干瘦冰凉的双手,再次泪流满面,不知说什么好。骆宾王盯着他笑了笑,然后指了指门外。明府大人不解其意,掉头瞅着黄氏。黄氏一边抹泪,一边指挥旁人将丈夫从卧房抬到堂屋的躺椅上。到了堂屋,骆宾王闭着眼睛,又指了指门外。

黄氏说:"外面有风呢……"

骆宾王摇了摇头,手仍指着外面,半天没有放下来。

黄氏哭了起来。

大家手忙脚乱,只好将躺椅搬到门口,骆宾王示意旁人扶他坐了起来。黄氏连忙抱来被褥,垫在丈夫背后。骆宾王双手握着拳头,放于膝上,瞧着众位乡亲,脸皮上终于漾出一层笑容。凛冽的春风吹乱了他的头发,将脸皮挡住了,黄氏连忙找来梳子,一边替他梳理,一边将幞头戴在丈夫头上。

骆宾王动了动嘴巴,润了润嗓子,艰难地开口说道:

"我王落来永福里七年,承蒙县衙乡里和众亲关照,此情恩重如山,只能来生报答了。我死后,恳请众亲善待我的妻女。"说到这里,他扭头指了指黄氏和女儿王允,脸皮上陡然出现一片潮红,眼睛也变得明亮起来。接下来,他又缓缓地掉过头去,瞧了瞧挂在堂屋的永福里水坝图,叹了一口气,脸上露出欣慰的神色,然后环顾着四围的青山,指着面前的葫芦塘说:

"多好的山水啊,多好的地方啊,此生能在这里度过七年时光,我王落死而无憾……"

说到这里,突然一口浓痰涌上喉咙,骆宾王撮起嘴唇,努力做出吞咽的动作,结果没有吞下去,仰头倒在椅上。

"骆公!"张学士双膝跪在地上,大喊一声。

紧接着,众亲们一齐跪在地上,齐声喊道:"骆公!"

"骆临海!"人群中有老者举手喊道。扬州起事前,骆宾王曾任临海县丞,世人称他为"骆临海"。

"宾王先生!"明府大人李实一边流泪,一边抱拳作揖道,"观国之光,利用宾于王……先生啊,您这辈子做到了! 您做得很好啊!"

骆宾王缓缓睁开眼睛,直盯着面前的葫芦塘。这时,风停了下来,水塘四周的柳枝静静地低垂在水面,七只白鹅从对面的塘岸,并排着一齐游了过来,直对着村口,伸着长脖,奋力发出长唤:

"鹅! 鹅! 鹅! 鹅! 鹅! 鹅! 鹅! ……"

骆宾王的目光渐渐灰暗下去,然后慢慢地闭上了双眼,两行清泪从眼眶里面渗出来,顺着瘦削的脸颊,一直流淌到下巴的胡须,最后滴落在衣襟上。

"骆公一路走好!"

"骆临海安息吧!"

"骆宾王先生千古!"

在场的乡亲们一齐哭喊起来。

此时,豫州司马王佳刚刚收到来信,他正骑着一匹快马,朝着南方的故乡飞奔而来。

骆宾王去世后,妻子黄氏遵照遗嘱,将他安葬在北山岘脚下的落虹山丘上,墓靠西朝东,立在山顶往下俯视,眼前是旱涝保收、五谷丰登的王英畈,再远处就是蜿蜒曲折、碧波翻滚的富水河,河水滋润着两岸肥沃的土地,那片被后人形容为"吴楚青苍、袭人襟袖"的神奇土地,养育着一代又一代的子民。

十四年后,即公元705年,武则天在长安驾崩。次年,已经复位的唐中宗得知骆宾王在鄂州永兴泗洲禅寺隐居多年,当即提笔御批"骆宾王隐居地"字幅,不久被刻为碑石,挂在泗洲禅寺大门顶上,可惜"文革"期间遭人捣毁,没有留存。

公元977年,宋朝以永兴县置永兴军,次年改兴国军。公元1277年,元朝升兴国军为兴国路总管府。公元1351年,元末红巾军头领徐寿辉又改兴国路为兴国军。公元1360年,农民起义领袖陈友谅再改兴国军为兴国路。公元1364年,明朝开国皇帝朱元璋改兴国路为兴国府,公元1376年,降府为州。公元1912年,民国政府改兴国州为兴国县,两年后定名阳新县,沿袭至今。

公元1972年,阳新县政府积极响应国家号召,兴修水利,在沙钵山和牛头山之间,也就是在车前村与株林村之间的峡谷河堤上,修筑了一道高达百米的大坝,蓄水过后,命名为王英水库。王英畈周边的村庄不得不迁往高处,随同原先的村庄和大片坟茔,骆宾王墓由此沉入水底。现在,王英水库已更名为仙岛湖风景区,为国家AAAA级景区,每天游人如织、热闹非凡,一代文宗骆宾王生前绘就的永兴县永福里水坝图,在一千两百多年过后,终于梦想成真。

后记：告慰王平将军

1998年2月，共和国上将王平将军在北京逝世。时任黄石市委常委、秘书长孙永平，黄石市委办公室综合科科长吴忠信以及阳新县委、县政府的领导，作为家乡代表前往北京参加悼唁活动。其间，王平将军的亲属对孙永平同志说：王平将军生前不止一次说过，他小时候曾亲眼看见过"骆宾王墓"的石碑。回到黄石后，吴忠信同志当即对我转述了这一信息，当时，我也在综合科工作，是他的同事和部下。他之所以告诉我这事，可能是因为我爱好写作，此消息或许对我有用。

2008年8月，我受组织委派，到阳新县工作。去后不久，我把王平将军生前看见过骆宾王墓的事先后告诉了不同的人群，有作家、文化界人士，也有官员同事。2021年11月初，我在黄石市文化和旅游局工作期间，又把这事告诉了时任局长周泽良同志。周泽良同志对历史文化事件比较敏感，当即与我商量，能否由市作协牵头，创作一部骆宾王在阳新的作品，以打造黄石、阳新的文化旅游新亮点。因我同时兼任作协主席，于是当即拍板，此事可行，并于当月与文化和旅游局达成协议。

有关骆宾王在阳新的主题创作活动，历经二十三年，就这样正式启动了。

考虑到骆宾王在阳新的相关史料极其有限，我决定成立一个二人创作小组，经再三考虑，我将金石同志拉了进来。金石是近些年冒出来的作家，阳新人，早年搞过写作，后停笔多年，这两年在地方杂志、微刊上发表了一些小说，文笔还不错，加上他能说会唱，善于交际沟通，让他参与到骆宾王主题创作，对他本人既是一次锻炼，对我来说，也可以节省不少的精力。2021 年 11 月 18 日，我和金石商量，决定到王平将军的家乡阳新县王英镇考察，得知消息后，阳新县文联主席彭书桃、办公室主任盛平等同志陪同参加了考察活动，同时赶来的还有阳新作家汪翔。汪翔是我的老朋友，也是一位勤奋的散文作家，对历史人物和文化事件比较感兴趣。见面后才得知，汪翔对骆宾王已经有了一些研究成果，其由头居然是我十三年前在阳新工作期间，曾对他说过骆宾王墓的事。他说，当年我对他说过那事后，他就开始着手研究骆宾王。我听后唏嘘不已，当即决定，二人创作小组增加为三人。

去王英考察那天，我们先去了龙港镇富水的渡口骆湾，查看了骆氏家谱，并与骆氏后人座谈，座谈中得知，渡口骆湾的骆氏后人并非骆宾王后裔，而是骆宾王的弟弟骆宾叔的后代，明朝年间从江西德安迁往此地。在随后进行的王英镇考察中，我们费尽周折终于在东源找到一位王姓老支书，闲谈中我才知道，在王平将军的家乡，大家都知道骆宾王，而且还有个骆家寨的湾子，只剩下一户人家，已迁往城里居住。那天中午，王支书领着我们拨开灌木丛，来到一个种满松树的小山包里，指着一处低洼的地方说：

"那……那就是王平将军生前看见骆宾王墓的地方！"

王平将军的家乡是个山区，上个世纪七十年代兴修水利，建设了王英水库，库区形成后，原先的村子和坟茔都淹进了水里。王支书指认的那个山包，一大半埋在水里，王平将军幼年见过的骆宾王墓碑自然也在水里。考察之前，我们就知道，骆宾王的墓碑肯定在水里，但看过现场过后，我才真正意识到，在深达千尺、数亿立方的王英水库，要想打捞一块碑石，无异于大海捞针，实在太难了。

2021年12月7日，我不顾刚刚发作的肩周炎，带着金石和汪翔两名同志，乘坐一辆绿皮火车，半夜从黄石站出发，前往骆宾王的家乡浙江义乌。在次日上午的座谈会上，义乌市文化旅游局副局长喻友贞、义乌市史学研究专家傅健、义乌市作协主席何恃坚、义乌市骆宾王文化研究会秘书长吴奎福等同志先后发言，各自介绍了骆宾王的有关情况。他们一致认为，迄今为止，凡与骆宾王有关的著作，写到扬州起事后就停止了，扬州起事失败后，骆宾王到底是被杀了，还是跳海了，还是躲在别的地方，是千古之谜，揭开这一谜底，对于全面表现骆宾王这一历史人物，意义重大而深远。作为骆宾王的同乡，他们还对我们一行三人表示欢迎和感谢。随后，我们又参观了骆宾王的衣冠冢，考察了骆宾王文化公园、宾王中学、义乌二十三里街、武岩山风景区等。另外，我们还查看了骆氏家谱，结果发现义乌的骆氏家谱与阳新渡口骆氏的家谱有着明显差异：义乌的家谱里，骆宾王兄弟三人，他排行老大，下面两个弟弟，老二是骆尊王，老三是骆从王；阳新渡口骆氏的家谱里，骆宾王排行老二，大哥是骆宾凯，弟弟是骆宾叔。

去义乌考察之前，我们首先阅读了骆宾王研究专家骆祥发先生的著作《骆宾王全传》。骆老是浙江师范大学的老校长，八十多岁了，住在金华市，我们本想拜见他，因他身体有恙，遗憾没有见成。这次义乌考察活动，我们不仅对骆宾王有了更为感性的认知，而且还掌握了大量的史料，更为重要的收获是，我们进一步明确了，在多如牛毛的骆宾王研究成果(包括家谱)中,我们下一步的创作活动,只能以骆祥发老先生的《骆宾王全传》为基础,严格按照该书提供的人物关系和时间节点,展开后续的虚构和想象;如果参照太多的文本,人物关系就会混乱,出现逻辑上的错误。

接下来,三人小组开始商讨小说题目和大纲,并于2021年12月3日和20日,还有2022年1月24日,先后三次在我的办公室召开会议,重点讨论骆宾王逃出扬州后躲在永兴县(今湖北阳新县)期间的核心事件。会上,我反复说到,不把核心事件想清楚,这部小说就缺乏骨干,无法立足,骆宾王这个人物也就难以真正立起来。12月中下旬,汪翔、金石先后给了我提纲,说实话,我看后觉得简单了,没有核心事件。随后不久,我将起草的六千字共十二章的《长篇小说〈骆宾王〉故事大纲》交给金石,要求他严格遵照大纲开始写作,并在3月底前交给我初稿;汪翔的任务是提供史料,不参与写作。

当时,正是春节期间,金石闭关写作将近三个月,果然按时拿出初稿,篇幅十二万五千字。我看后觉得,大纲中的核心事件基本体现出来了,语言也不错,但可能还是因为缺乏长篇写作经验,结构上显得松散,掺杂了太多与主题无关的人事和对话,骆宾王这一重要历史人物的复杂性和文化内涵,没有很好地反映出来。

我决定重新讲述。

我的肩周炎是在2021年11月发作的,因为民间有"五十肩"的说法,起初我没太当回事,结果越来越严重。到了新年春节,我每天晚上顶多只能睡四个小时,入睡后至少起床三次,每次折腾一个多小时。到4月12日住进医院,我的体重已整整下降十斤,人本来就瘦,此时已瘦得走形,路上遇到熟人,都不认得我了。6月17日出院后,又遇上作协换届,按照文联要求,必须在9月底前完成,就这样拖到了 8 月份。8 月 21 日，黄石作协顺利完成换届工作；23 日，我正式闭门谢客，开始了创作，并将题目正式定为《骆宾王之谜》。

因为前期有过讨论和思考，写作过程比较顺利。我的案头上放着三样东西：一是骆祥发的《骆宾王全传》；二是我的故事大纲；三是金石的初稿。这三样东西，此前我看过，已经很熟悉，写作过程中实际上不需要再多看，只有遇到问题了，才翻几下。写作开始后，前后有那么五六天，因为临时有事，中止过写作，其他时间，我要求自己每天创作不能少于三千字，包括国庆放假期间，都没有停笔。到了 10月 8 日，"白露"这天晚上，我终于写完了《骆宾王之谜》，电脑显示约十四万字。

写作过程中，我去过几次乡下，住在一座大山里，距离王英水库的直线距离不足二十公里。写作间隙，我会站在山上，面朝南边，遥望层峦叠嶂的大山，想象骆宾王当年待在那里的感受，想象一个绝世天才躲避朝廷追杀、偏安一隅的复杂心境。想着想着，两边眼角有时候会忍不住发热，甚至有眼泪流下来。小说文本中，我几次写到骆宾王眼角发热和流泪，其实是我的眼角在发热在流泪。中国历史上有才华的文人不计其数，但像骆氏这样真正有胆识、有骨气，敢于公开挑战最高统治者的，却实属罕见，每每想起这件事，想起当年他写的那篇名垂千古的檄文，我就会唏嘘不已。

我在阳新工作了三年，得到了许多人的关心、爱护和支持，这么多年过去了，总觉得自己当年做事太少、欠账太多。那三年里，我曾以"明朝后七子"之一、阳新历史文化名人吴国伦冠名，创立了"吴国伦文学奖"，现在我又与阳新人合作，创作了长篇小说《骆宾王之谜》，在写完小说的最后一个字时，这种负疚感似乎减轻了一些。

写作过程中，我得到了黄石市文化和旅游局，阳新县、义乌市有关方面的大力支持,在此一并致谢。我要特别感谢原黄石市文化和旅游局局长周泽良同志对本次创作活动的支持和重视,感谢现任文化和旅游局局长肖婷同志对创作活动的关注和跟踪,感谢义乌市骆宾王文化研究会秘书长吴奎福先生提供的关于义乌当地有关鬼节的风俗,感谢汪翔同志提供的有关泗洲禅寺的资料和骆宾王的有关诗词,感谢阳新县作协副主席周平海同志提供的有关阳新县古渡口、城关伏虎山以及城隍庙等相关资料,感谢吴忠信同志二十三年前给我提供的那个消息,感谢所有在本次创作中给予过鼓励和支持的朋友们。

当然,我更要感谢九泉之下的王平将军,感谢他耄耋之年仍念念不忘童年见过的那块墓碑。将军安息!

荒湖

2022 年 10 月 8 日

一本书打开一个世界

欢迎订购、合作

订购电话：0571-85153371

服务热线：0571-85152727